XingZou
HongChen

孙丽红　编著

行走

红尘

山西出版传媒集团　北岳文艺出版社

图书在版编目（CIP）数据

行走红尘 / 孙丽红编著 . —太原：北岳文艺出版社，
2015.6（2023.6 重印）

ISBN 978 – 7 – 5378 – 4404 – 8

Ⅰ . ①行… Ⅱ . ①孙… Ⅲ . ①故事 – 作品集 – 中国 – 当代
Ⅳ . ① 1247.8

中国版本图书馆 CIP 数据核字（2015）第 102096 号

行走红尘

编　　著：孙丽红
责任编辑：高海霞
装帧设计：张永文

出版发行：山西出版传媒集团·北岳文艺出版社
地　　址：山西省太原市并州南路 57 号
邮　　编：030012
电　　话：0351 – 5628691（编辑部）
　　　　　0351 – 5628688 （总编办）
传　　真：0351 – 5628680
网　　址：http://www.bywy.com
印刷装订：山西万佳印业有限公司

开　　本：787mm × 1092mm　　1/16
字　　数：200 千字
印　　张：15.5
版　　次：2015 年 6 月第 1 版
印　　次：2023 年 6 月山西第 2 次印刷
书　　号：ISBN 978 – 7 – 5378 – 4404 – 8
定　　价：55.00 元

目　录

第一章　婚外寻情

阴霾消散晴天来得不会太迟

上周末我与好友一起逛街，巧遇凝夕。凝夕是我大学室友的老乡，长得高挑漂亮。我对她虽然不是很了解，但知道她有个体贴又多金的男友，羡煞旁人。上次见面时，她说大学毕业后就打算结婚，还特意将男友送的铂金钻戒向我展示一番。这次相遇，她的神情异常，我诧异地看着她，还未等开口，她主动跟我说："完了，我们分手了。"那一刻，我简直不敢相信自己的耳朵。

凝夕看出我的疑惑，含泪讲述了她和那个男人在一起所经历的点点滴滴。她的故事在我心里掀起了惊涛骇浪，任谁也想不到相处两年已到谈婚论嫁程度的男友，从一开始就亲手导演了一场华丽的骗局。

我将凝夕的故事写下来，希望给每位读者尤其是读到这个故事的刚刚步入社会的女孩一点警示。愿天下所有单纯善良的女孩都能过上平静、正直而高尚的生活！

下面以凝夕为第一人称，揭示这个故事的始末。

初恋埋下隐患

马俊是我的大学同学，也是我的初恋男友。刚入学，他就开始追求我，并主动帮我做力所能及的一些事。我没有恋爱经验，觉得他比较实在，特别是对我好，所以就接受了他。我们相处一年多，他对我一直照顾有加，连室友们都调侃我们是"模范情侣"，我也觉得我和他能走到最后。

有时不得不相信人们常说的一句话，希望越大失望就越大。大二下学期刚开学，马俊突然提出和我分手。因为事前没有任何征兆，当时我就懵了，以为他跟我开玩笑，明明前一天晚上我们还聊得好好的。他只说我们不合适，真正原因却一个字也不吐露。后来我问了他的老乡，才知道他提出分手的真正原因是"忘不了他的初恋"。

这个意外使我很受打击，既然他忘不了初恋，当初干吗招惹我？可是话已到这份上，就算他再回头跟我和好，我也不会和他在一起了。回首一想，他对我的好只是停留在体贴照顾上，相处一年多，他什么礼物都没送过我。记得情人节那天，我送给他一条亲手织的围脖，他很感动，连声说"谢谢老婆"，可是他连一朵玫瑰花都没给我买。

我们分手后，我的室友们总结得出一个结论：一个不肯为你花钱的男人绝对靠不住，无论他对你多么体贴，都不是好男人。因为这种人可能在其他方面一无是处，如吝啬、懦弱或者没长相等，再不体贴一点哪个女孩会看上他。不肯为你花钱，是因为他认为你不值得他花钱。

我知道她们是为我抱不平，可能这种观点有些偏颇，但我心里还是认可这种说法的。我不想嫁入豪门，但也不想嫁给一个家徒四壁的男人，更不想嫁给一个不肯为我花钱的小气鬼。因此我暗下决心，以后交男朋友，不管对方是真没钱，还是有钱不愿意给我花，都不在我的考虑范围内。

这件事对我影响很大，以至于后来认识阿维，我将二人进行对比，一个锱铢必较，另一个出手阔绰，从而忽视了一个男人"吝啬"以外的其他缺点，最终做出错误判断。

与阿维相识

跟马俊分手后，我在网上认识了阿维。在虚拟空间，我俩虽然很聊得来，但那时并未谋面，因为我不想和陌生网友见面，当然也包括他。我一直都是循规蹈矩的人，从不做出格的事。

那时候我们学校发生了一件"大事"。我们学院的一个小学妹，乘飞机到广西会网友，结果人到那边就失踪了。学校报案后，总有警察到我们学院调查、寻找线索，辗转几个月才把人救回来。原来这个女生交的那个广西网友是个人贩子，她到广西后就被卖给一家"养生会所"，被关在一间小屋里每天至少"工作"十二小时，"接待"了许多客人。

具体情况我也不清楚，不过学院里传的消息都是有板有眼的。出了这种事，都是跟陌生网友见面惹的祸。因此当阿维提出和我见面时，我毫不犹豫地拒绝了，当时还想如果他再纠缠就将其拉入黑名单。

出乎我预料的是，有一天阿维竟会到我们学校找我。那天他用 QQ 发消息说，他要到学校看我，让我到学校门口接他。当时我不知所措，竟然迷迷糊糊地就去了。

阿维长得并不英俊，但看着还挺顺眼的，一米七八左右的个头，身材偏胖，笑眯眯的样子很难让人讨厌。

初次见面，他送给我一盒黑巧克力，好像是一位老朋友送的寻常礼物，挺自然的，让我觉得如果拒绝就显得自己矫情了。可能是他的言行举止恰到好处，亲切又不失礼数，见面后我对他的戒备几乎完全消失了。

接着他想要参观一下我们学校，并请我做向导。一路上，他说我穿的衣服和空间照片上的一模一样，还夸我比照片更漂亮。好话谁都爱听，我也不好意思一直板着脸不说话，他说十句，我偶尔搭上一两句。在校园里我们漫无目的地转了一圈，气氛倒也不沉闷。

中午时，他要请我到外面吃饭，我犹豫一下，拒绝了。心想还是校园安全，到了外面谁知道会发生什么事情。我说在校园食堂请他吃套餐，他没客套，点头同意了。可能他看出我对其存有戒心，临走时特意让我看了他的身份证，并留下名片。

当时我有点尴尬，人家特意过来看我，还送了礼物，而我却怀有疑心。他反倒安慰我，夸我警惕性强，不容易上当受骗，还说女孩一定要学会保护自己。他的话让我心里暖暖的。

甜蜜的恋爱

阿维是黑龙江人，虽然没上过大学，但精明能干，是个煤老板。经过一段时间接触，我觉得他对我很好，并且年纪也不大，才二十七岁，于是我决定和他交往，因为人生本来就没有十全十美的事。

他平时很忙，不仅黑龙江有业务，而且吉林这边也有业务，所以经常两边跑。虽是异地恋，我们却常常见面。我过生日那天，他特地赶过来陪我，还在学校附近订好酒席，请我和室友们一起吃饭，并感谢她们一直陪伴我。

上次情人节，他说那边有事，实在脱不开身，我理解他，说不用介意，没关系，结果当天下午就收到一大束红玫瑰和一个"真爱永恒"的水晶吊坠。大概女孩都喜欢浪漫，都有虚荣心吧，当时我真的特别感动。

他对我很大方，并且每次送的礼物都特别合我心意，我看得出他对我真是用心了。知道我喜欢看小说，他就送我一套精装的《金庸全集》；当气候开始变冷时，他就会网购羽绒服等御寒衣物送给我……

前年冬天，我患重感冒，全身滚烫，人都烧迷糊了，从校医院开完药后，走在回寝室的路上牙齿都在打战。这时正巧他打电话过来，听到我说话的声音不太对劲，急忙问我怎么了。我带着哭腔将自己的病状告诉了他。因为接他电话时我感到有些委屈，毕竟在自己最无助的时候他没在我身边。

让我没想到的是，几个小时后，他突然出现在我面前。也不知道他是否"以钱开道"，楼下收发室的阿姨竟然把他放进女舍。当时他在哈尔滨，得知我生病后，立刻开车赶往长春。这几天总下雪，路途又远，想一想我真有点后怕。

他看我烧得满脸通红，二话不说，给我披上外衣，直接抱我下楼，然后开车把我送到附近一家医院。到了医院，他为我挂号、开药和取药，等护士给我挂上点滴后，又给我办理了住院手续……

一整夜，他都陪在我身边，无微不至地照顾我。那一刻，我真的爱上了他。在此之前，我从未这么喜欢过一个男人，是打心眼儿里喜欢。阿维，他走进了我的心里。

我心中的订婚礼物

去年七月下旬，阿维让我放假后别急着回家，他说这段时间没什么事，想趁暑期带我去泰国旅游。暑期我本来就没有安排，于是欣然同意了。我们办理完出境旅游的手续，就跟着旅游团来到泰国。

在曼谷我们先参观了大皇宫和玉佛寺，又在丹嫩沙多水上集市玩了一天；接着来到甲米，欣赏了莱雷海滩的迷人景色。泰国 SPA 非常有名，我美美地体验一回，游玩一天，腰酸背痛，按摩后全身都感到轻松了许多，据导游说这是泰国的一道"风景线"。

泰国之旅我玩得很开心，我和他的感情也越来越深。他总是开玩笑地抱怨我才大四，想把我娶回家还得等上一年。

去年圣诞节，他送给我一枚一克拉的钻戒，虽然没多说什么，只说是送我的圣诞礼物，但在我心里，这就是订婚礼物。

我父母知道我交了男朋友后，让我把他带回家跟他们见见面。在我看来，我和他也到了拜见双方家长的时候，毕竟我们已相处两年多，彼此情投意合。我问他什么时候有时间跟我回家见我父母，他说年末太忙，实在抽不开身。

我想了想，这两年多他一直往我这边跑，我还没去过他那边呢，反正大四下学期也没有课程了，于是我跟他商量，让他带我去趟黑龙江，先拜见一下他父母。

本以为我的提议他会赞同，可是他没同意。他说那边的事太多，抽不出时间照顾我，不想因为工作而冷落我，而且他母亲这段时间身体不太好，正在住院治疗……

既然他这样说，我只好尊重他的意见，反正他对我一直很好，我们这种异地恋丝毫不会影响彼此感情。

晴天霹雳

半个月前，我接到一个陌生女人的电话，她自称是阿维的妻子。当时我的第一反应是有人在搞恶作剧，阿维怎么可能有妻子？但是，她接下来的话让我不得不直面残酷的真相。

那个女人说，一开始她就知道我的存在，而且，除我之外，阿维还与另一所大学的一个女研究生有暧昧关系。她还说自己是公务员，四年前嫁给阿维，现在已经怀孕四个多月了。为了能安心养胎、以后照顾好孩子，前不久她辞去了工作。

她说早就知道阿维是什么样的人，阿维有四部手机，用于联系不同的女人，她看过阿维跟我、跟那个女研究生在网上的聊天记录，只是懒得管。阿维没有文化，所以找的女人都是受过高等教育的大学生和研究生。

两个月前，那个女研究生怀孕了，为阿维堕了胎。她说知道这个消息后觉得阿维太不是东西了，同样是女人，她觉得我和那个女研究生被骗得太可怜，所以把事实真相告诉我。

末了她还说，她只是提醒我，不是劝我和阿维分手的，即使没有我，阿维还会找其他女人，阿维是不会缺女人的，最后怎样做让我自己决定。

我还能怎么做？我的自尊不允许我做出分手之外的其他选择。我和他摊牌了，当时出乎意料的镇静，我曾无数次预想将扇他两记耳光，但当我真正面对他的时候，却觉得他不配被我甩耳光，不配跟我站在一起。分手二字平静出口，他没有纠缠，一副好聚好散的模样。最后他还说："你要好好生活，有困难可以找我。"

我当然想好好生活，所以请他有多远就滚多远吧！

丽红手札

纷繁的大千世界，喜欢猎艳的男人无处不在，他们将年轻、漂亮、单纯、高知的女孩作为追寻目标。而刚步入社会的女孩阅历浅，一旦她们识人不清、遇人不淑，很容易深陷局中却不自知。正所谓人生如戏，爱情如局。没有谁的人生是一帆风顺的，受伤，会痛，再寻常不过。我们可以不成功，但必须成长，总要面对无法避免的伤痛，所以我们要学会带着伤痛继续生活，以后的路还很长。

世界上最遥远的距离，不是鱼与飞鸟的距离，而是男人和女人思维的差距，明明很近，却是两道永不相交的轨迹。男人不懂女人的执念，女人不懂男人的野心。也许阿维有游戏人间的"资本"，有改变规则的"能量"，有"你情我愿"的借口，但是，追求爱情的原则不容践踏，遵守法律的底线不容突破。作为已婚男人，以"未婚"身份与多名女生维持暧昧关系，这种行为不仅无视了责任，违背了道德，更触犯了法律。

身为受害者的凝夕，在知悉真相后当断则断，毫不犹豫地选择分手，是非常明智的决定。不属于自己的东西，再喜欢也不要，这是做人的原则。迟早要走的人，从一开始就挽留不住，藕断丝连的纠缠只会使自己难堪。毕竟，未婚妻与第三者是两个截然不同的概念。

不是每个人都有一见钟情的好运气，请相信最好的终究会来到，属于你的那个人也许会迟到，但绝对不会缺席。终有一天，你会遇见他。他会看你写过的所有日记，读完你写的所有文章，看你从小到大的所有照片，甚至去别的地方寻找关于你的信息，试着听你听的歌，走你走过的地方，看你喜欢看的书，品尝你总是说好吃的东西，只是想弥补上，你的青春，他迟到的时光。

花花世界，红尘万丈，迷惑了多少双眼睛，蒙蔽过多少颗心灵。爱过，痛过，经受过挫折，丰富了我们的人生阅历，这是金钱无法买到的财富。磕磕绊绊的青涩年华，以为自己沧桑过，不再是从前懵懂的少女，可实际上我们未曾老去。

一切将败给时间，记忆里曾经刻骨铭心的人，随着时间的推移，渐渐被我们遗忘。我们的心智在成长，心境在变化。每个人都有各自的坎坷需要独自面对，但阴霾消散，晴天来得就不会太迟。

一句"恩重如山"辜负了两个女人的感情

几天前，王先生向我讲述了一个有关"恩"与"爱"的故事。夫妻恩爱是令人羡慕的，但当"恩情"胜过"爱情"时，会是怎样一番光景？如今，王先生已拥有令人羡慕的社会地位，他气质非凡，谈吐得体，谈笑间略带一种指点江山的气势。

他说对不起妻子，但不后悔，因为妻子用恩情的枷锁禁锢他二十年，将他逼到了悬崖的边缘，他的忍耐已达到极限……在尘世间生活、拼搏的人，谁没有伤痛的过往？恐怕无人例外。

王先生的行为应受到指责，但公正地说，行差踏错的不仅是他一人。对很多男人来说，尊严比爱情更重要，如果一个女人让她的丈夫在一个大家庭里活得一点尊严都没有，再深厚的感情也经不起这般消磨。

我写下这个故事，希望每位读者都反思一下自己的行为，是否在不经意间伤害了身边亲人的感情？每个人都会犯错，但不是每个人都有机会改过。

下面以王先生为第一人称，揭示这个故事的始末。

出身贫寒的孤儿

二十多年前我离开家乡，来到城里闯荡。我是个父母早逝的孤儿，没有什么依靠，一切全靠自己打拼。为了生活，我到一家公司应聘，当上等级最低的工人，拿着最少的工资，干着最累的活儿。

我不甘心一辈子这样混下去，发誓要改变生活现状。在公司里，我任劳任怨，不仅能出色完成工作任务，而且乐于助人，其他工友有什么困难，都愿意找我帮忙；对待师傅更是敬重有佳，逢年过节常常送烟送酒。

师傅很看重我，一些工友跟我都以兄弟相称，在公司里我的人缘很好。不知从何时起，经理也开始注意我，他让我办了几件事，虽然都是小事，但我十分用心，办得圆满顺利。事后我不贪功，也不炫耀，好像没这回事儿一样。经理看我办事认真，守口如瓶，对我非常满意，于是找个机会把我调到他身边，后来成为他的助理。

当上经理助理后，我接触的不再限于流水线上的工人，还有总公司的中、高层领导。我做事一向兢兢业业，哪怕是一件小事，也尽量做到万无一失。所以，很多领导都认为我头脑灵活，办事可靠。

尽管工作一直很忙，我还是在百忙之中读了函授本科。因为我知道一张文凭在关键时候的作用，明白"机会永远只留给有准备的人"这个道理。

灰小伙与公主结合

有一天经理找我，他说想当回媒人，给我介绍个对象，问我有没有成家的意愿。我不能拂了顶头上司的好意，只好答应，并感谢经理的关心。他给我介绍的不是别人，而是总公司一位副总经理的独生女儿。据说这位副总看我有上进心、有一定能力，人长得不错，才动了这门心思。

当时我受宠若惊，一位城里千金哪是我这个乡下穷小子配得上的，何况还是我们副总的女儿。尽管这位副总已快退休，但若成为他的女婿对自己将来的发展是不言而喻的。

第一次去岳父家，我见到了现在的妻子芩，心里多少有些失望。芩身材微胖，眼睛不大，眼皮有些浮肿。那天我见到她的时候已经 10 点多了，可她依旧是一副没睡醒的样子，穿着一身睡衣。她似乎没把我们第一次见面当回事，可能看不起我的出身吧。那年她二十八岁，比我大三岁。

其实我对芩的长相早有预料，如果她是个美人坯子，这门婚事岂能轮到我头上？于是，我很快调整好心态，开始和她聊天。她说话略微有点冲，显然是直来直去的性格。交流中，我很快占据了主导地位，也不难看出她对我的好感直线上升。

过了一会儿，在公司里一直很威严的我后来的岳父走过来，温和地对我说了一些鼓励的话。之后我和芩谈了半年恋爱，陆续见过十几次面，后来就顺理成章地结婚了。

毫无尊严的家庭生活

婚前我没有房子，一直住公司宿舍，婚后岳父给我们买了房子，但岳母舍不得女儿离开，让我们小两口和他们住在一起。这一切都是芩和她父母三个人决定的，没有我置喙的余地。

结婚前一天，岳父把我叫到书房。他说这辈子没儿子，只有芩一个女儿，他是把芩当儿子养大的。他希望我们有孩子后，不论男女都随他的姓。第二天我们就要举行婚礼了，事到临头根本容不得我反驳，我只好说自己本来就是孤儿，以后孩子随谁的姓我都没意见。说到底，我是个上门女婿，在这个家里是低人一等的。

结婚不久，在饭桌上发生的一件事，令我至今无法释怀。一天吃晚饭，鱼盘里放着一条浇汁鱼。我手上的筷子刚伸向鱼盘，还没夹到鱼，突然被芩伸过来的筷子打到一边，她眼睛一瞪并说道："鱼尾给爸吃！"当时我有些尴尬，但还是很快反应过来，连说"好"，并夹下鱼尾放进岳父的碗里。这时岳母扫搭我一眼，说道："芩喜欢吃鱼眼。"我又连忙夹了鱼眼放进芩的碗中。

那顿饭是怎样结束的我忘记了，但它让我明白一个道理：在这个家庭中等级森严，岳父、岳母和妻子都是尊贵的，他们有权吃自己喜欢吃的东西；而我是卑微的，只能吃他们剩下的东西。

为了提高自己的家庭地位，我别无选择，只能拼命工作。后来在自己的努力和岳父的提携下，我的职位越来越高，薪水越来越多，人脉越来越广。岳父退休后，我先由经理助理被提拔为公司经理，后又被提拔为总公司的副总经理。

虽然在单位我是一人之下万人之上的副总，但在家里的地位仍旧如初。有时候习惯真是一种可怕的东西，尽管岳父已经退了下来，妻子也辞职当了家庭主妇，但在家里他们依然还是高高在上。

每当我与芩发生口角时，她总会说："当初要不是我爸，你能有今天的成就吗？人呐，要知恩图报。"我无法反驳她，的确，如果没有岳父的提携，我一路走来不可能这么顺利，但是，她也不能抹杀我个人的付出和努力吧？

当初结婚时，房子是岳父买的，家具、家电等生活设施也都是岳父出钱制备的，对此，我非常感激。可是她二十年如一日地让我这样"报恩"，一旦我不顺着她的意思做，她及其父母就明里暗里说我"忘恩负义"，这种日子我过得实在太压抑了。

她曾经怀过别人的孩子

我和芩结婚后一直没有孩子，当时我的事业正在发展阶段，因此也没在意，想一想我们还年轻，以后总会有孩子的。但是芩的态度很奇怪，总让我去医院看看身体有什么毛病，说能治赶紧治。

我就不明白了，为什么芩这么肯定问题一定出在我身上？涉及男性的尊严，我的语气有点生硬，直接反驳道："说不定你身体有问题呢？"谁能肯定，不孕不育的问题都出在男人身上。

芩被激怒了，后来拉着我同她一道去医院检查，看看究竟谁有毛病。我不知道她哪来的这股底气，当时还自我怀疑一番，难道问题真出在自己身上吗？

等检查结果出来时，芩特意让我陪她取检验单证。检查结果证明，问题出在她身上！因她患有妇科炎症和子宫内膜异位症，所以无法怀孕。医生还问她，何时流过产？

忽然我全明白了，为什么先前她那么自信，因为她曾经怀过孕，当然确信自己有生育能力。殊不知，正是她的自信让我知道了她过去的隐私。

面对我怒气冲冲的质问，她很淡定。她说和前男友在一起时，未采取避孕措施而意外怀孕，后来与他分手后，就做了人流手术。末了她还说，医生说她的妇科病完全可以治愈，以后我们会有孩子的。

她根本没把和前男友发生关系甚至怀孕当回事儿！在她看来，那是跟我认识之前的事，现在既然我知道了，也无所谓，她不认为自己有错。

我不这么认为，和她大吵了一架，并且第一次动手打了她。她哭得不依不饶，岳母在一旁不停地骂我，岳父知道自己的女儿有错在先，没有过多地指责我。他只是告诫我俩，以后要好好过日子，把事情闹大了对谁影响都不好。岳父口中隐隐威胁的意味我听出来了，我第一次反驳他："离婚，反正这事儿说出去你女儿丢人。"

一起生活了这么多年，我对芩是有感情的，再说我也不是特别迂腐的人，冷静后，这件事我就不再提了。芩小心翼翼地观察我几天，等她发现风平浪静后，又开始对我呼来喝去。在她看来，她家对我的恩情我一辈子都报答不完，一切都是我欠她的。

追求自己的快乐

我和芩的感情就这样了，所以我将更多的精力投入到工作中。五年前，我与生意上的合作伙伴合伙开了一家物流公司，这几年运营得一直很好，现在我既是单位的副总，又是这家物流公司的大股东，已有私产上千万元。

如烟是这家物流公司的业务员，刚参加工作不久。有一次她随我参加一个酒会，席间几个年轻人可能看她漂亮，一个劲地敬她酒，她喝得满脸通红。我看她已有醉意，就没让她再喝，替她喝了很多酒。

那天我送她回家，她住在我们物流公司附近的一处出租房里。看到屋内简陋的设施，我心中油然生出一种豪气，我想给她优渥的生活。

我开始有意无意地接触如烟，帮她解决工作上的一些难题，我俩的关系很快走近了许多。她家境不好，每月工资的大部分都要汇往家里。看她平时穿着俭朴的衣装，天天都在省吃俭用，买什么东西都不舍得多花一分钱，有时我都觉得心疼。现在，我早已过了为金钱发愁的年纪，看着她每天为生计奋斗，忽然觉得自己年轻了不少。

我送给如烟一部苹果手机和两张价值六千元的购物卡，希望她能像其他都市女孩一样把自己打扮得漂漂亮亮。开始她拒绝了，几天后还含着泪傻乎乎地越级向我递交了辞呈。我告诉她，我没有别的意思，就是想经常看到她，跟她聊聊天，并且不会强迫她做任何事。我猜，她不会对我一点感情都没有吧？这时她一直看着我，然后猛然扑到我怀里哽咽起来。我紧紧搂着她，说一切都是我的错，是我不好，而她是天下最好的女孩。

后来我给如烟买了一套房子，把她由业务部调到财会部，我舍不得她每天出去跑业务，每次酒会被陌生男人灌酒和戏弄。如烟是个很单纯的女孩，从来不会提出任何让我为难的要求，并且她十分崇拜、依赖我，这是在妻子身上我永远无法得到的东西，和她在一起我很快乐。

让我愧疚的是，我不能为了如烟与芩离婚，虽然当初的恩情在芩的一遍遍重复中变了味道，但我始终不能忘却，没有岳父，就没有我的今天。我爱过芩，即使现在不谈爱情，一起生活了二十年的亲情还在，只是这份"恩"压得我快要窒息了，在这种情况下，我想我有权利追寻一点属于自己的快乐。

丽红手札

王先生无法忍受妻子一次次以恩情做筹码要求回报，面对生活中对他呼来喝去并有恩于他的妻子，他苦闷、徘徊、疑惑。他明白知恩图报的道理，但二十年都报不完的"恩"使他大伤自尊。的确，一个大男人顶着"上门女婿"的尴尬身份，每天观察着妻子的脸色，揣摩着岳父母的心意，诚惶诚恐地过日子，难免满腹委屈。尽管这样，他始终不忘"亲情"，仍旧不愿意离开他的妻子。在这种矛盾中生活，他每走一步都显得格外艰难。

或许在王先生的妻子看来，如今王先生所拥有的财富、地位和幸福都是她和父母赐予的，王先生只有时刻不忘她家的"恩典"，才对得起自己。她以妻子和恩人的双重身份要求王先生在生活中无条件地服从自己，并完全按照自己的意愿行事。一旦王先生的言行稍有差池，违背了她的意愿，她便把旧恩挂在嘴边，刺激王先生的敏感神经，发泄心中不满。

正是她的这些举动，有意无意地伤害了王先生的自尊。夫妻之间本应平等，无高低贵贱之分。在生活中，夫妻应互相尊重、互相关爱、彼此宽容。在自己父母面前，给足丈夫的面子，让他保持一个男人应有的尊严，更能体现妻子的贤淑与美德。

追求有尊严的生活，是每个正常人的心理需求，无可非议。在一个家庭中，如果夫妻一方得不到对方尊重，其心理往往容易发生微妙变化，影响夫妻感情。尊重自己的另一半，不仅能让对方充满自信，还会给自己带来更多快乐，促进婚姻稳定、家庭和谐。于很多男人而言，尊严比财富、地位更重要。

约翰·高尔斯华馁说过，人受到震动有种种不同：有的是在脊椎骨上；有的是在神经上；有的是在道德感受上；而最强烈的、最持久的则是在个人尊严上。一个成功的妻子可以自如地支配丈夫的行为，让他在生活中心甘情愿地围着你转；可以牢牢地管住丈夫的钱，让他高高兴兴地按着你的意愿花销每一笔钱；可以严厉地指责丈夫的过错，让他今后更听你话，处世更精明……但唯独不能无视或者侵犯丈夫的尊严。尊严容不得轻视，爱情亦禁不起消磨，当两颗心渐行渐远时，婚姻便会风雨飘摇。

当初若王先生能开诚布公地与妻子沟通，讲出自己内心感受，结局是否会不同？也许她的举动并非有意，也许她尚未意识到问题的严重性，也许她认为这是理所当然的……但这些"也许"都属于夫妻内部矛盾，他们可以争吵、讨论、反思，无论是握手言和抑或分道扬镳，至少曾为维护这段婚姻付出过努力。可是王先生没有这样做，反而将已拥有的财富和地位作为猎艳资本，以"恩情"胜过"爱情"为托词追逐年轻、漂亮的女孩，明明是自己肤浅，却将尊严当作见异思迁的借口，而结局不会因为借口是否高尚而改变。

事情发展到这种局面，起因固然在王先生的妻子身上——她伤害了丈夫的尊严；但最后，终究是王先生错得离谱——一句"恩重如山"，辜负了两个女人的感情，将埋葬三个人的幸福。

第二章　情爱纠缠

到底是谁不懂得珍惜谁

电话里，陈先生向我讲述了他与前妻及现任女友的感情纠葛。他说他不想伤害身边任何一个人，却似乎又很难做到。我将他的故事写下来，希望给每个读者带来一点启示、思考或者感悟。请别问我最终结果，那是谁都无法预知的未来……

下面以陈先生为第一人称，揭示这个故事的始末。

曾经的我很幸福

我这个人从来不想大富大贵，只想有一个温暖的家，过好自己的小日子。

悦和我同岁，她性格开朗、单纯、活泼，长得漂亮，也有气质。在我心里她就像还未长大的顽皮孩子，见到她，我就有一种想把她搂在怀里百般呵护的冲动。我很爱她，婚后不久，我们就有了孩子。我把儿子叫"小宝贝"，把她叫"大宝贝"，一直把她当孩子一样宠着。

悦原来是一家小医院的护士，跟我在一起后便辞掉工作。我尊重她所做的一切决定，并且心甘情愿地养着自己心爱的女人。

生下儿子后，她恢复得很好，依然身材苗条，姿色出众，到了人多的地方，还能吸引很多男人的眼球。跟她在一起，我有一种骄傲感。

不过我妈对悦却颇有微词，原因是她不会做家务，也不会照顾孩子。我妈经常过来帮我们收拾屋子、看孩子，有时跟我抱怨，说她整天就知道逛街买衣服，没尽到做妻子做母亲的责任。每当这时，我总会在我妈面前替她说好话，尽量改变她在我妈心目中一些不好的印象。

在我看来，悦只是有点儿小虚荣，恋爱时我就知道这一点，她曾经用做护士半年挣的工资买了一个名牌包包，但她从不掩饰自己，做什么事情都不藏着掖着，是个没心眼的傻媳妇。她常去逛商场，十分关注一些品牌店服饰的动态，一旦遇到打折时，就要买几件，回家后还兴奋地跟我讲个不停。看她那么高兴，加上我也希望自己的老婆穿得光鲜体面，所以一切都由着她来吧。

我原来在一家食品厂当部门经理，工资足够负担一个家庭的开销。那时我妈曾多次跟悦唠叨，让她出去找份清闲工作，哪怕一个月挣一千元，也可以补贴家用，别让一个男人苦撑着。每当听到这样的话，她都"嗯、嗯"地答应。她不愿意出去工作，我也养得起她，后来我就告诉我妈，不让她出去工作是我的主意。我满足于这样平静而温馨的生活，每天都会笑对我的亲人。

妻子的背叛

几年后，食品厂因经营不善倒闭了，于是，我筹划自己开一家酒店。开酒店真不是一件容易的事，那段时间我忙着筹备酒店开业，忽略了悦。等酒店开业大吉时，我们的婚姻出现了问题。

因为开酒店，我结交了形形色色的"朋友"。其中有些人我明知他们跟自己不是一路人，但为了经营酒店，不得不和他们在酒桌上称兄道弟。如今做哪行挣钱都不容易，何况是自己开店当老板。

有个叫铁钩的黑龙江人，有经营酒店经验，那段时间他常到店里做客。他坐过牢，出狱后他叔叔资助一笔钱把他打发到吉林，在这边开一个公司，经营汽车配件。铁钧比我大几岁，显得十分成熟，从头到脚一身黑，黑礼帽、黑墨镜、黑西装、黑皮鞋，一副黑社会大哥的派头。他是混迹风月场所的老手，很会讨女人欢心。

记得他第一次见到悦时就说我有福气，娶一个这么漂亮的老婆。当时我很高兴，觉得自己在众多的朋友面前很有面子，却没想到从那时开始他就打起了悦的主意。

我毫无察觉，没过多久，他和悦已成为经常联络的朋友。悦喜欢网聊，我说过她几次，但她不以为然，还埋怨我不该干涉她与网友交流，好在她从来没有约网友出去见面的举动。这段时间她又频繁上网聊天，可能又结交了新网友，想想最近自己确实太忙对妻子关心不够，也就没有因为这个"新网友"而跟她争吵。

当朋友暗示悦和铁钧的关系不太一般时我竟不敢相信，不过仔细留意几天终究还是让我发现了蛛丝马迹，这对我来说简直是晴天霹雳。我一时间不知所措，考虑了几天，决定和悦好好谈一谈。

那天，我没去酒店，把儿子送到我妈家后，又独自返回家里。我刚起个话头，悦就明白了，她直接向我坦白了一切。她还说我给不了她想要的生活，只有和铁钧在一起才有激情，铁钧让她体验到一番全新的人生。最后她说："我们离婚吧，他答应娶我，我要跟他回老家生活。"

我考虑了很久，最终同意离婚，不同意又能如何？她的心都不在我这儿了，人是留不住的。当谈及离婚条件和分割财产时，我们约定儿子由我抚养，房子和家里三分之一的存款归我，另外三分之二的存款归她。我妈知道这个消息后匆匆赶过来，把她痛骂一顿，当我妈伸手要打她时，被我拦住了。送她离开时我只说了一句话："到时候你别后悔。"

眼前的 "曙光"

为了减轻离婚带来的痛苦，我把全部精力都用在酒店经营上，因此生意一直很好。一年前我扩充了店面，现在酒店有两个楼层，面积达九百多平米。如今我不仅有了一些钱，而且儿子在我妈的精心照顾下也长高了不少，他乖巧聪明，活泼可爱，一切都朝着好的方向发展。

悦走了已经一年有余，我妈说我身边缺个知冷知热的女人，于是帮我张罗相亲。我妈眼光高，比较挑剔，每次相亲对象的条件都挺好，基本上都是二十多岁的未婚姑娘，有的还是博士研究生。而我呢，虽然现在有点钱，但毕竟是离异男人，还带个儿子，许多姑娘都不愿意嫁过来当后妈，有的姑娘看上我，我还担心她不能善待儿子，所以，相来相去一直没有结果。

虽然相亲失败了，我却在自己的酒店里找到希望。米是我店里的前台接待，半年前应聘来到酒店。她心思缜密，不管做什么事考虑得都非常周全，大家对她的评价很好。

因忙于酒店业务，我脱下来换洗的衣服常常不能及时清洗，只要被米发现，她就会偷偷地帮我洗干净，事后还有意回避，似乎不想让我知道是她洗的，但终于有一天还是被我发现了。有一次，她回老家，回来时带给我一些土特产，东西虽然不贵重，却是米的一番心意，我很感动。

我开始留意米。她是个非常贤惠的姑娘，虽然只有中专学历，但讲起话来斯斯文文的，做起家务来更是一把好手。有时她来家里帮我清理房间，把乱成一团的家打理得干净整洁，还帮我做饭，每逢这时我都能感受到久违了的家的温暖。

米对儿子也很好，每次来都按照儿子的口味精心烹制菜肴，还自己掏钱买了许多儿童图画书送给儿子。渐渐地，我妈对米另眼相看了。有一天，她对我说："米是个好姑娘，你也老大不小了，赶紧把人家娶过来吧，咱摆酒席好好热闹热闹。"

我一想也是，米的过去很简单，中专毕业后就来到我的店里工作。她年轻漂亮，能吃苦耐劳，尤其是对儿子好，母亲非常满意，我没有理由不把她娶进门。

就这样，我和米确立了恋爱关系，她搬进我家，一边帮我照顾儿子，一边料理家务，我们准备年后登记结婚。米的父母是农村人，听女儿说要结婚了，便坐火车过来"会亲家"。她的父母都是老实本分的人，见面后对我很满意，连连告诫米要好好地相夫教子，还不停地说他们的闺女有福气。

前妻归来

可是，就在我和米快要结婚的时候，悦回来了。第一眼看到她时我几乎没认出来，她变得那么憔悴、沧桑，依旧穿着我给她买的那件皮草，那是当年她过生日时我给她买的，足足花了一万多。她走的时候把值钱的衣服、包包都带走了，留下的都是一些不值钱的零碎东西。

她很不自然地盯着我，然后含着眼泪问道："我走的时候，你让我别后悔，可我现在真的好后悔，我还可以回到这个家里来吗？"

我本想跟她说："你回不来了，家里已经住进另一个女人，我们马上就要结婚了。"可是，当我看着她那忧郁、痛苦的表情和憔悴的样子，真是太可怜了，话到嘴边却怎么也说不出口。

我没说话，她也不再说话，只是呆呆地坐在沙发上，看不出有走的意思。不得已，我只好断断续续地讲了我和米的事情，还特意强调米一会儿就回来。她听后，骤然又增添了失落的表情。

接着她也讲起自己这两年多经历的事情。铁钩将自己的公司转让给他人后，拿着这笔钱和她去了黑龙江。在老家，铁钩开了一家迪厅，结果血本无归。铁钩对她并不好，在外面找女人都不背着她，后来没钱了，还变卖了她的金首饰。她提出离婚，铁钧就威胁她，说敢离婚就让她不得好死。直到两个月前，铁钧又迷上一个比她更年轻漂亮的女孩并决定结婚，她才得以解脱，跟他离了婚。

这时，米领着儿子回来了，看见她，米愣住了。儿子看了一会儿，终于认出了妈妈。悦抱着儿子不撒手，哭得一塌糊涂。

最后，悦还是走了，她告诉我就住在附近宾馆，可能随时过来看看儿子。那一晚，我和米一宿无话，睁着眼睛静静地躺到天亮。我的心很乱，脑海不停地回忆跟悦一起生活的点点滴滴。一时间，我陷入了两难的抉择中。

我该如何选择

我妈很快知道了悦回来的事，我猜是米看到悦回来后心里有危机感才告诉她，不过悦回来的事我妈迟早会知道，我不怪米。

我妈坚决不许我再见悦，骂悦的话也越发难听了，甚至警告我如果和悦复婚，就不认我这个儿子。我只好先安抚老人，并做出保证。

可能是悦到学校跟儿子说了些什么，有一天儿子突然对我说："爸爸，妈妈回来了，为什么不让她跟我住在一起呢？"此时，我心乱如麻。

如果我和悦重续前缘，儿子有了完整的家，但是，米怎么办？米为我付出那么多，对我那么好，给予我前所未有的关照，况且，我妈肯定不会同意我和悦复婚。

如果我和米结婚，儿子怎么办？母爱是任何情感都无法取代的。现在悦无依无靠，孤苦伶仃，一个人怎么生活呢？悦是我的初恋，我儿子的母亲，我曾经深爱过多年的妻子。她不回来还好，既然回来了，说实话，我心里真的放不下她。

有时想一想，自己是个很失败的男人，总想让身边的人都过得好，可却落得让所有人都不满意的结局。

丽红手札

　　作为一名倾听者，我详细地听了陈先生讲述的故事。他说母亲慈爱，儿子聪明，米是个好姑娘，悦是个傻女人。他的声音低沉而平静，从头至尾，他没说过前妻一句坏话。在他眼里，看不到身边亲人的半点不好。也许陈先生看问题不够全面，但无可否认，他是个宽容大度的男子汉。

　　古罗马时，执政官凯撒得知妻子背叛自己后，只是同她离了婚，而未用自己的权势惩处任何人。当年明月如是说，从历史中我们可以知道，宽容从来都不是软弱。凯撒对移情别恋的妻子所持有的态度，淋漓尽致地展现了一代伟人在处理个人情感问题上的卓绝风范。宽容是一种美德，却不是谁都可以拥有，如何通过自己的言行诠释并体现这种美德，更是值得每个人深入思考的问题。

　　通话过程中，我问了陈先生两个问题：在您眼里，是母亲的态度重要还是儿子的态度重要？您认为和谁在一起更能让您幸福？陈先生很快给出答案：母亲和儿子的态度都是至关重要的。米一定能让我以后的生活幸福，但悦却不一定。

　　在这样的答案下，一边是背叛过陈先生的前妻，一边是毫无过错的订婚女友，陈先生的抉择显得耐人寻味。原因很简单，是选择前妻还是订婚女友？是听母亲的话还是考虑儿子的感受？这种不自觉的意识在陈先生的脑海中不停地循环交替着……

　　无论是为了情还是图他的钱，或是二者兼有之，悦和米都不愿意退出竞争。因此在三人的感情纠葛中，陈先生始终占据主导地位。

　　悦虽然和陈先生相识在先，却已离婚两年，如今贸然回来，不顾陈先生已有订婚女友的现实，想与其复婚，即使不谈感情，从道德角度讲也是说不过去的。每个人都不该为自己的选择后悔，即便后悔了，也不该让别人为她的后悔行为买单。

　　米是无辜的，但是当初和陈先生在一起时就知道他是离异的，还有个儿子，未来可能遇到种种困难、麻烦是情理之中的事。为什么选择一个比你大很多、还有孩子的离婚男人呢？你想要什么？愿意为他付出什么？

　　有时候，一个人在做出一种选择后就失去了继续选择的机会。米很好，可是陈先生也爱悦，甚至不在意她的背叛。悦的眼泪让他无法做出选择，让他心痛。我想，女人都会流泪，但唯有挚爱女人的眼泪才能流进男人心里。

　　一个女人最大的悲哀莫过于爱上一个对其他女人念念不忘的男人。如果陈先生爱悦再深一些，坚持再久一点，独身等悦归来，就不会有这些困扰。可惜生活每一天都是现场直播，从来不存在"如果"二字。

　　世界上最珍贵的并非"得不到"和"已失去"，而是"已拥有"。道理虽然简单，但做起来很难。爱情，没法要求公平。感情上的事，没有谁对不起谁，只有谁不懂得珍惜谁。

幸福不会原地等候

吸烟是个坏习惯，特别对女人而言。馨儿在征求我的同意后点燃一支烟，她的动作很自然。我们之间隔着徐徐飘动的烟雾，她的脸在我眼中开始变得朦胧，透过淡淡的烟雾，我意外洞悉了她眼中的忧郁，那一刹我觉得世间最动人的风景也不外如是。

馨儿告诉我，等她结婚后打算将烟戒掉，这也是她此番联系我的原因所在——她不知道该接受谁。两个男人几乎在同一时间向她求婚，一个是她的正牌男友，另一个是她的同事兼知己。馨儿说她对二人都有感情，不忍心拒绝其中任何一个，这一切都是她造成的，是她放纵了自己的内心，而现在亟待做出取舍，必将辜负其中一个……

也许正如馨儿所言，她是很多人眼中的坏女人。但世上就是有这样的女人，即使在做坏事的时候都十分迷人——我不禁想起馨儿吸烟时的模样，有些人只要看见过，就永远都会记得。

下面以馨儿为第一人称，揭示这个故事的始末。

甘当护花使者的男闺蜜

许多朋友都知道庄俊是我的男闺蜜，我俩关系非常铁。身边的朋友、同事羡慕我有这样一位细心且贴心的"铁哥们儿"，但在内心深处，我对庄俊的定位绝不限于此，他是我的知己、恩人，也是我生命中不可或缺的灵魂伴侣。不可逆转的过去，造就了我和他错综复杂的关系。

我曾在一家私企工作，在那里认识了庄俊，我们是同事关系。最初他给我留下的印象很模糊，没有特别优秀的表现，也没有特别不好的地方，是个挺平凡的角色。

三年前的一天晚上，我们部门经理带着我和另一家公司的几个人谈生意，地点选在我们公司附近的一家酒店。酒桌上我替部门经理挡了很多酒，喝到最后神志都不清了。宴席结束后，我扶着墙从二楼下来，走起路来腿都发飘，刚出酒店大门，部门经理满脸堆笑地走过来，非要开车送我回去。

我拒绝了，说自己打车回去，但部门经理根本不顾我的意愿，半推半拽地把我往他的车里拉。当时我迷迷糊糊的，脑子根本转不过来，只是不明白他为什么一个劲儿地拽我，于是我借着酒劲儿大声问他："经理你要干什么呀？"他下意识地捂一下我的嘴，随即松开并解释说："送你回家。"眨眼间，他已把我塞到车的后座上。

他正要关门时，突然，庄俊出现在他面前，也不知道庄俊对他说些什么，然后庄俊把我从车里扶出来，打车送我回到宿舍。

第二天清醒后，我想起昨晚发生的事，顿时惊出一身冷汗，抱怨自己没有防人之心，心里十分感激庄俊，幸亏他及时出现，否则不知道会发生什么事。

如果因为我的缘故，庄俊得罪了部门经理，会让我感到很惭愧。于是我准备给他打电话，表达我的谢意，恰巧，他过来看我，已走到宿舍门口，因为是周六，还特地为我买了一份午餐。

对昨晚的事，我首先跟他表示谢意。他显得有些局促，忙说没关系。因为最近几天他都在公司加班，昨晚出来时正好看见我被部门经理往车里拽的那一幕。接着他告诉我，部门经理是个色鬼，经常借工作之机占漂亮女工的便宜，既然他看到了，就不能丢下我不管。

这件事过后，我俩就成为朋友。部门经理被庄俊"坏了好事"，虽然明面上没说什么，但背地里常常给他穿小鞋；而我呢，每天和部门经理共事觉得十分别扭，总担心他再度算计我。后来我跟庄俊商量，决定一起辞职，另谋出路。恰巧，这时一家外企招聘，待遇不错，经面试后，我俩均被录用。

结识高富帅男友

一年前，一次偶然的机会，我结识了曾岩。曾岩是我姐夫的同学，我俩在姐姐家初次见面，彼此印象都挺好，他临走时向我要了手机号和QQ号。

曾岩是个行动派，几天后他就给我打电话，说想追求我，问我是否愿意给他一个机会。我不知道该拒绝还是接受，只能跟他说我得考虑一下，明天答复他。

随后我给姐姐打电话，把这件事告诉她，问她该怎么办。姐姐觉得曾岩是个很好的男人，随后将他家情况向我做了介绍。她说曾岩的父亲经营一家公司，母亲是个大学教授，曾岩本人是要文凭有文凭，要能力有能力，况且长得一表人才，如果我嫁给他，不会过苦日子。

后来，姐姐把这件事告诉了父母，父母也希望我和曾岩处一段时间，看看两个人能否合得来。我知道，他们看中的主要是曾岩的研究生学历和家庭背景。其实我对曾岩也有许多好感，只是感觉才认识不到一个星期，就谈起恋爱来，多少有些仓促。既然家里人都赞同，我就接受了他的追求。

在相处过程中，我发现曾岩是个理性人，他对待工作一丝不苟，对周围的同事、朋友有情有义，慷慨大方。他帮父亲管理公司，平日里很忙，我们约会时通常聊得时间都不长，有时聊不上一小时，公司里就有人打电话请他过去处理一些棘手的事务。

曾岩对我不能说不好，过生日时为我庆生，情人节送我饰品，也带我去过他家见过其父母……但有时候也说不上好，毕竟他是个大忙人，平时没有时间和我煲电话粥，网上聊天次数也屈指可数。有一次我住院做阑尾炎手术，那段时间他为拿下一笔订单，只来看过我两次，来去匆匆，留下一堆营养品……我不太喜欢他把工作看得比我还重要。而作为好朋友的庄俊，那时每天都请假过来看望我，帮我洗削水果，陪我聊天，开导我……两者相比，高下立判。

两个男人向我求婚

我和庄俊相识在先，但他过去一直没向我表白过，在很长的时间里，我真把他当成了男闺蜜，只是后来习惯了他对我体贴温柔的问候和照顾。所以说，习惯真是一个可怕的东西，我们的感情在不知不觉中开始变质。

我妈认识庄俊，说他是个不错的孩子，会疼人，就是被家里人拖累了，不然也不会这么大还没对象。我妈的言下之意我明白，庄俊是在单亲家庭里长大的，他母亲一个人把他拉扯大，很不容易。

我没去过庄俊家，也没有见过他的母亲，庄俊也很少提起她。我能猜得到，他母亲固然可亲可敬，但肯定是那种视子如生命、比较极端的人。我没有信心能和他母亲融洽相处，说起来，在庄俊向我求婚之前，我从未动过嫁给他的念头。

本来我和曾岩处得不错，但就在今年年初，发生了一件让我十分糟心的事。曾岩的前女友回来找他，大有重续前缘的意思。现在社会不像以前那样男女大防，有个前女友也没什么大不了的。

但是，他的前女友找到我说起了很多曾岩的事。曾岩读研的那个城市是她的家乡，曾岩是为了和她在一起才继续深造的；曾岩在海南买了一套房子，只为了和她一起看大海，听海风海浪的声音；曾岩在一个风雪交加的夜晚开了三个多小时的车，只为过去照顾生病的她……

原来，曾岩的理性因人而异，他将全部的感性、冲动和热烈的爱都给了那个女人，他从未像当初爱她一样爱我。

我问曾岩那些话是不是真的，他默认了。几天后曾岩向我求婚，他说很爱我，但是在我看来，觉得他更像是"因爱生恨"，借着和我结婚报复前女友……也许是婚前焦虑症吧？我不知道是否该相信他，毕竟他的前女友来了，即使结婚，我们就一定能幸福吗？

我感到很苦闷，于是学会了吸烟。之前的生活一直顺风顺水，现在遇到了困难，我的心情变得十分烦躁。我的表现都被庄俊看在眼里，我把曾岩前女友的事源源本本地告诉他。庄俊一直安慰我，劝我不要吸烟，不要拿别人的错误惩罚自己。

就在曾岩向我求婚的第二天，庄俊毫无预兆地突然单膝跪在我面前，他说他一直都爱着我，只是不敢说出口，本想默默祝福我，现在却担心我的未婚夫给不了我幸福。庄俊说他这辈子唯一勇敢了这一次，把对我的感情说出了口。他说虽然自己没有曾岩英俊多金，但他会爱我胜过一切。

听到庄俊的告白，我更加迷茫。曾岩和庄俊，我该选择谁？如果嫁给曾岩，他受到前女友的诱惑，背叛家庭该怎么办？如果嫁给庄俊，我完全没有准备，而且他家还是那种情况。一边享受着曾岩的关怀，一边又贪恋庄俊的温暖，事情发展到这种不可控制的地步，绝大部分责任都在我身上，我真是个不可救药的坏女人。

丽红手札

有人说，最在乎前女友的往往不是前男友，而是前男友的现任女友，这句话很有道理。曾岩前女友的出现，成为曾岩向馨儿求婚的催化剂，也让馨儿对这段感情产生质疑，而庄俊突如其来的告白，使问题更加复杂化。

现在馨儿必须明确一个问题：你是怀疑男友对自己爱得不深而不敢结婚，还是在男友和好友之间难以取舍？

世上有多少人一见钟情然后闪婚闪离，又有多少情侣天长地久长相厮守，不同的人生注定不一样的结局。其实，前女友是过去时，已然成为历史，馨儿虽然需要保持警惕，却不必如临大敌。在前女友"驾临"的微妙关头，曾岩愿意向馨儿求婚，这是一种态度，表明曾岩没有耽于"旧情"。

馨儿说自己对庄俊也有感情，但究竟是哪种情？友情、亲情、恩情或者爱情？感情有许多种，其中的爱情却全然不讲等价交换，当一个男人满怀真诚地向心爱的女人求婚时，女人为此感动甚至纠结，不一定代表她同样爱着这个男人。有时候感动只是瞬间爆发的一种情绪，纠结也不过是因为没有准备而被打个措手不及。

每个人都渴望得到温暖和关怀，馨儿也不例外。在工作和生活中，她乐于享受好友庄俊的照顾，在她心底，也许将庄俊摆在"备胎"的位置上。谁让庄俊总是心甘情愿地默默奉献呢？爱情没有道理可讲，"我爱你，但与你无关。"这句话很多人说过，但几乎没人可以做到不让这份爱去打搅对方的生活。

世上万事万物没有什么东西可以轻易得到，得到了就必然付出相应代价。当"备胎"决定转正时，馨儿的困扰随之而来。社会上每个人都身处不同位置，扮演着不同角色。有些人在三年前没成为情侣，三年后又能否走到一起？

或许，馨儿爱着曾岩的财富地位、英俊潇洒，同时感动于庄俊的温柔体贴、深情奉献？为了避免出现王菲歌曲中"我把心给了你，身体给了他，情愿什么也不留下"的情形，馨儿必须用自己的阅历与智慧做出正确判断，到底谁能给你真正的幸福，希望尽早做出选择。

爱你的人请你珍惜，你能回应的，请好好把握，幸福稍纵即逝，不会站在原地等你；你无法做出回应的，请放手让人家离开，每个人都有被爱的权利。有些感情，你以为是爱，可能真的是爱，也可能只是爱的错觉。

与相爱的人厮守一生，共同度过日后平淡的岁月，每日讨论柴米油盐等种种琐碎细节，别以为这些事很简单。

我们无法预见一个故事的结局，所以，在馨儿还没有做好准备、下定决心时，不要轻易说结局。

第三章　炫耀幸福

幸福不需要比较更无须炫耀

春节前我到一家超市办年货，结账时排了很长的队，我发现排在自己前面的那个人很有意思，她的购物车里放一箱包装精美的山竹和一袋特价处理的苹果。我们虽然陌生，但等待太过煎熬，于是，她一言我一语地聊了起来。她很健谈，讲了许多自己经历的事。我们大约聊了二十分钟，直至她结账后离开。我不知道她的名字，在这里姑且称她为若云。若云平静地讲述了一个平凡女人的故事，这个故事的主人公，恰是她自己。

我和若云短暂相遇，接着擦肩而过，意外地了解到她的身世和经历，这是一种缘分，以后将是一段美好的回忆。岁月沉淀了多少欢乐，时间湮灭了多少叹息。我写下她的故事，与所有读者一起分享。

下面以若云为第一人称，揭示这个故事的始末。

偏心的爷爷奶奶

我小的时候家里较穷，爷爷奶奶又极其偏心，我曾一度以为父亲不是他们亲生的。爷爷奶奶对叔叔很好，有什么好事都想着叔叔一家，对父亲总是横挑鼻子竖挑眼，不管父亲怎么做都是错的。他们连父亲都不喜欢，我在这个大家庭里自然没有什么地位。

我十岁那年，父亲借钱在村里盖了四间房，把母亲高兴坏了，拉着我和哥哥的手，喜极而泣。结果呢，新房刚建好，爷爷就过来了，让父亲把这四间新房分出两间给叔叔一家住。父亲是大孝子，岂能违抗爷爷意旨，当即允诺。

家里还欠着外债，房子就借出去两间，母亲为这事经常与父亲吵架，那阵子家里真的很不平静。父亲平时对母亲挺好，但一涉及爷爷奶奶的事，态度立马强硬起来。因为母亲说了爷爷几句坏话，他竟抓住母亲的头往墙上撞，当时把我吓坏了，以后在父亲面前不敢流露一点对爷爷奶奶的不满。

我清楚地记得，有一天在放学回家的路上遇到大雨，正巧我走到爷爷家门口，就进去避雨。那天堂弟也在爷爷家，奶奶给他做了一碗红烧肉，见我进来后连忙用盘子将红烧肉扣上。我本想等雨停了再走，可是奶奶不停地催我回家，等雨小一点后，她硬是把我推出去的，然后"哐当"一声把大门关上。我家那边是山区，途中我在下一个泥泞的小山坡时左脚一滑，竟然滚了下去，我带着一身泥水几乎是爬着回家的。

那些年，父亲每周都买很多东西看望爷爷奶奶，母亲有时也买猪肉、鸡蛋送给他们。可是他们一点儿都不满意，还陆续向父亲要了七八万，说是养老用，实际上都补贴给我那位不务正业的叔叔及其一家。叔叔家越来越"阔绰"，而我们家却越来越穷。

重男轻女的父母

家里经济条件本来就不好，还要往爷爷奶奶那边花很多钱，情况可想而知。我家有两个孩子，哥哥大我五岁，他初中没念完就辍学在家，有时出去打点零工，三天打鱼两天晒网，一年到头挣不了几个钱。

我从小就知道家里穷，因此一直努力学习，学习成绩也挺好。那年高考，我的分数超过二本分数线二十多分，可以去一所不错的大学。老师了解我家情况，告诉我可以申请助学贷款，毕业后还贷，而且不用支付利息。我听了很高兴，想到学费有了着落，上学后再勤快点，做个兼职，总能坚持念完大学。

回家后，我马上将这个好消息告诉了父母，谁知，父亲听后竟皱起眉头，一副不高兴的样子。母亲轻咳一声，慢吞吞地说，前段时间哥哥处个对象，那姑娘非要盖新房、买"三金"，不然不同意结婚。她和父亲已商量好，等我高中毕业后让我出去打工挣钱，争取让哥哥早日娶媳妇。

我哭了半宿，但一想哥哥已经二十六岁了，没有稳定收入，家里又穷，如果我再贷款念书，他啥时候能娶上媳妇？于是我默认了父母的安排。

村里人都重男轻女，毕竟要指着儿子养老，所以，我理解父母的想法。说实话，父母平时对我也不错，可是，一旦涉及哥哥的利益，我就得靠边站。在父母眼中，我的前途和给哥哥娶媳妇根本没有可比性，儿子最重要。可能天下父母都是偏心眼吧，想想爷爷、奶奶对叔叔那股子热乎劲儿，似乎偏心眼也遗传。

好吃懒做的嫂子

为了多攒钱盖新房给哥哥娶媳妇，父亲决定把家里住的房子卖掉，全家人搬进以前在山上搭建的茅草屋。我平时在外面打工挣钱，每个月回家一趟，回家后还要帮母亲收拾一下简陋的家。

哥哥处的对象和哥哥关系挺好。尽管我家住在茅草房里，她偶尔也会"降尊屈贵"来我家坐坐。我见过她几次，实在不明白哥哥看上她哪一点。这位准嫂子很胖，起码是二尺八的腰，有一百七十多斤重，脸圆圆的像个大盘子，眼睛很小就像睁不开似的。她不但长得不好看，而且又懒又馋。她每次来全家人都得伺候她，给她做饭、买点心、买水果、烧开水……我在灶台前辛辛苦苦地做饭、干活，她从来不过来搭把手，甚至问都不问一声。等到我把饭菜做好后，她一口气能吃三四碗，吃饱了还抱怨菜做得不好吃。

就是这样一位"嫂子"，竟将哥哥迷得团团转。哥哥常常催促父亲，让他赶快凑足钱把新房盖好。父亲愁得又增添许多白发，我看不下去了，说哥哥几句，不小心被父亲听到，结果父亲把我狠狠地痛骂一顿。他说，我对哥哥娶媳妇的事儿不上心，还嫌我挣钱少，以后还让我敬着让着这位准嫂子。

就这样，嫂子没过门，在我们家里已树立起绝对威信，而我虽是父母亲生的，却不受待见。打个比方，嫂子好像是公主，在家里颐指气使；我好像是丫鬟，活不少干，气不少受，还不落好。

"卖"女儿与"娶"媳妇

家里终于凑足钱盖了新房。新房盖得气派，为此父母乐得合不拢嘴。本来新房盖好后，准嫂子就该娶进门了，谁料她又提出要求。她说既然新房都盖了，那么家用电器一定要配备齐全，婚礼酒席也要办得像个样，之前答应下来的"三金"也该尽快落实……

那段时间我眼皮总跳，觉得会有不好的事发生。嫂子实在太能折腾了，我们已倾家荡产盖了新房，她还不满足。

有一天我回家，母亲没让我干活，她要跟我唠唠嗑。刚唠两句，她就说有人给我介绍一个对象，并让我一定跟人家好好处。我有些奇怪，哥哥还没结婚呢，母亲怎么突然顾及我啦？尽管如此，我还是挺高兴地答应下来，毕竟是母亲的一片心意。

初次见到学文时，我不敢相信他是母亲给我安排的相亲对象。先说说我的条件吧，那年我才二十一岁，身高1.68米，体重不足一百斤，长得也挺好看，是高中学历。可是学文呢，他只有小学文化，当时已三十多岁，有些秃顶，而且很矮，我穿高跟鞋时比他高半头。无论从哪方面看，我们都不般配。

学文见到我后似乎很满意，不仅主动介绍自己的一些情况，还问了我很多事情。相反，我意兴索然，对他实在提不起精神。相亲结束后，回到家我有些抱怨地对母亲说，这个对象不行，我不中意。

母亲却劝导说，学文虽然长得不好看，但很能干，为人踏实。她让我跟学文处一段时间，然后再做定夺。我哪里听得进去，毕竟在我打工的农贸市场，有好几个男人都在追求我，他们各个都比学文强十倍。事关自己后半生幸福，我一点儿不敢马虎大意。

后来母亲看我油盐不进，只好道出实情。学文在城里一个搬家公司工作，每个月都能挣不少钱，通过媒人传话，只要我同意婚事，他愿意支付给我父母十万元彩礼钱。啊，这才是母亲让我相亲的真正原因！有了这十万元，家里就能摆婚礼酒席、买家电和"三金"，嫂子就可以嫁过来了。我很委屈，好几天没上班，也不理父母。

再往后，母亲不再跟我提学文的事，只是成天淌眼抹泪的；父亲抽起旱烟一袋连一袋，整天唉声叹气的；哥哥有意躲着我，不愿意跟我说话……他们的举动让我很难过，好像我做了伤天害理的事，害得全家人都不开心。

哎，胳膊总是拧不过大腿的，我一个人哪是全家人的对手，最后我只能屈服，违心地同意了这门婚事。父母用"卖"女儿得到的十万元，让哥哥把嫂子风风光光地娶进了家门。

幸福的婚后生活

结婚后，学文对我很好。他年纪大我许多，对我知冷知热的，冬天时在家里连凉水都不让我沾。起初，我以为他的脾气不会太好，而事实却和我的猜想截然相反。他在外面无论干活多累，回到家对我总是和颜悦色的，每当看到我干活时，立即就会把活接过来，让我休息。其实我从小做惯了家务，洗衣做饭等家务我都轻车熟路。可是我抢不过他，很多家务活都由他来做。

过去我在农贸市场给人卖花，一个月挣两千元，但没有休息日。学文看我每天晚上8点多才下班，很心疼，于是让我辞掉这份工作。后来他看我待在家里没意思，就托朋友在一家超市给我找一份工作。这份工作很清闲，每天只需给几个人做两顿饭，一顿午饭，一顿晚饭，晚上 6 点之前就能回到家里。在这里我虽然一个月只挣一千元，但一点都不累。

学文的工作很累，他每天能挣两百元左右，每个月都交给我将近六千元，那可都是他的血汗钱呐。我过意不去，想换个挣钱多的工作，结果被他"严厉"拒绝。

他说自己没什么能耐也没多少钱，但就不想累着我，既然娶了我，我就是这个世界上他最亲最爱的人，要努力让我过上风吹不着日晒不着的日子。他还说因为自己长得丑，所以要加倍对我好……

他识字不多，也不会讲动人的情话，但这一番朴实的话让我泪流满面，听着真是太窝心了。那一刻，他的憨厚、朴实和善良在我心里被无限升华。

准备衣锦还乡

学文的父母都已过世，他母亲去世时，将位于长春的一处两室一厅的产权房留他，算是留给他的一份遗产，后来我们就搬到长春定居。

一年后，我们的儿子诞生了，我和学文的感情更好了。他说我劳苦功高，还说没有我他就没有一个完整的家。有了孩子后，他挣钱更卖力了，很少休息，并且不许我出去挣钱，让我在家专门照顾孩子。

我们的日子过得蒸蒸日上，家里存款也日益见多，但我们都是吃过苦的人，懂得勤俭持家的道理，所以平时去市场我都挑便宜的菜买，衣服也常买过季的。

春节前夕，我和学文商量在春节期间回趟老家，看看我父母和哥嫂。哥哥家的日子过得很不如意，因为哥哥是个不肯吃苦的人，嫂子又好吃懒做，没过门时家里人都让着她，现在生米已做成熟饭，已成为哥哥媳妇，再让母亲伺候她就说不过去了。可能因为嫂子太胖或者其他原因，他们都结婚四年了，但她肚子还没个动静，因此父母对嫂子很不满意。

看到哥嫂过得不好，我心里竟有一丝快意，毕竟当初哥哥是用"卖"妹妹的钱娶上媳妇的，对此我一直耿耿于怀。在超市购物时，我特意买了平时从来不买的高档水果，打算当作礼物带回老家，让父母和哥嫂看看，当初被他们忽视的我，如今过得比他们幸福百倍。

丽红手札

看着自己的亲人过得不如意，若云所谓的"快意"，不过是一瞬间的念头。她放弃改变命运的机会，用青春做赌注来换取哥哥的幸福和父母的快乐，这一切足以表明她深爱着自己的家人，虽然在生活中偶有抱怨，但"爱"的本质从未改变。

若云出嫁前，她的家人曾多次要求其做出"自我牺牲"，无论强迫还是自愿，这种行为已玷污彼此间最真挚的感情。爱是一个伟大的字眼，爱的真谛是奉献，而非索取。

若云对此心有芥蒂，全然在情理之中。有些事一旦发生，不管事后怎样补救都无法回到从前，这是每个人都应引以为鉴的——当我们要做一件事时，不能为达到目的而置其他人的感受于不顾。

当人们忙于生存时，为实现既定目标，往往会忽略身边亲友的喜怒哀乐。待时过境迁蓦然回首，却发现自己所拥有的最宝贵财富恰恰是当初不屑一顾的感情。

每个人都会遇到这样或者那样的烦心事，生活岂能尽如人意？我们做的一切，所求的不过是无愧于心。亲人纵然有千般不好、万般不是，但他们毕竟是生养你的父母、与你血脉相连的兄长，这是无法改变的事实。

人只活一辈子，不仅要善待自己，还要对身边的亲人宽容些。人是那么渺小，当命运苛待你时，依然要学会感恩，因为缘分天赐，今生错过了，来世不一定还能遇上。令我欣慰的是，因缘际会让若云找到了愿意为她倾尽一生的男人，这份圆满何尝不是命运的回报。

收获幸福很简单，男人不需要权倾天下，女人亦无须倾国倾城。幸福是一个人内心的真实感受，是对物质生活、精神生活的主观认可。一个人感觉自己幸福就好，没必要同他人比较。因为追求不同、价值观不同，衡量幸福的标准自然不一样，人有时会被自己的感觉所欺骗。

旁人的痛苦不能成为自己快乐的源泉。列夫·托尔斯泰说过，幸福不表现为造成别人的哪怕是极小的一点痛苦，而表现为直接促成别人的快乐和幸福。

幸福不需要比较，更无须炫耀。人生短暂，韶华易逝。如果可以爱，就不要去恨；如果可以宽恕，就不要怨怼。当我们走上一条路，在欣赏沿途风景的同时，还应珍惜路上与你相伴的人。生活的每一天都有意义，看着朝阳冉冉升起，切莫辜负美好晨光。

真爱不求最好 完美未必幸福

　　我与思倩是儿时伙伴，自她随母亲搬离旧居后，我们未再谋面，直至今年三月，她回国参加其父亲葬礼，我们又重逢。坐在一起，我们相互述说彼此近况，她主动将自己的情感经历告诉我，并希望我写下她的故事，前提是隐去其真实姓名，我欣然应允。我知道，她的用意是通过自己的经验和教训，警示和启迪所有未婚的女性朋友，为她们指明通往幸福生活的康庄之路，真可谓用心良苦。

　　下面以思倩为第一人称，揭示这个故事的始末。

移民国外　邂逅多金男友

　　我原本有一个幸福的家，父亲是一家装潢公司的老板，母亲是一所艺术学校的钢琴教师，我是家里的独生女。在我十四岁那年，父亲与公司里的女会计有了暧昧关系，母亲忍无可忍，决定跟父亲离婚。离婚后，父亲很快将女会计"转正"，母亲办完移民手续，便带着我飞往德国。

　　我们来到慕尼黑，在友人的帮助下，母亲很快成为当地一所学校的钢琴教师，其收入足够我们母女二人的开销；我用了半年多时间专攻语言，由于自己有一定基础，加上母亲德语讲得特别好，不久我就进入当地一所中学就读，与不同肤色的同学打成一片，语言已不再是障碍。

　　时间如流水般飞逝，眨眼间，几年就过去了。在这期间，母亲曾交过一个德国男友，但没处多长时间就分手了。后来我家搬到柏林，在那里我完成了高中学业，随后又考入莱比锡大学，选择了众人眼中乏味无趣的历史专业。

　　大学期间，我邂逅了徐森。在一次舞会上，我作为东方女性格外引人注意，当一曲音乐结束后，又一曲音乐刚刚响起时，只见一位西装革履、风度翩翩的男子走过来请我跳舞，通过交流我才知道，他叫徐森，是我的学长，一个英俊的中德混血儿。

认识徐森后，我常常受到他的关照，无论在学业方面还是在生活方面，他都给予我很大帮助。后来我又了解到，他还是个典型的富二代，年纪轻轻地就子承父业，继承了一家康采恩（德语 Konzern 的音译，原意为多种企业集团）公司的股份。

有一天，徐森拿着一大束红玫瑰向我告白，当时我受宠若惊，简直不敢相信自己的耳朵。说实话，我本人相貌平平，学业不精，自我感觉没有特别出色的地方，尽管在学校里人缘很好，但这一点绝不是他喜欢我的理由。

一个再平常不过的女孩竟然能得到其心中男神的青睐，该是多么幸福的事呀！身边朋友都说我运气好，就连母亲在得知这个消息后也是一脸惊讶的表情。我和徐森很快坠入爱河。为了让我生活更安逸，他在学校附近给我租了一套豪华公寓；考虑到女生爱美的天性，他请美容师定期为我做皮肤护理……

我不敢理直气壮地说自己喜欢徐森与金钱没有丝毫关系，因为最初确实是被他外在的迷人光环所吸引，以至于喜欢他所拥有的一切优越条件，但我最喜欢的还是他这个完美无瑕的人，对此我愿意为他投入所有感情。

倾心热恋　卡通老虎纹身

我和徐森的感情越来越好，时间一长，跟他在一起时便不复之前那种小心谨慎的样子，逐渐将自己真实的一面展露给他，为此他感到惊奇和欣喜。与此同时，他也开始在我面前表现出自己的另一面。

此前我一直以为他是个非常成熟的男人，没想到他也有孩子气的一面——他很挑食：若菜肴合他口味，他就会暴饮暴食；若不合他口味，他就会皱起浓密的眉头慢悠悠地咀嚼，一副苦大仇深的模样。

有一次，我做了一道家乡特色菜，刚刚盛到盘里，他就食指大动，还未等我开口便迫不及待地品尝，结果被辣得眼泪直流，忍不住地咳嗽起来，脸也被憋得通红！原来我在那道菜里加了很多辣椒，而他根本无法享受这种辣味！天地良心，我本想给他换个口味，没想到会出现这种结果。事后，他不但没有抱怨我，反倒安慰我不要在意。

遇到他并能跟他走到一起，真是我上辈子修来的福气，我感谢上帝把人世间最大的恩惠赐给了我。他改变着我的人生，让我在众人面前有了更大的自信，有了足够的面子。那时我突然萌生一个念头：要向世人宣告我对他的爱。

我决定用自己的身体把我对他的爱记载下来。按照中国传统历法计算，徐森是属虎的，老虎是代表他的最好图案，我要将老虎以及他的名字铭刻在身，让所有认识我的人都知道我与他的关系。

于是，我请纹身师将一只卡通小老虎和他的名字纹在我的右手腕处，无论春夏秋冬人们都能轻易地看到这个图案，其实这也是我向其他女性宣告"主权"的一种形式。现在自己非常幸福，幸福不能独自享受，还应让亲朋好友与我一起分享。我将我俩在一起拍摄的照片放到 QQ 空间，让他们欣赏。有的朋友看到照片后，打电话给我表示祝贺，我心里十分得意。

后来我又有一个想法，打算举办一个 Party，请朋友们聚一聚，与徐森见个面。徐森对我的想法十分支持，亲自预订宴会酒店，并安排了一桌十分丰盛的酒席……那时候，我还不知道这次心血来潮的举动给自己的未来会带来什么危害。一次聚会，颠覆了我的人生，毁掉了我的幸福。

祸起萧墙　自作自受自怨

参加聚会的大都是女生，其中最引人注目的当属悦悦。悦悦是中国留学生，在开姆尼茨工业大学就读，据说是该校最受男生喜欢的校花。她不仅漂亮，也很活泼，对朋友热心，乐于助人，可能因为是老乡的关系吧，我俩经常联系，感情也特别好，我曾多次请她到我家做客，我母亲也很喜欢她。

听说悦悦的男友是个美国人，酷爱旅游，除南极外，曾经带着悦悦周游过世界其他所有地方。在认识徐森前，我非常羡慕她，甚至有些许嫉妒。毕竟她的自身条件优越，我跟人家没法比。如今徐森已成为我的男友，无论在哪个方面，我想他都不会比悦悦的男友差。过去见到悦悦时我总有自卑感，总以为自己处处都不如她，现在这种感觉早已消遁于九霄云外。

我主动将徐森介绍给悦悦，私下还嘱咐他酒后一定别忘了请悦悦跳舞，毕竟人家从外地赶来参加聚会，别冷淡了她。其实我的真实用意是创造条件让悦悦与徐森近距离接触，让她知道徐森有多么优秀。看着他俩在一起跳舞，再看一下我手腕上的卡通老虎和"徐森"二字，一种自豪感油然而生，我要让悦悦从心里往外地羡慕我！

经过我穿针引线，悦悦和徐森就熟悉了，但事后二人关系的发展，却远远地背离了我的本意，以至于最后我自食苦果。起初，悦悦与徐森只是作为普通朋友交往，可是在经常接触中，二人关系渐渐地发生微妙变化。有一天徐森对我说，过几天他要代表公司到国外考察，可能需要一个月左右时间，我忙前忙后帮他准备行装。结果"考察"回来后，他居然做出跟我分手的决定。

原来这段时间他带着悦悦到南极旅游去了，帮助悦悦实现了走遍世界的梦想。为了这个梦想，也为了徐森，悦悦放弃了旧男友。既然木已成舟，男友和好友同时背叛自己，显然我已丧失了选择权，只能默认这个事实。

更令人气愤的是，事后悦悦还专门找过我，这个平日里在一些鸡毛蒜皮的小事上时常助人的美女蛇，竟然十分虚伪地对我说，以后大家还是好朋友，不要因为一个男人而中断朋友之间情分。听着她颠倒黑白的说辞，我被气得火冒三丈，当即对其痛骂一顿，并将其赶出我的视线。

重新开始　毅然告别过去

我与徐森分手后，第二天就离开了曾经的"爱巢"，决定重新开始生活。

由于这时我已经毕业，不能再搬回学校居住，只好在外面租房生活。

在此期间，母亲曾多次给我打电话，让我回柏林找工作。因为我学的是历史专业，属于基础学科，专业对口的职业相对需求较少，就业路径较窄，况且柏林我几乎没有朋友，而莱比锡则不同，在这里我有许多同学和朋友，我以为在这里找工作能更容易一些，所以，就婉言拒绝了母亲的好意。后来经过考试和朋友推荐，我来到当地一所中学任教，成为一名历史教师，并且在工作中结识了我现在的男友——杨宇。

杨宇是一名德籍华人，跟他走到一起，似乎平平淡淡，但一切又是水到渠成。他是当地教育系统的一名行政官员，在一次文体活动中，我俩意外相识。

经过一段时间相处，我们很合得来。因为我俩生活背景和家庭条件都基本相当，所以，在日常生活中鲜少发生口角和摩擦，尤其是不需要改变自己去迎合他的需求和习惯。跟徐森在一起，即使在我俩感情最佳时期，我也总有一种小心翼翼的感觉，仿佛他总是高高在上，是我的老板，而非男友。

现在我终于想明白了，我就是我，即使自己再渺小、再平凡，有再多的不是，这个不完美的我才是真实存在的，不会因为自己有了徐森那样的男友，我就能变得完美。在众人眼里，我始终是个平凡的灰姑娘，虽然一时得到王子眷顾，但我也成不了公主。

在得知我和杨宇走到一起后，徐森还特意找过我，他说杨宇配不上我，让我慎重考虑。也许他仅从普通朋友角度给我一点建议，但我却不会认同。杨宇确实没有徐森高大、英俊，更没有徐森有钱，但正因为跟杨宇在一起我得不到任何物质利益，反倒让我明白了爱的真正含义。其实跟徐森在一起时，我是真爱徐森这个人还是借助这个人来满足自己的虚荣心，现在一切都已真相大白。

过去我曾向亲朋好友炫耀过自己的幸福，可是幸福最终还是水月镜花，徐森不属于我，他不会给我带来幸福。而今，我默默地选择了杨宇，不是怕被人比较，也不是怕杨宇被别人以同样方式抢走，因为现在我懂得了"高调地向世人宣告自己的幸福"，是一件多么肤浅且愚蠢的事。

丽红手札

人们常说"低调做人、高调做事"，这是一句人生格言，理解其真实含义，落实在言行之中，会使一个人受用一生。恋爱中，无论女性还是男性，都应低调对待感情生活，切忌过分张扬。

首先，应在姿态上保持低调。因为恋爱本身处于不稳定状态，你可能与恋人携手步入婚姻殿堂，也可能被恋人甩掉，所以，要始终给自己留条退路，别让自己难堪。只有保持低调，才能可进可退。其次，在言辞上保持低调。不要以为你结识了如意情郎或者结识了窈窕淑女就有资格沾沾自喜，因为他或者她最终未必属于你。最后，在行为上保持低调。深藏不露体现的是智慧，而过分张扬显露的是浅薄。浅薄行为不仅会葬送恋情，也会葬送自己的幸福。在第一段感情中，思倩过分张扬，最后自食苦果。

爱情不是一种虚荣，不要活在别人的评价之中；爱情不是一个承诺，不要把希望都寄托在恋人身上；爱情不是一项任务，不要勉强对亲朋好友做出交待。真爱不求最好，完美未必幸福，只要把自身的缺憾当成奋斗的动力，在他最需要你的时候，让他知道你的存在，暗淡的人生也会变得辉煌。

作为女人时刻都应当谨记：爱情里没有附属物，二人世界里也没有战利品，男友身上所有能让你引以为傲的资本和光环，可以在顷刻间改变。

值得庆幸的是，思倩能从以往的教训中汲取经验，意识到自身存在的问题，及时改正错误，不断完善自己，在结识新男友后已重新开始生活，为此，我由衷地为她高兴。品尝过黑暗才能真正感受到爱的阳光，将爱放在心里自然发酵，经过岁月的酝酿，青涩的果实才能酿出甘醇的美酒。

第四章　惊世骇俗

爱从来不会错 错的是方向和选择

小妮儿是我在作者群里认识的朋友，虽然从未谋面，但神交已久。上个月，她与青梅竹马的老公举行婚礼时，遇到一件令人抓狂的事——"情敌"大闹婚宴。更让她郁闷的是，她的"悲惨遭遇"没有得到任何一位友人同情，在不知不觉中，自己已成为八卦焦点，所有知悉内情的朋友和同事看向自己的眼神都带着忍俊不禁的表情。

小妮儿内心惆怅，明明自己是受害者，为何大家将同情的目光都投向她老公？她决定将婚礼上的闹剧与群里所有作者分享，殷切希望能有作者以她的经历为原型写一篇文章。

星辰璀璨，流光飞舞，光阴似水，岁月如歌，他日趋成熟，她长发及腰。待他们渐渐长大，开始践行当初的约定，执子之手，天长地久。婚后的小妮儿很幸福，并有信心一直幸福下去，所以，这个故事不凄婉亦不忧伤，最多算是一点甜蜜的烦恼。

下面以小妮儿为第一人称，揭示这个故事的始末。

婚礼上"情敌驾到"

最近发生一件事，作为受害者，自己心情很不平静。更让我难受的是，得知事情经过的朋友和同事，不仅没给我丝毫安慰，反而兴致勃勃地要求我把这件事讲得再详细一点。我承认自己遇到的事，在绝大多数人身上都不会发生，但是，我愿意将这个故事原原本本地告诉大家，以博众人一笑。

上个月 18 日，我和老公举行结婚典礼，当司仪让我们交换结婚信物时，温莫突然冲到台上，爱意满满地盯着我老公问道："你真的要娶她为妻吗？"现场宾客哗然。在我老公给出肯定答复后，温莫骤然落寞，眼中蓄满泪水，然后温莫将目光挪到我身上，声音颤抖着质问："你真的能给宫大哥幸福吗？你能像我一样爱他吗？"

当时几百双眼睛都盯着我，那一瞬我觉得自己丢人丢大发了。我强迫自己冷静下来，告诉温莫，在这个世界上，只有我能让老公最幸福，他离不开我，我也离不开他，我们之间感情是无可替代的。随后，温莫被伴郎等人半拉半劝地请下礼台。

在此过程中，我觉得难堪和尴尬，却没有迁怒于老公。一方面老公是无辜的，另一方面温莫的存在不会威胁我和老公的感情。原因非常简单，老公的性取向正常，他喜欢的是女人，所以，他永远不会爱上温莫。

是的，温莫是个男人，他却爱上了我老公，可以说他是我的"情敌"。他爱了近十年，直到现在还深爱着我老公。

我换上一条红色裙子后，跟老公开始给每桌朋友、同事敬酒，这时候，温莫举着酒杯摇摇晃晃地走过来。我老公的几个同学根本拦不住他，他一脸醉意地站在我们面前。与他熟识的朋友替他打圆场，连说他喝多了。可不是么，温莫本来就没有酒量，却喝下一瓶五百毫升的高度白酒，怎么可能不醉？最后温莫不顾一切地抱住我老公，哭着喊道："你一定要幸福啊！"

如果我不是新娘，说不定也会被温莫的执着和深情打动，可惜作为受害者，我实在不知道该如何帮助老公控制场面，幸好他说完这句话就彻底醉倒了，没再闹出别的事儿。

伴娘看我情绪不高，很"体贴"地安慰我说："没事儿，你俩的感情我还不知道吗，情比金坚。谁让你老公那么优秀，优质男当然是人见人爱，好在温莫是个男的……说起来你老公也挺可怜，别冲你老公发火啊，这事儿真不怪他。"

此刻我虽然明知老公是无辜的，但心中郁气难平，趁别人不注意时我在他腰上狠狠拧了一下，恨恨地说道："你招惹的桃花！"

老公苦着脸回道："老婆，我也不想啊！这件事的始末我都告诉你了，真的不关我啥事呀！我——冤——枉——啊！"最后四个字，声音委屈异常，字字泣血……

凡参加我们婚礼的宾客都赚到了，在见证我和老公爱情的同时，还免费观赏一场婚宴闹剧，以后无聊时想起来，或许能为平淡的生活增添一点乐趣。

他对老公"三次告白"

世界上喜欢男人的男人多了去了，按理说温莫没道理一直纠缠着性取向正常的"宫大哥"，也就是我老公。世间没有无缘无故的爱，但有些事会阴错阳差地发生，当很多事叠加到一起时，感情就自然产生了。从某种意义上讲，温莫爱上我老公最初缘于大学期间的室友生活。

我和老公上大学不在一个城市，那是我们婚前唯一分开的四年。温莫是我老公大学时的同学和室友，他喜欢上我老公后，曾告白过三次。

第一次，他在学校图书馆附近的小树林里比较隐晦地表达了对我老公的爱慕之情，结果我老公根本没听出来这是"告白"，还以为室友在和他开玩笑，就随手捶他一拳，然后和他勾肩搭背地回到宿舍。

可是温莫却误会了我老公的举动，以为我老公虽然没有接受他，但也没有拒绝他，觉得自己还有希望，于是总黏着我老公。每天跟我老公一起上课，一起吃饭，一起去图书馆……男生的性子都比较独，我老公也是喜欢独来独往的人，总被室友跟着"同吃同住同行"，觉得很不耐烦，后来他跟温莫明说自己喜欢独自行动。

那年情人节，几个同学在回寝室的路上，温莫拉着我老公走在后面，再一次告白。这次我老公明白了，温莫居然是认真的。一个男人向他深情告白，真是太考验他的心理承受能力了！听着都觉得惊悚，所以他坚决而明确地拒绝了温莫。我猜测当时温莫肯定是悲痛欲绝，我老公没有安慰他，不过也没把这件事公开，以后见到他就绕路走。

一转眼大学四年就要过去了，温莫并没有放弃，在一次同学聚会后，他第三次向我老公告白。这次被拒绝后，他当即跑回宿舍，晚上我老公回宿舍时发现了异常情况：温莫吞服了一瓶安眠药，已不省人事。救人如救火，我老公立即拨打120急救电话，救护车迅速赶到，我老公将他背到救护车上……

幸亏我老公及时发现，温莫保住了性命。温莫脱离危险后，更加死心塌地地爱着我老公……这一爱，就是几年，加上大学四年，已近十个年头。虽然温莫的举动给我的生活带来一些麻烦，但我没法恨他。用十年光阴去爱一个永远都不会接受自己的人，普通人恐怕不会有这样的勇气。

亲情演变成爱情

我和老公从小一起长大，我们两家是世交。他五岁时父母调到边疆工作，从那时起他就住进了我家，那年我才四岁。妈妈告诉我，以后要和哥哥好好在一起玩。在妈妈的鼓励下，我主动拉住他的手，从此我就有了一个哥哥。

他对我很好，在幼儿园哪个调皮男孩欺负我，他就会帮我，跟那个男孩打上一架，然后我妈被老师"请"过来，事后我妈批评他，说打架是不对的，他总是低着头、不吱声，但一旦有人招惹我，他依然会狠狠地揍他。

每当晚饭后，妈妈都要给我们发水果或者冰激凌。如果是苹果、橘子等，他总是把个儿大、好看的递给我；如果是冰激凌，他会把巧克力口味的给我……

上小学后，他依旧照顾我，每次过马路时他都会牵着我的手……后来我们上了中学，他开始骑自行车带我上学。初三时每逢我晚上补课，无论多晚，他都会一直等我……

考大学时，由于我俩分数差得太多，我怕委屈他，让他报考外地的一所重点大学，我报考本市一所普通院校。那是我们唯一分开的四年，其间虽然发生了很多事，但我们的感情从来没有因为距离而淡化，反倒不断加深。也不知从何时起，在我们兄妹情分的基础上又萌生出异性恋情。我们的感情很复杂，亲情、友情、爱情，三者兼有。

结婚后我们的生活几乎没有变化，依然跟我父母住在一起。饭后，他还是挑选又大又红的苹果递给我；每逢我晚上加班，他都会开车去接我；我还是叫他"哥"……

无聊时，我的脑海中常常出现这样的镜头：温莫约我到咖啡店见面，说他爱了十年，没有人比他更爱我老公。而我的脸上一直带着胜券在握的微笑，轻描淡写地告诉他，早在二十五年前，自我牵起老公手的那一刻，我们就相爱了。任何情敌，无论男女，都将被霸气外放的我瞬间秒杀。哈哈，那种情景该多么有趣，当然只是自己随便想想而已。

青梅竹马，相爱相守，把握幸福，岁月静好。

丽红手札

小妮儿与丈夫之间的故事令人感动，爱不是一个瞬间，而是二十五年的历程，从两小无猜到喜结连理，从亲情、友情演变成爱情，从无数件微小琐事中汲取温暖和快乐，爱是多么深沉、凝重、美妙。青梅竹马的感情真好！情深意切的浪漫真幸福！

每个人都憧憬美好爱情，都期盼能像小妮儿那样爱得圆满。有的人可能起初不相信爱情，恋爱一场，担心出现变故；担心相处时间太短，双方互不了解；担心感情不深，对方被外界诱惑……的确，爱情离不开时间检验和证明。如今男生也好女生也罢，鲜少有足够时间真正了解与你正在相处的人，同样也缺乏耐心继续等待和守候。然而有些感情，必须经过时间发酵和沉淀，你才会从懵懂无知到渐渐明朗；有些人，或许多年以后你才能真正读懂。

受中国数千年传统道德观念和社会大环境影响，大多数人对同性恋持不认可态度，因此许多同性恋者害怕旁人异样的眼光，不得不隐瞒自己的性取向。温莫敢于当众表白，固然勇气可嘉，却不可取。我感动于他的执着，但无法认同他的做法。他明知"官大哥"有女朋友且二人感情很好，仍一次次示爱，甚至在婚礼上"闹场"，他的行为给小妮儿及其丈夫带来莫大困扰。小妮儿及其丈夫不欠温莫什么，故没有义务一直容忍他的纠缠。但宽容是一种美德，小妮儿的豁达在证明对爱情绝对信任的同时，也体现了自己高尚的人格魅力。爱从来不会错，错的是方向和选择。

小妮儿身上发生的事一度让作者群里的伙伴们都惊呆了，但静心想想，如果温莫的性别为"女"，那便是一个再俗套不过的故事。瞧，我们多么庸俗，原来只是讶异于一个男人爱上了男人！很多时候我们可能无心，却在不经意间伤害了别人感情。

在此，愿每位读者朋友都能生活幸福，一路微笑，一路从容，即便排斥不符合主流观念的事物是人类与生俱来的习性，也要以一颗慈悲的心宽容对待周围一切，使每个人都有足够的生存空间，都能享受美好时光。

只要你愿意改 一切还不算太晚

你是否辜负过最爱自己的人，忽略过身边最亲的人？欢颜追寻着童话里缥缈的爱情，不惜放弃深爱自己的丈夫，不惜付出与闺蜜决裂的代价，到后来，连血脉相系的亲人对她都灰心失望。然而，不知从何时起，她开始收集曾经不屑一顾的微小幸福，在生活琐碎的细节中寻觅快乐，学会了理解和给予，懂得了知足与原谅。过往无法抹去，但至少给未来一个承诺。

以往经历的种种，分分秒秒的叠加，每个人都犯过错，只希望别再犯同样的错。时光流逝，我们被遗忘在世界角落，最初在哪里，又怎样起承转合，最终走到今天这一步，失了分寸，没了退路，这一切通通不记得。谁和谁曾经是天作之合，又是谁偷改了流年，不怨不怒，嫌隙已生，从此陌路。

下面以欢颜为第一人称，揭示这个故事的始末。

起：欲壑难填徒生烦恼

我和于昊是相亲认识的，虽然他各方面都很普通，但工作比较稳定，人看上去也老实可靠。那年我已经二十七岁，老大不小了，看着身边的朋友、同事都有对象，其中许多人都结婚了，自己心里着急，才勉强同意和他交往。我俩不温不火地相处一年多，家里人对他挺满意，催着让我俩结婚；而我呢，对他也有了一定感情，他是个实心眼儿，对我的好我都看在眼里。三个月后，我们步入了婚姻殿堂。

婚后，恋爱时的那种感觉渐渐淡化，他本来就是缺少浪漫细胞的人，婚前没听过他诙谐幽默的言辞，没看过他令我狂喜的举动，如今连甜言蜜语都很少说了。

我很喜欢打扮自己，以前跟父母一起生活，每个月的工资基本上都买衣服和化妆品；而跟他过起小日子后，柴米油盐样样都需要花钱，每个月开销不小，即使他按时把工资全部交给我，仍需要我拿出自己的部分工资补贴家用。这样一来，我就不能经常与闺蜜一起逛商场买时装了。

说起我的闺蜜——岚月，她是我的高中同学，不仅学习不好，而且家里条件也不好，读完高中就到一家商场打工，当上了售货员。岚月处处不如我，在她面前我一直隐隐地有种优越感，可是再优秀又能如何，学得好、做得好、长得好都不如嫁得好。岚月嫁给一个大老板，据说是她在商场卖货时认识的客户。在岚月的婚礼上我当伴娘，看着那个大老板对她亲昵的样子和奢华的宴席，那一瞬，仿佛这些年自己引以为傲的一切都成了笑话，我的情绪变得无比失落。

一年后，我和于昊结婚那天，岚月来到婚礼现场，并给我一个大大的红包，附赠一个拥抱。彼时她已为人母，丈夫对她越加宠爱，名车豪宅，时装珠宝，应有尽有。我看着她幸福的笑容，明明知道这种事羡慕不来，可是当我用余光扫视现场堪称"寒酸"的婚宴时，忽然有些意兴阑珊。

正是因为有如此鲜明的对比，我越发对眼下的生活不满意。于昊不能挣钱也就算了，还是个榆木脑袋，缺少激情。难道我就该日复一日重复这样平淡、乏味、节衣缩食的生活吗？我学历比岚月高，长得也比岚月好，为什么命运对我如此不公？

承：误信渣男背叛家庭

当看一个人不顺眼时，他做的一切都是错的，在我眼里，于昊的许多优点都变成缺点。于昊为人忠厚，但能力不足，是个胸无大志、软弱无能的人。我俩的想法永远不在一个层面上，彼此交流越来越少……

想到岚月每天打扮得光鲜亮丽，坐着宝马在外面购物、打牌，而我作为家庭主妇在家里洗洗涮涮，如此巨大反差让我十分痛苦。最令我痛恨的是，于昊对我的痛苦一无所知，他对婚后生活非常满意，感到十分幸福，并理所当然地认为我跟他一样幸福。我心中渐渐产生一丝恨意，有时甚至恨自己带给他莫大幸福，而他只能带给我不幸。

我对这段婚姻彻底灰心失望了，只好把全部精力投入到工作中。我是个很有孩子缘的老师，班上的学生都很喜欢我，也非常配合我的教学工作，在一个学期结束后，学生们的英语水平都有较大幅度提高。年终学校考核时，我受到表彰，这对我而言是莫大安慰。我的人生总算不是一无是处，至少在事业上，岚月比不上我，她只能做全职主妇。

正当我在工作上取得一点点成绩时，我们学校"空降"一位副校长，他叫周伟。同事们私底下纷纷议论，说这位副校长后台很硬，家里背景很深。周伟给我的第一印象还是蛮不错的，他戴着一副金属框架眼镜，总是西装革履，手上常常拎着一个皮质公文包，文质彬彬的模样。他不老，那时至多四十岁，举手投足间尽显一个成功男人的风范。

作为主管教学的副校长，他经常听我的公开课，一来二去，我们就熟悉了，后来我们不仅常谈工作，也常谈生活。有一天，他向我倾诉离婚后的苦闷，称与前妻生活没有共同语言，还笑称我是他的解语花，只有我能理解他的想法。我觉得自己与他同病相怜，于昊何曾理解我的内心世界？后来我们渐渐地无话不谈，感情迅速升温。

周伟很懂女人心思，很有文学天赋，甜言蜜语从他口中说出，无论听多少遍我都有耳红心跳的感觉，送礼物也会投我所好，令人心花怒放，在不知不觉中我被他的浪漫和执着打动，经过犹豫、挣扎，最终沦陷。

跟周伟有了暧昧关系后，我的生活由单调的黑白色变得五彩缤纷，回家后我对于昊也不再横挑鼻子竖挑眼了，因为我的心里对他产生一份愧疚。其实，我对于昊不过是稍微好了那么一点儿，他却为此受宠若惊。时至今日，每当我想到于昊那些幸福表情时，就忍不住泪流满面，当时为什么不懂得珍惜呢？

转：离婚堕胎葬送友情

天下没有不透风的墙，不管多隐蔽的事，只要你做了，终究会被别人发现。学校里渐渐传出我和周伟的事，对这种风言风语，我倒无所谓，周伟却十分紧张。他是副校长，肯定要为自己的前程着想。也就在这个时候，我发现自己怀孕了，一时间欣喜若狂，因为只有我知道，孩子是周伟的。我终于下定决心跟于昊离婚，准备日后光明正大地跟周伟在一起。

终其一生我都不会忘掉当我提出离婚时于昊那惊愕、不敢置信的神情。我嗫嚅着跟他讲了自己和周伟的事。于昊得知一切后，失踪了三天三夜，就在我打算报警时他一脸憔悴地回来了。他恳求地说："欢颜，你和那个姓周的分手吧，以后咱们继续好好过日子，孩子我养！"

于昊给过我机会，但被我错过了。现在回头想想，我一生最对不起的人就是他，辜负了这个善良的男人。

拿到离婚证后，我将自己恢复单身的状况告诉了周伟，想给他一个惊喜。谁知，听到这个消息，他大吃一惊，忙说道："欢颜，你怎么这么傻？"我没注意他的异常表情，紧接着把自己怀孕的事告诉他。当时他目瞪口呆，全然没有一种要做父亲的喜悦。我问他怎么了，他一句话不说。

在我不懈地追问下，他终于道出实情，原来他根本没和妻子离婚！他们有一个儿子，夫妻关系还挺融洽，之前他说的一切都是谎言！接着他又说，如果我想跟他在一起，现在必须打掉孩子，末了还做出承诺，以后一定对我好。呵呵，这是我听过的世上最荒诞的笑话，我身败名裂、抛夫弃家得到的居然是这样的结果？

我向学校递交了辞呈，接着到医院做了流产手术，回到支离破碎的"家"，收拾好衣物，谢绝了于昊的挽留，拽着拉杆箱离开了这个曾经非常熟悉的地方。父母那里我没脸回去，如果他们知道我做的这些事会气得发疯；其他亲戚家也不能去，害怕他们问这问那；最后还是岚月收留了我。

岚月家的别墅有四百多平方米，闲置的客房就有三四间，她非常仗义地告诉我，想住多久都没问题。岚月的儿子——萌萌已经四岁了，长得乖巧可爱，我待在这里没事做，便经常照顾他，陪他玩耍，没过几天，他就变得十分黏我。岚月发现后，有些吃醋了，她打趣地说萌萌最亲我，她这个亲妈都得靠边站了。

在岚月家住得久了，我渐渐产生一种不切实际的幻想，为什么我不能拥有这一切呢？富有的丈夫，可爱的儿子……我知道这样想不对，但我无法控制。这种想法一旦出现，就星火燎原般一发不可收拾。我开始用心打扮自己，不着痕迹地跟岚月的丈夫闲聊，变着法儿让萌萌更加喜欢我……

明知道自己不可能成功，但还是这么做。那时我特别嫉妒岚月，她越幸福圆满，我越感觉自己凄惨孤苦，我知道自己的遭遇跟她没关系，但我已深陷其中。

我的表现和心思最终被岚月发现，她狠狠甩了我一记耳光，面带怒气地骂道："欢颜，你就这样报答我吗？你这只白眼狼，赶快滚出我家。"我哭笑着回道："好，再见，不对，应该是再也不要见面了，不看见你，我的心里会好受一点。"

合：幡然悔悟平淡是福

我失去了爱情、亲情和友情，独自一人离开家乡，来到一座崭新的城市寻找生路，图谋发展。一个离异的女人在外地打拼十分不易，经过几年拼搏，我付出超过旁人十倍的努力后，终于在这座城市站稳脚跟。

其间，我曾谈过几场恋爱，结果那些男人一个不如一个，有的是奔着钱来的，有的是奔着色来的，有的是为了寻求一时刺激……每个人都不值得我托付终身。此时此刻，我才真正体会到前夫于昊是世上最好的男人。他虽然没什么本事，人也有些木讷，但他有一颗真诚的心。他会在炎热的夜晚用扇子给我扇风，直到我入睡；他会在寒风侵袭时脱下大衣为我御寒；他会经常购买我喜欢吃的水果、食物……并且他愿意在我背叛后仍旧给我改过的机会。世上再也不会有人对我这么好，可是我错过了他。

后来经人介绍，我认识了现在的丈夫——施文，他离过婚，带着一个七岁儿子。经过一段时间接触，我觉得他诚实可靠，可以依托终身，于是我跟他走到一起。在生活中，我俩虽然也有一些摩擦和争执，但这是没办法的事，半路夫妻总要面临更多的问题，我相信，如今的我有能力逐一解决这些矛盾。

婆婆不喜欢我，继子对我有敌意，施文和我在经济上实行 AA 制……那又怎么样？只要有个人在我心情失落时能给我安慰，在我遇到困难时能给我帮助，在我生病时能对我关照，在我发脾气时能充分体谅，就已经很幸福了，不是吗？

我开始享受这种平淡生活，体会到蕴藏在微小事情中的幸福。我做过很多错事，曾辜负过很多不该辜负的人，我不奢求得到他们谅解，只渴望在今后的生活中始终都保持一颗平常心。我虽然已不再年轻，但现在醒悟还为时不晚。

丽红手札

在第一次婚姻中，欢颜没有体会到平淡生活的幸福，无法以豁达、从容的心态看待自己、闺蜜与生活。她原本很幸福，却不自知，已经拥有很多，却奢求更多。欢颜的不幸源于她的贪心，因为不甘寂寞，所以舍弃了平淡安宁的现实生活，盲目追求幻想中的浪漫生活。不切合实际的欲望是一杯毒酒，误作甘露含笑饮下，带给自己的唯有遗憾与烦扰。

与闺蜜的优秀、多金丈夫相比，自己的丈夫于昊老实、木讷、无能、平庸，他不会说浪漫情话，也几乎不可能给自己带来奢华生活。欢颜羡慕甚至嫉妒闺蜜美满的家庭生活，在对丈夫彻底失望后，被风度翩翩、妙语连珠的上司吸引，走上歧路，结果惨遭欺骗，付出沉痛代价。

在欢颜最困难、最无助的时候，闺蜜收留了无处容身的她。然而，一时感激抵不过嫉妒之火。欢颜对闺蜜儿子的笼络，对闺蜜丈夫的诱惑，种种不恰当的言行，葬送了宝贵的友情。人生一世，不应觊觎那些本不属于自己的东西，更不应把自身的不幸作为伤害别人的借口。

现实中，每个人际遇不同，与其自怨自艾，悲观失望，不如用心规划生活，即使置身于阴霾黑暗中，也能找到一缕阳光，照亮自己的人生。其实快乐、幸福无处不在，只需你用一颗心去感受，一双眼睛去发现。人生是一场旅途，不需要多么绚烂，但应安然享受平淡的日子，珍惜身边每个爱你的人。

历经痛苦与磨难，欢颜终于懂得了珍惜平淡生活，懂得了知足与原谅，知道在生活琐碎的细节中寻觅快乐。为此，我由衷地为她高兴。

红尘烟火，别时骊歌，不是每个故事都有结局，不是每段尘缘都有归宿，人生最遗憾的莫过于坚持了不该坚持的，放弃了不该放弃的。太阳落下还会升起，但有些人离开了就再也找不到，有些事发生了就再也回不去，别让世间浮华的表象蒙蔽双眼。有些事，不经历就不明白；有些人，失去后才会痛心疾首。

过去不可逆转，但未来可以选择，即使错过了那个可以陪伴你一生的人，依然要含笑面对生活，在第一次与幸福擦肩而过后，请好好把握以后的机会。往事如烟，心若沉浮，浅笑安然，聚散离合，冥冥之中自有天意，只要你愿意改，一切还不算太晚。

第五章 茫然若失

修造精神乐园 享受美好时光

女人看女人，往往眼光比较挑剔，但见到邱女士的一瞬间，我惊艳了。她身材高挑，姿容出众，化着精致的彩妆，一身品牌服饰，脸上没有一丝岁月留下的痕迹，看得出，她保养得很好。邱女士首先向我介绍了她的家人：出身名门的女强人——婆婆，令人歆羡的多金丈夫，乖巧听话的宝贝女儿；继而讲述了她的家庭生活……

旁人眼中望穿秋水而不得的一切，似乎她都拥有。但为什么每当寂寞的夜晚蓦然惊醒时她会感到空虚，豪门生活好像一道华丽的黄金枷锁，锁住了她通往精神世界的大门。她渴望自由，却割舍不下这份奢侈。

每个人都有权利选择自己的生活，可惜不是每个人都有机会重新来过，生活每一天都一去不复返，命运崇尚等价交换，没有任何东西可以无故得到，这是谁都不能违背的"游戏规则"。

下面以邱女士为第一人称，揭示这个故事的始末。

到北京闯荡

我出生于一个普通家庭，父母都是企业流水线上的工人，他们没有文化，但希望我能成为一个文化人，以后坐办公室，而不是像他们那样起早贪黑、日复一日地辛勤劳作。

我很争气，从小学到大学，始终是品学兼优的好学生，特别在大学期间，我每年都能拿到一等奖学金。辅导员老师很欣赏我，他说凭我的成绩和表现，完全可以被保送读研。我考虑到父母已不再年轻，不想加重他们的经济负担，再说，凭自己的知识和能力，大学毕业后完全可以找到一份薪资优厚的工作，于是我谢绝了老师的建议。

毕业后我决定去首都闯荡，因为那里是中国政治、经济、文化的中心，人才需求种类多、数量大，对我而言会有更多机会。我投了若干份简历，结果引起一家外企的注意，经面试后，我来到这家公司实习。

初到公司，我的工作主要是跑腿打杂，帮一些资历老的师傅传送一些资料或者按照他们的吩咐完成其他琐碎工作。工作虽然乏味，但我投入了极大热情，因为我十分珍惜这个机会，为能留下来成为正式员工打好基础。

我性格开朗，待人真诚，大学时曾任校学生会副主席，有较强的协调和沟通能力，所以公司领导安排的工作我都能顺利完成。结果，我没像其他实习生那样，一个个被公司婉拒门外。

一个人在北京闯荡是很辛苦的，那时我在公司附近与人合租了一间小房子，有窗户但被挡得严严实实，即便是阳光明媚的中午，屋内也是伸手不见五指，大白天也得开灯，否则什么都看不见。

因为工作忙，每天都很疲劳，早上起得较晚，我几乎无暇吃早餐，同时为了省钱省时，晚餐常常煮面对付。与我合租的女孩是一家广告公司的平面模特，私生活混乱，时常午夜一两点钟踩着高跟鞋、一身酒气、哼着小调回到住所，也不洗漱，倒在床上便蒙头大睡。我睡眠质量本来就不好，三天两头被她折腾醒。

即使困难重重，我也要坚持，我相信通过自己的不懈努力，一定能让父母过上让他们身边所有人都羡慕的好日子，并坚信自己能成功。

邂逅白马王子

由于我相貌出众、成绩优异，从中学开始，身边就不乏追求者，但那时我毕竟是学生，只专注学业，根本没考虑过感情上的事。如今我已走上社会，正式参加工作，到考虑恋爱、结婚等个人问题的时候了。

公司科技部的苒平开始追求我，后来他成为我的丈夫。苒平是本地人，他母亲是位女强人，不但有自己的公司，而且在北京三环内还有五套房产。苒平本人也很优秀，是一所名牌大学毕业的博士，到公司不足两年，很受公司高层的重视。应该是遗传吧，苒平也有经商的天赋，工作之余，他与几个朋友合伙开了一家服装公司。他不仅是"富二代"，也是"创二代"。

我对苒平的条件很满意，很快我们就走到一起。其实公司里有好几位女生对他都有意思，毕竟他的自身素质和家庭条件摆在那儿，没人喜欢才是怪事。当然，公司里追求我的男生也不少，不过都被我委婉地拒绝了。当时我俩在众人眼中，就是一对金童玉女。

相处中，我对苒平有了更深入了解，他不仅有绅士风度，而且上知天文、下知地理，讲起事来头头是道。他把家里的一些事都对我讲了，看得出，他是以结婚为目的在与我交往。我对他好感倍增，也跟他讲了我家里的许多事。我以为我俩感情好，结婚不能说是板上钉钉了，也可以说到了八九不离十的程度。但实际上，还差得远呢！

刁钻难缠的婆婆

经过一段亲密交往后，苒平要带我见他的母亲。初次见面我有些紧张，但我还是尽量表现得大方得体，在苒平为我们互相介绍后，我很有礼貌地向阿姨问好。谁知他母亲居然没正眼看我，只是跟她儿子说："不是告诉你不要什么人都往家里领吗？"

我听后不知所措，求救似的看向苒平，只见他十分尴尬地挠挠头，随后趴在他母亲耳边小声地解释着……他们大约谈了十分钟，最后他母亲才撇撇嘴对我阴阳怪气地说："请坐吧，邱小姐。"

他母亲问了我一些问题，我敢肯定，那些问题苒平已经跟她说过，再问一遍无非想让我难堪。问过之后，她又将我从头到脚打量一番——好像我是一件待挑选的、有瑕疵的商品，那种眼神我一辈子都忘不了。

然后，她用嘲讽的语气对我说："邱小姐，你挺厉害呀，一个外地人，凭一张二流大学的文凭竟敢闯京城，说实话，我挺佩服你。更令我佩服的是，你能把我儿子迷得团团转，魅力不小啊！我儿子眼光那么高，那么多本地的好姑娘，不是公务员、记者、大学老师，就是演员、节目主持人，他一个都看不上，怎么偏偏看上你啦？"

我真想甩这个老巫婆一记耳光，然后转身离开，但看到苒平正在用哀求的目光看着我，还在他母亲眼皮底下拉着我的手轻轻地捏着，显然他害怕我跟他母亲闹僵，想起路上他曾对我说过的话——"一切都是为了我们的将来"，我的心就软了。

尽管与他母亲见面很不愉快，但他对我依然很好，甚至比以前更好。我安慰自己，毕竟以后和他过一辈子，又不是和他母亲过一辈子，对长辈忍让一些又有何妨呢？可是，我忍气吞声并没有换来他母亲对我的认可，相反，在第二次见到她时，这个未来的婆婆又说出一番更气人的话。那天是她的生日，苒平订好一家酒店，只有我们三个人在一起，苒平想借这个机会，趁他母亲心情好，缓和一下我俩关系。

见面的细节我忘了，只记得她母亲讲的那番无理的话："邱小姐，你父母没教你女孩子要矜持些吗？你想成为我家儿媳，差得太多了。你得在京城好好地打拼，最少二十年，等你落上北京户口，家里有房有车，再教育好你的女儿，别像你这样不知深浅。你这一代高攀我们家没希望了，下一代我倒可以考虑……"

我这个婆婆是有文化的，骂起人来比那些无知的泼妇更厉害，我哪有闲心听她像狗似的乱叫，立马提起包走出酒店。我没想到的是，苒平竟然丢下他母亲，追我而来。

终于修成正果

每次他母亲给我气受，苒平都会向我道歉，买礼物哄我开心，加倍关心我、体贴我、补偿我。那时他很爱我，至今我依然确信这一点，因为他愿意为我冒犯自己的母亲。

我俩交往了两年多，这期间我曾考虑过婆媳矛盾，甚至想过跟他分手，但终究还是舍不得放手。苒平太出色了，对我又好，他只属于我，我绝不会把他让给别的女人。有时候甚至还想，如果仅仅因为他母亲无理取闹，我与他分手，那不正好遂了那个老巫婆心愿？

有一次公司组织体检，体检报告打破了我们三人努力维持但又无法摆脱的平静，体检结果显示：我怀孕了。苒平得知这个消息后非常开心，他说我们终于可以结婚了。他母亲不喜欢我，但肯定喜欢苒平的孩子，看在孩子的份上也会同意我们的婚事。

后来他母亲果然默认了我们的婚事，见到我时也不再有意找麻烦了。当时我真高兴，感到自己没白努力，终于和苒平修成正果。我连忙给父母打电话，把自己怀孕和将要结婚的喜讯告诉他们。

婆婆雷厉风行，没用一个月，就将二环内的那套洋房装修好，给我们当婚房。可惜我无缘参与决策，婚房的装修风格和家具购置、摆设，都是婆婆和苒平决定的。婆婆喜欢欧式风格，就买了欧式家具；苒平喜欢黑白色系，卧室和书房就装修成黑白色调。这些事没人征求我的意见，或许他们忘记了，或许他们认为我的喜好不重要。

婚礼很热闹，来了很多客人。到新人的父母上台致辞时，只见婆婆仪态万千地走上前台，发表了热情洋溢的讲话。她面带微笑，往日严肃的声调今天显得格外柔和。看着台下已显老态的父母，我的眼泪就在眼眶里打转。

被婆婆左右的豪门生活

婚后没过多长时间，婆婆让我辞掉工作在家安心养胎，为了宝宝，我同意了。几个月后，我生下女儿。婆婆很疼爱她的孙女，执意将她接到自己身边照顾，我虽然心里舍不得，但看她那么执着也只能同意。

婆婆家有保姆，但似乎她对谁都不放心，必须亲自照看孙女。为了她的孙女，她决定将公司交给苒平经管。苒平只好辞掉工作，同时将那家服装公司的股份脱手，专心管理和经营婆婆的公司。

苒平是个有野心的人，不甘于现状，一心要将公司做得更大、更强。他应酬多了，晚上经常不回家。女儿不在我身边，苒平在家里又很少露面，这种日子真难熬，对此我常常抱怨苒平，他却很不耐烦，说我在家里养尊处优当太太有什么不好，还让我以后别没事找事，拖他的后腿。

我在家里无事可做，只好常常到婆婆家看女儿。每次婆婆看到我都是一副爱理不理的表情，有时我跟她商量把女儿接回自己家住两天，她总是一口回绝。有一次她甚至直言不讳地说，怕我照顾不好女儿。

再说苒平这么年轻就成为公司老总，难免公司里一些年轻、漂亮的女生对他动心思。我偷看过他的手机，发现有好几个女生给他发过带有暧昧语句的短信，令人气愤的是，他竟然一一予以回复，似乎聊得还很开心。为这事我跟他大吵了一架，他竟然说我无理取闹，还说那些短信不过是工作需要，以后还不许我偷看他手机里的信息。

这种事发生过很多次，有一次我非常生气，去了他们公司，打算找那几个不正经的女生理论一番，结果被秘书带到苒平的办公室。苒平对我的行为十分恼火，甚至说出"你不想过就离婚"这种伤人的话。从那以后，我俩经常冷战，可能婆婆跟他也说了我的坏话，有时他十天半个月都不回家一趟。

不知从何时起，我越来越依靠苒平，他不回家，我常常六神无主。为什么我越依赖他，他反倒离我越来越远呢？今年春节我原想带女儿回老家看看，不出所料，婆婆不同意，并且没有商量余地，我只好一个人回到阔别已久的家乡。

这些日子我一直在想，如果当初不去北京，而是留在家乡工作和生活，会不会过得比现在好呢？

丽红手札

年轻时我们阅历浅薄，对有些事情看不透。随着时光流逝，当生活将我们改变得面目全非后，重新回顾过往会恍然大悟，有些东西当你完全拥有时感觉索然无味，而有些东西当你失去时方知无比珍贵。

邱女士的选择无关对错，质疑当初的决定不过是对生活不尽如人意的一种抱怨。其实，每个人的一生都是这样走过的，经历了浮华和沧桑，对错已经无关紧要，重要的是，如何经营好自己以后的生活。

至今，邱女士仍念念不忘初到北京闯荡时的那段岁月，虽然困境重重，却朝气蓬勃，努力打拼。因为她知道自己的命运和未来都掌握在自己手中；而不像现在，一切都依靠别人给予，如同依附大树而生的一根藤蔓，必须俯仰随人。她不希望生活完全被婆婆左右，更不希望丈夫离自己越来越远，她渴望改变这种现状。

的确，每个人都不该按照别人的设想和规划存于世间，因为人的思想内涵、内容、结构、层次基于个体不同存在差异，让一个人被动接受他人的思想，按照他人的思维模式生活，是一件非常痛苦的事。豪门生活不能填补精神空虚，金钱未必能买来快乐，财富不等于幸福。

在两性情感关系中，女人要想摆脱寂寞和孤独，首先应学会思考，要加强精神修养，培养多种文化情趣，追求内心的宁静、和谐及精神上的独立，使心不为物惑、不为情困，修造自己的精神乐园，从而享受美好时光。

对无须为金钱烦忧的邱女士而言，可以做的事有很多，如读书、瑜伽、健身、旅游等，只要能走出孤独的内心世界，很快会找到属于自己的快乐，外面的世界丰富多彩。这时你的心境会趋向淡定从容，无论是独处还是伴随在丈夫、女儿身边，都会感到幸福。珍惜自己享有的悠闲生活，为自己心灵留出一片净土，同时尊重丈夫享有的自由空间，促使夫妻关系更加和睦。

有时拥挤使人与人之间失去敬意，而距离却会产生一种神秘的美感，"至亲至疏夫妻"或许就是这个道理。距离会使女人成为一道完整而独特的风景，而非丈夫背后的一抹阴影。有时你千方百计想靠近一个人，结果却与目标背道而驰，你在这个人的心中反而失去魅力。

特别指出一点，邱女士偷看丈夫手机的举动，无论出于何种目的，都是不应该的，同时也是缺乏自信的表现，由此看得出她十分在意自己的丈夫，但这样做恐怕会适得其反。

赢得一方天地　却输掉自己的幸福

曾经那些熟悉的容颜，在岁月的风声里渐行渐远，徒留下记忆的碎片，散落一地的斑驳。人生会错过许多机遇，会留下这样或者那样的遗憾。随着时光推移，我们的心境会日渐苍老，皱纹也将悄然爬上眼角眉梢。当繁华远去，谁都无法追回昨天的故事。

时光纵横交错，命运兜兜转转，子晋终于过上了自己少年时代孜孜以求的生活，如今他事业有成，拥有了一方天地。可是这一路走来，他失去了最珍贵的东西，与幸福擦肩而过。谁曾知晓，他心里始终住着一个女人。只是，这个让他魂牵梦萦近二十年的女人，不属于他。他不敢打听她的消息，不忍心打扰她的生活，甚至连远远看她一眼都是遥不可及的奢望。

下面以子晋为第一人称，揭示这个故事的始末。

懵懂时期：顺遂无忧

我人生中最快乐的一段时光是在高中校园度过的，有幸与薇薇成为同班同学。薇薇既漂亮又温柔，学习也特别好，说起话来慢声细气，是老师和同学眼中的乖乖女。不知从何时起，上课时我常常把目光投向她，总想找机会跟她聊天，并喜欢故作老成，说一些惊人的言论吸引她的注意力。那时的我是个青涩少年，对于感情上的事懵懵懂懂，不知道自己"怪异举动"背后的含义。

说来很奇妙，那时候，我身边的同学都知道我喜欢薇薇，唯有我自己不知道。人是多么复杂的生物，有时能猜中别人的心思，却看不透自己的内心。如果时间能倒流，我会在最初遇见薇薇时就勇敢地追求她，与她相处的时间太过珍贵，分分秒秒都不该浪费。

薇薇是个心思缜密的女孩，对我的种种异常举动自然看在眼里，后来她也开始关注我——这个老师眼里的坏孩子。大抵是相反相成吧，她看我的眼神里包含着好奇、探求和欣赏的成分，毕竟我们的人生是两种截然不同的风景。

我之所以能进入省重点高中就读，完全依靠父亲的关系和我的篮球特长。我的学习成绩在班上永远是倒数几名，但我并不在意。因为我知道，以后升学我肯定走"特招生"这条路，我父亲是省直机关厅级干部，人脉广，我不需要为自己日后的前程担忧。

恋爱时期：温馨甜蜜

我喜欢打篮球，每逢午休时，我都跟几个爱好篮球的男生一同到操场打球，学校里一些学生常坐在一边观看。薇薇是个好学生，将午休时间都用来温书，但自从我俩相互关注后，她偶尔会来操场看看。有一天我们班和外班打比赛，她穿着一条碎花长裙来给我们加油，她真是太漂亮了，以至于使我的注意力分散，其实我的球技很好，但那天在赛场上却频频失手，最终我们输掉比赛。事后，几个好哥们儿起哄说薇薇是"红颜祸水"，那一刻，我才真正读懂自己的心思。

第二天我向薇薇告白，她的默许令我欣喜若狂，之前我本已做好了被拒绝的准备。当时学校不允许早恋，于是我们开始了甜蜜的地下恋情。相处中我渐渐发现，她不只有温柔的一面，也有严厉的一面，她开始督促我认真学习，还利用自习时间帮我补课，于我而言，这无疑是甜蜜的"负担"。薇薇家离学校很远，每天她下了公交车后，还要步行很长一段路才能到学校。自我俩确立恋爱关系后，我自然而然地承担起接送她的任务。每天早上，我骑着自行车早早来到公交站点等待她搭乘的那班车，然后我带着她一同赶往学校。我们一路上有聊不完的话题，那是我生命中最快乐的时光。和薇薇在一起的日子，很幸福，幸福得让我产生一种不真实的感觉。然而，美好时光总是短暂的，幸福，只是昙花一现。

高二时期：恣意妄为

高二下学期，一个偶然的机会我结识了湖易。说起来，我这辈子最倒霉的事莫过于误交损友，可惜当时自己太年轻，竟将他当成亲兄弟。湖易无固定工作，整天游手好闲，经常打架斗殴，是个不折不扣的地痞无赖。

那时候，我虽然是"校霸"，仗着自己身高体壮，别的同学都不敢惹我，但我从来没做过太出格儿的事。遇到湖易后一切都不同了，他频繁带我出入酒吧、迪厅、夜总会等场所，为我打开一扇"崭新"的大门。我被外面的花花世界迷住双眼，对校园生活心生倦怠。

我开始逃课，拿着家里的钱随意挥霍。因为我出手阔绰，每次消费都抢着结账，所以很快结交了一帮狐朋狗友。他们对我恭维备至、推崇有加，我渐渐迷失了自我，变得不知天高地厚。在此期间，我还学会了吸烟、赌博和打群架等一切不该有的恶习。

对我的变化，薇薇看在眼里，痛在心上，她苦苦规劝，希望我能改邪归正重返校园，可我却不为所动。那时我身边已经聚集了十几个不务正业的小混混，他们都尊称我为"大哥"，我犹自沉浸在做老大的美梦里不可自拔，读书于我而言变得一文不值。

烟酒麻痹了我的感知，狐朋狗友的吹捧使我愈加沉沦，我变得焦躁易怒，平日里与人一言不合就会大打出手……老师多次找我谈话，并将这些事反馈给我父亲。面对父亲的严厉批评和指责，我选择了离家出走这条路……

辍学变得顺理成章，到后来已经没有人能管得住我，我变得越来越肆无忌惮、无法无天……最终，走向了深渊。

囚禁时期：渴望自由

我自甘堕落，父亲一怒之下断绝我的经济来源。没有钱，怎么混迹江湖？

如何养活自己？此时，还是湖易"仗义相助"，将我介绍到一家迪厅看场子。

这份毫无尊严的工作使我渐渐意识到，理想与现实的差距有多大。我想当"大哥"，到头来只配做个小角色，天天听老板使唤，每个月领一点工资都不够一顿酒钱，而且一点话语权都没有，整天还得看老板脸色。没多久，我辞掉了这份工作。

后来我召集几个朋友，开始另谋出路，专门为几家娱乐场所的老板"摆事"。只要他们遇到麻烦事并打电话通知我，我就会带上几个朋友过去帮助其解决"纠纷"，事后他们自然少不了给我报酬。时间久了，我渐渐有了一点名气，后来有越来越多的老板遇到麻烦事都会请我过去解决。

俗话说，善有善报，恶有恶报。有一天，一家夜总会有人闹事，老板请我过去"摆事"，于是我带着两个朋友急忙赶过去。刚一进门，我就发现有两个人打作一团，其中一个已经打红了眼，看我们过来了，误认为是对方帮手，便迅速从腰间掏出一把弹簧刀，因为我走在最前面，他二话不说，对着我的胸部就刺了过来，我急忙躲闪，同时飞起一脚踢掉他手中的刀，我俩滚打到一起，正巧我的左手碰到地上的刀，随即握在手里，当他伸手准备夺刀时，我持刀对着他的身体猛刺一刀……

我很快被警方逮捕，司法机关认定我的行为构成故意伤害罪，属于故意伤害致人死亡。鉴于本案事实，法院判处我有期徒刑五年。我知道，自己之所以被减轻处罚，与父亲为我周旋以及支付巨额赔偿款并征得被害人家属的谅解是分不开的。

监狱里的日子很难过，狱中的牢头狱霸绝不会对"新人"手下留情，起初我被他们欺负得很惨，后来情况才渐渐好转。失去自由后方知自由珍贵，那时，我觉得自己的人生已经一败涂地，对未来不再抱有任何希望。

创业时期：谨言慎行

五年后，我重获自由。其间父亲因突发脑溢血，经抢救无效，两年前就离开了这个世界；而薇薇，听说她考上了一所国家重点大学，由于成绩优异，又被学校保送读研⋯⋯

一时间，我迷茫了，不知何去何从，后来大伯找到我，把我接到他家。原来父亲临终前把我托付给大伯，并把家里的全部财产交给他代管，希望他能关照我。就这样，我在大伯家住下，每天混沌度日，无所事事。住了一段时间，我开始考虑自己的未来。几经思考，我决定开一家酒店。我的想法得到了大伯的赞同，于是我从父亲的遗产中取出二十万元作为创业本金，开始筹划这件事。

狱中有个好友先于我一年出狱，我俩算是患难之交，因为有前科的缘故，他迟迟找不到合意工作，正好我在创业初期缺少人手，便将其请来帮我经营酒店。

我做上正经生意，可是总有一些人愿意找麻烦，我本想息事宁人，谁知我的忍让往往给一些人造成我是很好欺负的错觉，有人竟然变本加厉地为难我。我不想再惹事，可是我的狱友无法忍耐。有一天，隔壁一家酒店的老板没事找事，故意刁难我，还没等我说话，我的狱友提起菜刀就要砍他，吓得他抱头鼠窜。后来附近几家酒店的老板都知道我曾是道上混的，便不敢再为难于我，甚至还有人主动过来跟我套近乎。

本着和气生财的原则，我尽量不与人结怨，遇到闹事的客人，下手也极有分寸。五年的牢狱生涯，让我学会了忍耐与谨慎。

辉煌时期：怅然若失

就这样，我将生意一点点做大，开酒店、迪厅、KTV、游戏厅⋯⋯我终于打造出属于自己的一方天地，有了众多的下属，他们或是称我为"老板"，或是叫我"大哥"，少年时代的幻想，终究不再是梦。

这些年，我身边花蝴蝶般的女人从来不断，她们或是为了钱，或是贪图地位和势力；还有一些青春期的小女生做着与我恋爱和结婚的美梦，正在前仆后继……可是这些女人没有一个能走进我的内心世界，她们只能带给我一时快乐，却带不来幸福。

朋友们都调侃我是"万花丛中过，片叶不沾身"，其实谁都不知道，我心里只有一个人，我曾用各种办法尝试忘掉这个人，但至今无法做到，只有她能让我幸福，她就是我的初恋——薇薇。

无意中听同学提起过她，在取得硕士学位后她又回到我们这座城市，目前在一所高校任教。如果我愿意，在一天之内就能找到她。可是，找到她之后又能怎样呢？我的背景如此复杂，独自一个人就好，何苦扯上她？她现在生活得非常幸福，以后会更加美满，她会有身家清白、学识渊博的丈夫，聪明可爱的孩子……

既然不见她是对她最好的选择，那么，我愿意永远不去打扰她。因为爱她，我愿意放弃一切，包括她。

丽红手札

回母校看望老师，我意外碰到子晋，尚未跟老师打招呼，就被四名通身黑装的彪形大汉团团围住，心情着实忐忑。幸亏老师及时解围，讲明我的身份，只见子晋轻轻打个手势，四名保镖便整齐划一地退到一旁。经过老师介绍，我才恍然明白：原来子晋也曾是她的学生，我的学长。

我们在校园内边走边聊，走到一栋废弃许久的楼房里，进入鲜有人来的舞蹈房，席地而坐，四名保镖站在门外守候。老师向我们讲述了这栋楼的历史，与其说它是一栋楼，不如说其是一座庙，而且是一座"大庙"。"大庙"是伪满时期日本人建造的，用来供奉日本军人的遗骨。抗战胜利后，"大庙"不复旧观，开始为学校服务，曾被当作教学办公室、当过图书室……再后来，学校将其内部重新翻修，改建成舞蹈房，最终废弃不用。

讲到这里，之前一直保持沉默的子晋突然开口，他说当年曾多次见过日本人手持相机进入校园，在"大庙"前拍照留念的情景。老师微微叹息，说近年来极少有日本人来"大庙"参观。当初多么刻骨铭心的事，几十年后，终究还是被人们渐渐淡忘。

短暂的交谈使略显凝重的氛围轻快了许多，子晋也不避讳，向我们讲述了这些年自己经历的一些事。近几年他虽然风光，但心无寄托，因此过得并不快乐。他还挽起裤腿，向我们展示了一处处伤疤，这些痕迹都是岁月留给他的"纪念"。

当老师劝他早日成家时，他却微微一笑，答非所问："您知道吗？那时学校严禁早恋，我和她只能在'大庙'约会，她总是抱怨里面太阴森，我就安慰她说，这可是文化遗产，我们的感情会像这座庙一样长存于世。"谁料，如今"大庙"依旧，却物是人非。"大庙"的历史已被一代人遗忘，谁还会知道，曾经有一对情侣在这里许下的诺言？

人们常说浪子回头金不换，子晋已将自己的经验、教训、阅历和聪明才智化为创造财富的资本，在事业上取得成功，但其付出的沉痛代价，又岂能一言道尽？赢得一方属于自己的天地又如何？终究还是输掉了她，输掉了幸福。世间有多少曾经相爱的恋人阴错阳差地分离了同行的轨迹，无奈地错过彼此。可是岁月没有返程票，即便多年后他们有幸重逢，大抵也只能道一声造化弄人。

临别前，子晋看着我，略略颔首，说了一句话——"做正直的人，过平淡生活，前途光明"，便与老师道别，在保镖的簇拥下匆匆离去。明明是如此简单的话语，我却觉得意味深长，独自沉思许久，不知是为"大庙"的历史，还是为子晋的曾经。

在阳光散落的午后走出感情围城

感情上的事，强求不得，如果两个人无法走到最后，就请及时放手，在阳光散落的午后，更能凸显命运的宽厚与美好。一个人只有放下心中不愉快的事，让自己走出感情围城，才会发现今天的天空比昨天的更蔚蓝，才能感到明天比今天会更好。

三段尘封的记忆，一幕幕在于戎脑海中浮过，尽管情感经历不少，但如今他依旧形单影只，殊不知，他还未遇到命中注定的那个人。

下面以于戎为第一人称，揭示这个故事的始末。

第一段恋情

我的中考成绩不太理想，明显低于市区内几所省重点高中的录取分数线，但是我的父母望子成龙心切，他们托关系、花大价钱，最终把我送进一所省重点高中的实验班就读。开学伊始，我曾发奋图强、刻苦学习，可是由于基础太差，在发现无论如何努力自己的成绩都只能在班里垫底的这个事实后，我很快将注意力转移到其他方面。

我承认自己不是读书的料，但除学习以外，其他方面我都很有天赋，这不是我自夸。如在运动方面，无论篮球、乒乓球还是羽毛球，我打得都很好；在观察和分析外界事物方面，不管什么人，只要跟我有过接触或者交流，我能在第一时间掌握其脾气秉性；在人际交往方面，我善于表达和沟通，只要我愿意，能与接触过的每个人结交为朋友……也正因为如此，我在学校里人缘很好，相熟的同学都愿意喊我一声"戎哥"。

小雨是我的同班同学，长得很漂亮，只是性格有些内向，似乎在女同学中人缘不算太好，不过班里有几个男生都对她馋涎欲滴。起初我对她倒没什么想法，直到有一次老师给我们调换座位，我和她意外成为同桌，使我俩沟通交流的机会大大增多。每日近距离的接触中，我越发觉得她魅力无穷，渐渐成为我心仪的女生。面对身边的"美人"，我要立即对她展开"攻势"，绝不能将其拱手让给旁人，毕竟惦记和喜欢她的男生不少，这种事还是先下手为强。

为获得她的芳心，我开始频繁送她一些小礼物；同时，在自习课上以请她帮我讲题为名，事后再请她到学校附近的酒店吃饭，从而争取我俩独处的机会。说实话，我看不惯班里有些男生追求女生的做法，公然地说些肉麻的情话也就罢了，关键是那种小气劲儿令我不齿。有的向心仪女生示爱，居然请其到学校食堂吃十元一份的套餐，像个吝啬鬼。

我以为追女生必须有诚意，必须有男子汉气魄。有一天我约小雨到一家酒店吃饭，落座后，我递给她一个精致的礼品盒，里面装着我在老凤祥金店为其专门定制的一条玫瑰金手链，上面还刻着她的名字。她非常激动，给我一个深深的吻，然后欣然收下我的礼物。那是我用几个月积攒下来的零花钱给她买的礼物，可能接下来的一段时间还要继续"凄惨度日"，但我终于追到了自己喜欢的女生，内心一阵狂喜。

小雨很温柔，喜欢撒娇、黏人，属于小鸟依人型的，跟她在一起我很开心，但相处久了，我们之间也渐渐出现一些不和谐因素。她不仅常常跟我在一起，而且跟班里那几个追求她的男生走得也很近。在我看来，她似乎很享受这种众星捧月的感觉。作为她的男友，我当然不能接受这种事实。有一次，我甚至亲眼目睹一个追求者用小雨的杯子喝水，而她看到后却丝毫不加阻止，为此，我和她大吵了一架。

此外，还有一件事令我耿耿于怀。小雨经常向我提出物质性要求，如让我给她买衣服、皮鞋或者化妆品等等。当时我还是个高中生，一分钱都不挣，全靠家里给的零花钱给她买东西，有时真是心有余而力不足，无法满足她的要求。每逢这时，她就说我对她缺少真情实意，并嚷着跟我分手。

记得那年我过生日那天就收到了她的短信，只有两个字：分手！结果第二天又跟我和好了。我们这样吵吵闹闹、分分合合，折腾了两年多，直到高考结束，我们分别考进不同的大学，开始在不同的地方学习和生活，这段感情也就悄无声息地结束了。这就是我的初恋，结果是无疾而终。

第二段恋情

进入大学后，我积极参加文体活动，不久竞选为校学生会体育部副部长。在组织体育活动中，我结识了茉莉。茉莉比我高一届，是我的学姐，当时担任校学生会外联部部长。与小雨不同，她十分开朗、健谈，并且很有组织能力。

在我大二时，我们班有个女生追求我，可是我不喜欢她，考虑到女生脸皮较薄，我不好意思明确拒绝，只好跟她保持若即若离的状态，为此我很纠结、苦闷。在此期间，正巧茉莉和她的男友分手了。有一天茉莉请我吃饭，讲述了她的一些经历以及跟男友分手的原因，我也向她述说了自己目前在情感问题上的无奈。当时我们都喝了不少酒，末了她仗着酒劲对我说："咱俩都是苦命人，要不然咱俩凑一对儿吧，你愿意吗？"我当即回道："我愿意，以后你就是我的女朋友了。"

就这样，我俩确立了恋爱关系，不久就搬离了学校，在学校附近租了一套一室一厅的房子，过起了二人生活。跟茉莉在一起的日子十分惬意，她不仅会照顾人，而且性格爽快大气，带着她见朋友会感到自己很有面子。那时候我们曾一同规划过未来，打算大学毕业后就结婚，去马尔代夫度蜜月。

在我大三时，茉莉已经开始实习了，工作很忙，所在公司离我们学校又较远，因此我们的生活节奏很难合上拍了。她常常加班，有时昼夜不归。除茉莉外，还有几位学长和学姐也在这家公司实习，其中一位学姐还是我的老乡。有一段时间，茉莉身体不好，常常肚子疼，为此我特意拜托那位学姐老乡，尽可能地替我在公司多关照茉莉。

年底，我送给那位学姐一张面值一千元的购物卡，感谢她对茉莉的照顾，可是她连连摆手拒绝，并露出欲言又止的神情。我觉得很奇怪，追问缘由，最终她吞吞吐吐地告诉我，茉莉马上就要跟公司签合同了，是这批实习生中最早转正的一批。我说这是好事呀，谁料她接着爆出一个令人震惊的秘密：茉莉与部门男经理的关系非常好……

茉莉和部门男经理的关系是这家公司内部众所周知的"秘密"，他俩经常一同出差，一同到酒店消费，一同到歌厅、休闲会馆娱乐。孤男寡女形影不离，没有猫腻谁会相信？面对我的质问，茉莉矢口否认，只说那是工作需要。我拿不出来她背叛我的直接证据，同时还怕冤枉她，于是提出让她换一个实习单位的要求，却被她干脆利落地拒绝了。

我一气之下提出分手，茉莉也毫不示弱地说"分手就分手"，随即她搬到这家公司的集体公寓，过起集体生活。几天后，我又后悔了，觉得自己相信外人而不相信自己的女友过于愚蠢，于是我发短信、打电话向茉莉致歉，希望她能原谅我，但她的回答一直很冷淡，似乎没有原谅我的意思。

我实在忍不住了，就直接到她所在的公司找她。她看到我后，显得十分生气，急忙拉着我离开公司，然后警告我说，以后不要再找她的麻烦，现在她已经有了新男友。我失魂落魄地回到住处，晚上打电话追问她的新男友是谁，她直截了当地告诉我，就是她所在公司的部门经理。为什么当初她不承认这个事实呢？让我对她一直还抱有希望。

后来那个学姐老乡告诉我，她们公司的那个部门经理家里很有势力，也很有钱，甚至还有这家公司的部分股份，而茉莉是个有野心的女生，她一点儿都不奇怪茉莉会选择部门经理而放弃我。

第三段恋情

茉莉抛弃我又结识新欢，这件事对我打击挺大，致使我的恋爱观出现偏差。这几年虽然也有女生向我表示过好感，我却有些意兴阑珊。去年我通过公务员考试，成为当地水利部门一名公务员，现在尽管个人生活还不如人意，但工作总算比较顺心。

父母对我的婚事很操心，多次委托他人帮我介绍对象，却都被我拒绝了。今年年初，我通过网络认识了欢儿，我俩常在网上聊天，并且聊得很开心，后来我们相约见面。见到她本人后，我觉得现实中的她比照片上的她更漂亮。通过多次接触，我俩都有让彼此关系进一步发展的想法。不过我心里还是有些不放心，欢儿对我是否一心一意？

为检验她对我是否真心，我做了一件非常幼稚却明智的事。我借用朋友的QQ号加欢儿为好友，跟她聊了几天后，提出想要和她见面的想法。我在QQ上说，初次见面送给她一条价值五千元的铂金项链，见面地点在麒麟宾馆，而欢儿给我的回复是"不见不散"。

到了约定时日，我提前到宾馆等候，心里多么希望欢儿只是在网上随便说说而已，并不会真的赴约。然而令我遗憾的是，约定时间刚到，房间外就传来敲门声，我的心如坠冰窖，打开门，只见欢儿穿着花枝招展的衣装站在外面。

看见我，欢儿的脸色大变，良久，她讷讷地问："怎么是你？"我冷笑两声，径自离开宾馆。回到家，我打开QQ将她拉进黑名单，向这场还没开始便已结束的网恋告别。

丽红手札

恋爱中，男女双方既可以相互选择，直至携手步入婚姻殿堂；也可以放弃，由单方决定结束恋情。这是每个恋人都享有的权利，任何人都不能剥夺。其实恋爱本身就是一次选择或者放弃，如一个女生跟一个男人谈恋爱，她要观察、分析这个男人是否适合做自己的老公，而不代表她一定要跟这个男人结婚。

于戎三次恋爱，都以失败告终，既有偶然性，也有必然性。高中时，他与小雨相恋。当时二人还是涉世不深的学生，恋爱观、人生观和价值观尚未成熟，不懂得也不理解爱的真实含义，以至于这段感情无疾而终，这种结果符合事物发展的必然规律。

大学时，他与茉莉相恋。茉莉结识一位有钱的企业高管后，便将其抛弃。每个女人对爱情的看法不同，有的侧重情感，有的侧重物质，有的侧重权势等等。茉莉或许是更看重物质的女孩，她认为那个男人能给自己带来更大的幸福，比于戎更适合做自己的老公，所以决定跟于戎分手，而选择新男友。这种女人自开始就注定不能和于戎走到最后，因为她的贪心太大，想要的财富太多，而于戎根本无法满足她。

工作后，他在网上结识了欢儿，二人的恋情尚未真正开始，结果在他自导自演的闹剧中草草结束。由于二人相处的时间太短，而考验又来得太急，欢儿真是个贪图钱财而不讲感情的女人吗？根据现有证据恐怕无法做出结论。

现实中，许多女孩把财富、地位和权势看得很重，尤其是财富，有的将其作为选择男友的必备条件。于戎三次失恋，似乎都与财富或者物质利益有关。其实这是人之常情，无可厚非。每个人都向往美好生活，包括对物质生活和精神生活的追求，而物质生活本身离不开财富，财富是婚姻家庭生活的物质基础，财富与感情不是对立关系，而是互补关系。一个女孩希望找一位既对自己好又有钱的男友，是正常的心理需求，不应受到指责。

当然，如果一个女孩谈恋爱一味地追求财富或者物质利益，而将感情、人品等都看得很淡，甚至忽略不计，则表明其精神空虚、缺少内涵，这种女人不会有持久不衰的魅力。也许于戎的旧爱中就有这种人，与这种人谈恋爱被抛弃，委实不值得惋惜。

财富与感情孰重孰轻，一直是个沉重话题。有多少人为了爱而结婚或者离婚，有多少人为了钱而结婚或者离婚，其中的是是非非说起来容易，但具体落实到每个人身上，对错与否很难断定，只能由实践检验。

　　我以为，一场恋爱不管基于什么原因开始，只要双方在相处中都能付出真心，感到快乐，无论最后结局如何，都是一段值得回味的美好时光。一个人不应为了追求终点，而强求对方按照自己的意愿做事。把握当下的幸福，欣赏沿途的风景，这是每个人生命中都无法复制的财富。

第六章　灾祸横生

以恭顺而高贵的姿态与命运握手言和

桌上是一杯廉价的速溶咖啡，周围萦绕着轻烟似的薄雾。我和对面的小薇明明近在咫尺，却似乎远隔千山万水。咖啡太苦，今天我讲的故事也是一样的苦。

小薇曾是个怀揣梦想的女孩，但在人生中的最美好年华，她几乎尝遍了生活的所有艰辛。我真心期待上苍能改变她的命运，在她生命中的最后时光还给她一份迟来的公正。因为，命运从来没有善待过她……

我将小薇的经历写下来，希望读到这个故事的每个朋友，对人生能有一些新体验、新思考，珍惜自己所拥有的幸福，感谢上苍的馈赠。

下面以小薇为第一人称，揭示这个故事的始末。

困境中求学

我出生于贫困农家，全家人仅靠几亩地维持生计。父亲是个好吃懒做的闲汉，整天在村里打牌、赌博。母亲不但要下田种地，还承担了全部家务。在家里，大小事都由父亲说了算，母亲从来不敢和他争吵，因为她"不能生"——只有我一个丫头，没替父亲传宗接代，在农村这是最大的不孝。

亲戚们都不正眼看我，爷爷奶奶骂我是赔钱货，父亲输了钱就看我不顺眼，对我非打即骂，只有母亲对我好，但她有永远都做不完的活，常常顾不上我。

一晃我就上学了，在班里我学习很好，可是父亲心情不好时就不让我去，母亲为这事替我说请，不知挨了父亲多少次打骂，我就是在这样艰难的处境下念完小学和初中的。

本来以我的成绩可以念高中，但是家里太穷了，父亲又持反对态度。那晚母亲拉着我的手哭了好久，她说一定让我去城里念高中……我考虑了一个晚上，决定念技校。我想学一门技术早点挣钱，母亲这辈子太苦了，我不能让她卖血供我读书。

送我上技校那天，父亲还很不乐意地叨咕，说如果我出去打工，就是洗盘子一个月也能挣一千多块，哪像现在，还念书浪费家里的钱。我什么都没说，背着书包走了很远的路，坐上长途汽车就离开了家乡。

患病后辍学

在技校里，我认识了一个叫石磊的男生，他有时请我吃饭，有时送我香水……对我挺好的，一直追求我，后来我就同意和他在一起了。

我们在一起一年多，相处得很好。当时我暗想，等毕业后我俩争取都留在长春工作，毕竟我家和他家都是外五县的，人往高处走，我不想回村里种地。

就在我憧憬美好未来的时候，发现自己意外怀孕了。我还没毕业呢，当时真是很无助，我没把这件事告诉石磊，向室友借了一些钱，自己去医院做了人流。

做完人流后我请了几天假，窝在寝室休养身体。那时我曾想，这样可怕的经历绝对不能有第二次，谁料在以后的一段时间我又经历了两次人流。

可怕的事还在后面。石磊从别人口中得知我做人流的事情后，当天晚上就跑到我的寝室楼下，指名道姓对我一顿痛骂。他让我从窗户跳下去，或者从楼梯滚下来，还说"老子养你两年，好你个养不熟的白眼儿狼，竟敢把老子的儿子打掉。"楼下有很多同学甚至老师在围观，他就这样一遍一遍地骂着。

许多人都知道了我打胎的事，在他的骂声中我就是为了钱出卖自己的贱货。我想大声反驳，却没有勇气走出去，只能躲在寝室里痛哭。

第二天上课时，我觉得所有同学都在用异样的眼光看我，连老师都在打量我。我实在受不了这种"关注"，觉得自己快崩溃了。

后来我的精神果然不正常了，常常做一些匪夷所思的事，事后连自己都不知道做了什么。有一次我半夜起床后在走廊游荡了半宿，还有一次我突然跳上讲台后竟然小便失禁了……

老师将我送到医院，经诊断，我由于压力过大，患上间歇性精神障碍，医生建议休学治疗。学校通知了家里，母亲把我领回家。我知道，从此我将与学校无缘。

走上堕落之路

可能是远离了那个压抑环境，回家后我的病情恢复得很快。家里仅剩不多的存款都用来给我治病了，父亲骂我的话越发难听。我不在乎父亲的谩骂，每天帮着母亲下田种地、洗洗涮涮，心想这辈子就在村里找个老实本分的男人过日子吧，我认命了。

就在我准备摒弃过往开始新生活的时候，母亲病了。一天，她在灶台前做饭时突然吐血了。我纠缠着不情不愿的父亲，我俩一起将她送往医院，诊断结果是肺结核。这些年母亲太过操劳，平时不舒服都硬撑着，这病症就是这样拖出来的。

家里已没钱给母亲治病了，于是我求遍所有沾亲带故的熟人，却失望而归。最后，我只能决定去长春打工，给母亲挣出医药费。临走时，我嘱咐父亲好好照顾母亲，随后再次坐上通往长春的客车，走上打工之路。

我没有学历，想找份体面工作无异于痴人说梦，后来几经周转，终于到一家歌厅当上了坐台小姐。歌厅里环境复杂，有些客人十分难缠，为了钱，我必须咬牙坚持着。

每个月我将挣到的钱大部分都汇往家里，剩下的只够维持温饱。因此，当我看到和我一起坐台的女孩打扮得花枝招展，用的都是进口化妆品时，一股自卑的情绪油然而生。

我知道很多坐台女孩都会"出台"，她们挣的钱，比我这种"不出台"的多得多。在歌厅这种灯红酒绿的大背景渲染下，我抵挡不住金钱诱惑，最终选择了"出台"。

我给家里汇的钱越来越多，同时给自己买了许多名牌服饰和化妆品，学会了在那个圈子里炫耀攀比，学会了吸烟等一切不该有的恶习。三年纸醉金迷的生活，我如行尸走肉一般，除了给家里汇钱、打电话询问母亲的病情外，我从未回过家。

与我的"客人"结婚

后来我到一家洗浴中心"坐台"，在那里，认识了大鹏。大鹏是一家酒店保安，长得高大帅气，是我在洗浴中心的常客。他很会说话，特别会哄女孩子，和他在一起我挺开心的。

大鹏说他不介意我的过往，想和我结婚。我一想，干这一行也不是长久之计，不如趁着年轻找个合意的对象，老了也有依靠。于是，我俩很快办理了结婚登记手续。大鹏也是外地人，在长春租房子住，没有多少积蓄，为了省钱我们没摆酒席。

结婚后我辞去"坐台"工作，但很快发现，家里的经济陷入危机。大鹏一个月才挣一千多元，他本身又是个喜欢吃喝玩乐的人，指着他养我根本不现实。不得已，我只好再回到那家洗浴中心继续"坐台"。

我往家里拿的钱多了，他好吃懒做的本性充分体现出来。他竟然编造借口辞掉工作，待在家里炒起股来，做起春秋大梦。他用我的钱炒股，结果血本无归。我气得发疯，跟他吵得不可开交。

他丝毫不知悔改，反而振振有词地骂我，说我整天在洗浴中心鬼混，天天让很多男人玩弄，让他戴绿帽子。他还说花我挣的钱天经地义，是我天生下贱对不住他。从那以后，我俩感情迅速降温，每天争吵都会提到"离婚"二字。

产下死胎

直到发现自己怀孕，我和大鹏的关系才开始缓和。我们都喜欢孩子，决定把这个孩子生下来。我知道，有了孩子后会需要很多钱，但现在我们已囊中羞涩。之前他辞去工作，断了经济来源，之后炒股又赔了钱，而我早已养成大手大脚花钱的习惯，有时花的比挣的还多。

说实话，我也想走正路，过正经日子，可是我需要钱，又没有别的本事，只好出卖身体挣钱。虚荣心维系着我仅存的快乐，我一无所有，只有虚荣。

为了孩子，他出去找一份工作，为此我高兴极了，默默地祈祷着我们的未来。我似乎有种预感，腹中的小生命将会给我带来幸福。

怀胎十月，一朝分娩。然而令人无法相信的是，我生下的竟然是个死胎。我哭得撕心裂肺，天昏地暗。护士怕我打扰其他产妇休息，让家属过来安慰我。

谁知大鹏气势汹汹地走过来，二话不说，猛然扇我一记耳光。他说生下死胎全是我的错，是我自己造的孽。我大声反驳说不是，并从病床上爬起来准备和他拼命，结果被他重重地摔在地上。

他临走时还骂我，说我是个晦气的女人。我躺在地上看着他逐渐远去的背影，心里忿忿不平地抱怨，为什么老天对我如此不公，倒霉的事都让我摊上了？无情无义的小人都让我遇上了？

我出院没几天，他就将离婚协议书摔在我脸上。我们没有共同财产，于是我简单收拾一下，便提着行李箱离开了我们租住的房子。

母亲去世

我选错了路，现在不想继续走了，后来我到一家餐馆找一份工作，当上服务员。去年端午节，我回到阔别多年的家乡。这些年我不曾回家，每个月都尽量抽时间给母亲打个电话，电话里母亲始终说自己很好。

回家后，当我见到形销骨立的母亲，眼泪忍不住掉下来。这就是所谓的好？母亲的病不是已经治好了吗？为什么还这样憔悴？

当我得知一切后，才明白自己错得离谱。母亲患的是肺结核，现在医疗技术先进，这种病是可以治愈的。但是，这种病重在"养"，必须多吃高蛋白、高钙的营养品，多吃蔬菜和水果。而父亲从来就不是个好丈夫，他一日三餐几乎都让母亲吃呼土豆、咸菜……

父亲嫌母亲没生儿子，这几年和村里一个年轻寡妇勾搭上了，我寄给家里的钱，都让他找女人、赌博花了。至于母亲，一直没有得到很好的照顾，所以病得越来越重。

我带母亲到医院，医生让她住院治疗，她说什么也不肯住院，我只好在家里照顾她。半年后，母亲过世了。葬礼上父亲一滴眼泪都没流，一些亲戚敷衍地安慰了我几句，我觉得这个世界真是荒谬可笑。

生命的最后时光

我终于病倒了，其实事先是有征兆的。我一向月经紊乱，每次来月经都痛得死去活来。无规律的生活习惯、酗酒抽烟、通宵熬夜、乱吃避孕药、多次人流等，严重损伤了我的身体。

如今我等待的是命运宣判。经医生检查并确诊，我患了子宫内膜癌，并且属于晚期。医生让我立刻住院治疗，但我没有办理住院手续，只是象征性地开了一些药，就离开医院。

回想起小时候家里穷，我偷拿邻居家的洗衣粉洗头的事，那时觉得洗衣粉简直是世上最神奇的东西。是不是冥冥之中一切自有天意？

我在这个世界上已没有任何牵挂，当我悄无声息地离开人世时也许没人察觉到；即使有人知道，也不会有人为我的离去而流泪。我千辛万苦来到这个世界的意义何在，谁能告诉我答案？

真可悲，我的一生不过是笑话一场。

丽红手札

小薇命途多舛，出生不被期待，求学困境重重，恋爱一波三折，身份遭人唾弃，母亲撒手人寰，自身又患绝症……她似乎很得摩罗斯（厄运之神）的眷顾。这不是一个爱情故事，而是一个关于包容和成长的故事。生存本身是一场胜利，生命本身是一种宽恕。每个人的一生都面临许多选择，在转动命运轮盘之初，在决定自己命运之时，我们再多的谨慎和权衡都不是多余的。

"命运"是一个常见的词汇，我们可能经常讨论这个话题，但我们有时很难深刻地理解这个神圣而残酷的字眼。其实对整个世界而言，每个人都是微不足道的。命运面前，语言显得苍白无力，再多的抱怨都毫无意义。

小薇无法决定自己的出身，一路走来偏偏又遇上那些不良之辈，后来纸醉金迷的夜生活以及周围的一切，都潜移默化地引诱她堕落。她选择的生活方式不对，命运也无须对每个人都公平。可是对这样一个伤痕累累的女人，我们还有什么不能原谅的吗？

《茶花女》中的玛侬虽然死在荒凉的沙漠，但她死在真心爱她的那个情人的怀抱里。玛侬死后，那个情人为她挖了一个墓穴，他的眼泪洒落在她身上，并且连同他的心也一起埋葬在里面。无论什么时候，有人愿意为你流泪总是幸福的。

幸福的人可以软弱，但不幸的人必须坚强。岁月流金，往事如烟，我们所缺少的恰恰是一份阔达的心境。何必将生命寄托在他人的眼光中，我们不能只为别人考虑，还要学会为自己而活。每个人都会死，但不是每个人都真正活过。谁不想光明正大地站在蓝天白云下，而不作为一个被世人容忍才得以存在的阴影。如果一切从头开始，会不会有不同的结局？有时候我们别无选择，有些事是再也回不去的。

曾经我以为，生活多残酷，有时我们做出的最坏设想往往就成了现实。其实，生活是无法形容的惨烈，明明你已经做出最坏的设想，但现实却出其不意，比你之前的设想坏一万倍。

既然你已经一无所有，便不用害怕再失去。小薇，为什么不能抛开陈旧的过去，给自己一个机会重新开始？人不会白白付出，以生命作为赌注，奇迹未必不会降临在你身上。你可能获得的不仅仅是第二次生命，更是一个完全崭新的开始。

一个人要学会直面困境，不讲肤浅的话，不做无意义的事，心怀希望，永远向前看，看到曙光才会体验快乐。诗人汪国真说过：悲观的人，先被自己打败，然后才被生活打败；乐观的人，先战胜自己，然后才战胜生活。

一个人即便身处绝境，也不要自怨自艾，以坦然的心境，与命运握手言和，这是一种高贵的姿态。

只要前方还有路就不能停下脚步

清晨，我看见冯女士站在路边吸烟，于是走过去同她打招呼，问是否愿意接受采访，让我把她的故事写下来与读者分享，她欣然同意。冯女士是我的邻居，身为社区保洁员，每天负责三栋楼楼道及周围路面的清扫工作，非常辛苦。

冯女士性格开朗，与人交谈时总是笑声朗朗，不知情的人很难猜到，她家生活并不如意，她家的不幸可以用"苦难深重"四个字形容。无论与谁交谈，她总爱重复一句话："在旁人眼里阿雷是傻孩子，而在我眼里却是好儿子"。

离婚后，她独自带着智障的儿子生活了二十五年，岁月染白了她的黑发，划出了她脸上的一道道皱纹。可怜天下慈母心，可怜这位饱经沧桑的母亲。

我希望透过这个故事能引发每位读者深层次思考：有人为了安逸生活放弃亲情和责任；有人为了亲情勇于担当，可以包容一切。路从来不会错，错的只是选择。

下面以冯女士为第一人称，揭示这个故事的始末。

曾经的幸福

我和利民是三十年前认识的，当时我们在一家工厂工作。厂子不小，还有食堂，但中午在食堂吃饭的人并不多。多数人都自备午餐，大都将饭和菜一起装入长方形的铝饭盒里，然后盖好，带着午饭去上班。等快到中午时，大家纷纷把饭盒放进热饭箱，待热透后各自取出自己的饭盒，一同用餐，常常是边吃边聊，我和利民就是这样认识的。

利民最初给我的感觉是憨厚老实，他的话不多，我说十句，他能接上三四句就不错了，但他听得很认真，我们聊起来气氛并不沉闷。相熟后，中午取饭盒的事他就替我代劳了，然后我们坐在一起用餐。

我和利民在一个车间，车间实行三班倒，我常常赶上晚班，我家离单位挺远，骑自行车大约需要三十分钟。夏天还好过，一到冬天，天冷路滑，一个人在伸手不见五指的黑夜里骑车子，着实吓人。后来利民经过多次与车间主任交涉，调换了班组，换成和我一同轮班。赶上夜班时，他接送我上下班。我们一路交流，有时会灌一肚子风。

利民经常送我一些礼物，虽然东西不贵，但我看得出那是他的一片真情。他有时送我两个洗好的大苹果，有时送我一条厚厚的围脖……他的真诚和朴实打动了我，我觉得他值得我托付一生。

接下来的事顺理成章，转眼就到了双方老人会亲家的时候。利民的父亲在一所大学管食堂，油水很足，所以，他家条件很好。我父母对利民及其家庭条件都比较满意，他父亲觉得我是个本分人，肯定会过日子，会完亲家后，我们的婚事便正式敲定。

我们的婚礼办得很隆重，因为是深秋，我没穿婚纱，穿着一条厚实的红色连衣裙，利民穿着一身西装，十分气派。证婚人是我们车间主任，席间我们轮流给客人敬酒，大家都夸我们是郎才女貌，天作之合。

婚后，我和利民过起了二人世界，生活很甜蜜。我公公有两套房子，之前他和利民住一套，另一套租给了一家小工厂。当年这是很了不起的，我的月工资才四十五元，而那套房子的月租金高达八百元。在我和利民快要结婚的时候，公公把这套出租房收回来，经过简单装修就给我们当了婚房。我公公是个好人，时至今日我仍然很感激他。

那时利民对我很好，我们一起上下班，平时在家里我做饭他洗碗，周末一起做家务。利民喜欢看书，没事时总愿意往书店跑，我也喜欢欣赏好文章，所以，我俩经常一起去书店，也买了不少书。我们脾性相合、爱好相同，因此十分恩爱，当儿子阿雷出生后，我们的生活更加圆满了。

灾祸横生

我生下阿雷不久，就回到厂里上班。他那边，婆婆走得早，公公还没退休；我这边，虽然父母身体硬朗，但母亲正给哥哥和姐姐带孩子呢，一个五岁，一个才两岁，实在抽不开身。我和利民商量一下，决定把阿雷送到厂里的托儿所照管，既方便喂奶，同时上下班送接孩子也方便。这个决定是我一生中犯过的最大错误，它预示着我家的悲剧即将开始。

最初把阿雷送进托儿所的那些日子，我非常难过，心里总是在想，儿子这么小就不在我身边，饿了或者哭了怎么办？每逢这时利民就会开导我，渐渐地我的心情就变好了。我虽然白天不能经常照顾阿雷，但每天晚上都要哄他睡觉，还有什么不知足的吗？

几个月后，当我已完全适应这种生活状态时，阿雷出事了。有一天，阿雷睡醒后哭闹不停，托儿所王阿姨为了哄他高兴，把他抱起来，刚往前走一步，不料突然滑倒，结果阿雷被大头朝下摔在水泥地上。阿雷的脑袋摔坏了，虽然经过医生救治，他的命保住了，但大脑神经留下永久性的创伤。

那阵子我天天哭，头发白了一半。厂里的一些工友赶来医院看望阿雷，大都被我拒之门外。我最听不得这样的话："真可怜，孩子被摔傻了。"即便他们不当我面说，我也无法忍受这种背后议论。

阿雷已到这般地步，我别无选择，只能辞掉工作，在家里专门照顾他。那时候，我心里抱怨很多人。抱怨利民，为什么当初决定把阿雷送到厂里的托儿所？抱怨妈妈，为什么不帮我带孩子？抱怨王阿姨，为什么照顾孩子那么不精心？说到底，我最不能原谅的人恰恰是自己，如果我生下阿雷后不去上班，在家里专心照顾他，这个悲剧就不会发生……

刚开始利民对我还好，很顾及我的情绪，只是对阿雷不太上心，为此我经常跟他吵架。现在回想起来，利民未必不疼孩子，只是孩子摔成那样，他看着难过，所以选择了忽略。

过去我一直以为利民是个憨厚老实人，其实他还是个窝囊人，他缺乏男子汉的担当。阿雷的事让我们美满的家庭蒙上一层不幸，在重重压力下，他又选择了放弃——他不要阿雷了。

我忙于照顾阿雷，等察觉到利民变心时，事情已经到了覆水难收的地步。他在外面找女人了，是个年轻寡妇。他们二人租了一间平房，过起了小日子。这件事很多人都知道，有个邻居曾含含糊糊地跟我提过一嘴，但当时我没听懂其隐晦的暗示。

当利民跟我摊牌时，我没和他吵架。我已身心俱疲，没有搭理他的力气了。我只是感到伤心，连阿雷的亲生父亲都不爱他了，除了我这个母亲，还有谁会爱他呢？

离婚时难免要分割财产，我们未经法院，自愿达成离婚协议。阿雷出事后厂里给了十五万赔偿费，这笔款外加我们住的房子和家里的两万元存款，都归我和阿雷所有；利民带着我们攒的一点现金，收拾好他的东西，提着箱子离开了这个家。

母子相依为命

阿雷一天天长大，我不能老待在家里坐吃山空，我得出去找点活干，不然的话，以后就得动用那笔赔偿费。那笔钱还准备待我百年后留给阿雷养老呢，我绝对不能动。

我开始摆地摊儿卖货。街坊邻居都知道我家的处境，都很照顾我。我虽然辛苦点儿，但生活还算充实。每天我都带着阿雷摆摊儿，看着他一天比一天高，我既高兴又心酸，如果他健健康康的该有多好啊！摆地摊儿虽然是小本买卖，但日积月累下来，除了供我们母子日常开销外，我还攒下一点钱。

后来城管不允许在路边摆地摊儿，我"失业"了。我不怕吃苦，先后又找了两份工作，一份是到一家超市当收银员，另一份是到一家饭店当服务员。可是这两份工作都得撇下阿雷，我不放心他一个人在家，所以都没去做。这样一来，我在家里"闲"了几个月。

几经周折，我终于找到合意的工作，也就是我现在干的这份工作，当社区保洁员，虽然工作累一点，工资也不高，但我在工作时可以带着阿雷。我无论做什么，只要有阿雷陪在身边，我就觉得很幸福。

阿雷虽然智障，缺少正常人的思维，但他很有礼貌，只要见到成年人，无论是熟人还是生人，会一个劲儿地问候"叔叔阿姨好"。认识我的人都挺喜欢他，还夸他是个听话、有礼貌的好孩子。

我挣钱本来不多，物价又再不断上涨，柴米油盐、水电热气样样都需要钱，所以我必须节省花销，否则就会入不敷出。有一天，阿雷对我说："妈，我要穿新鞋。"他抬起右脚，大脚趾竟然露了出来。

第二天，我破天荒地带他去商店买了一双运动鞋，讲了半天价，终于在老板不耐烦的语气中以五十元的价格成交。这是近年来我第一次给阿雷买鞋，以前他穿的都是邻里送的旧鞋。阿雷穿着新鞋很高兴，跑来跑去一个劲儿跟我说"妈妈，我有新鞋了，我有新鞋了"。看到他这样高兴，我潸然泪下，一切都是我的错，是我没能耐，无法给他更好的生活。

做人只求问心无愧

过去公公在世时，他对我和阿雷很好，常常接济我们。在我和利民离婚后的第五年，他去世了。他老人家把自己住的一室一厅的房子留给了利民，把自己一辈子积攒的存款留给了我这个"儿媳"和孙子。当初我和利民离婚时，他曾多次痛骂过利民，他骂利民是个没良心的混账东西，是个连猪狗都不如的人……

公公出殡那天，我带着阿雷送他老人家最后一程，我也见到了利民，他是带着那个女人去的，很恩爱的样子。我和利民只是点点头，没有说话。阿雷挺好奇，问我那人是谁，我告诉阿雷那是他的爸爸。可怜阿雷的脑海里根本没有爸爸这个概念，他一笑而过。

往后的八九年里我没见过利民，偶尔听到以前的工友提起他，但我没有多问，毕竟他已经有了新家。直到三年前的一天，利民的一个好朋友给我打电话，说利民患上了肺癌，属于中晚期，正在住院化疗，他希望我能过去看看利民。

我获悉这个消息后发呆了许久，第二天，我买了几样水果，带着阿雷去医院看望利民。将近十年没见面，他显得格外苍老，当然我也老了不少。见到他时，他看我那种惊讶的表情，至今我还记忆犹新。

他刚做完第二期化疗，脸色很难看。我看着他头上稀疏的头发，一时间眼泪止不住流下来。他对我和阿雷前来探视，既感到吃惊又感到兴奋，拉着阿雷的手跟他说了许多话。末了，他对我说，没想到我能把阿雷照顾得这么好，这些年他对不住我，对不住阿雷。

中午时，我下楼给利民买了一份盒饭，顺嘴问那个女人为什么没来照顾他。当时利民显得有些尴尬，敷衍地说"她有事儿"。我很是气愤，利民都这样了，什么事还能比自己的丈夫更重要？顾及着利民的面子，我没追问下去。

过了几天，利民的那个好朋友又给我打来电话，在我的追问下，他把利民和那个女人的一些事告诉我。原来利民娶了那个女人后，他们一直过得挺好，但当利民被查出癌症后，没过几天那个女人就收拾好值钱东西，带着存折走人了。利民无奈，只好托人把房子卖掉，用这笔钱住院治疗。

利民和我毕竟夫妻一场，他还是阿雷的爸爸，现在他叫天不应、叫地不灵，谁能照顾他？我不想再追究他当年的过错，于是主动承担起照顾他的工作。每天我都早早起来，赶紧把我承包的那三栋楼楼道及附近路面打扫干净，然后马上去医院照顾他。在他生命的最后时刻，我始终陪伴在他身边。

将近半年的时间过去了，我陪着利民走完了他生命的最后一程。在这段时间里，利民饱受病痛折磨，他多次说过"现在生不如死"。临终时他握着我的手，断断续续地说，他这辈子辜负了我和阿雷，是他一生中最大的遗憾……

转眼间，我独自带着智障的儿子生活了二十五年，其间有忧伤、痛苦和无奈，也有欢笑、快乐和幸福。

丽红手札

面对突如其来的灾祸，冯女士心如刀绞、悲痛欲绝，但她丝毫没有退缩，而是以百倍的爱心独自承担起抚养智障儿子的责任，独自支撑起破碎不堪的家。为了让儿子幸福成长，她辞掉工作，在家里精心呵护和培育幼小的生命；为了避免儿子再受伤害，她每时每刻都陪伴其身边，即使为了生活被迫到外边摆摊卖货、打扫卫生，也绝不让儿子独自待在家里度过无聊、寂寞的时光。她是当之无愧的母亲，是所有母亲的骄傲。

其实人生就是这样，离不开挫折和磨难，不如意事十之八九，关键看你怎样面对。悲观地接受客观事实，从此一蹶不振，甚至轻生者，自古有之；在逆境中，不畏艰难困苦，勇敢地接受挑战，以无畏的精神和顽强的毅力披荆斩棘，战胜不幸和困难的，也大有人在。是选择逃避还是面对，有时缘于一念之差，失败与胜利之间并非远隔千里，只有一步之遥。

冯女士含辛茹苦二十五年，终于将儿子抚养成人，其间的辛酸经历不必赘述，但她在付出的同时也收获了生活的价值。每个人都会受伤，时间能使伤口愈合，即使无法变回最初的模样，但生活不能因为伤痛和苦难而停顿，逃避无用，面对是唯一的出路。

在灾祸面前，冯女士的丈夫选择了逃避，把千斤重担无情地压在一个弱女子身上。他有负于发妻，更有负于智障的儿子，日久年深，其内心负疚必将滋生毒素，如附骨之疽，追求"安逸"生活无法换回心灵的平静。有些人，你一旦错过，注定成为一生的遗憾。

面对"负心郎"，冯女士没有过多地抱怨和指责，没有把他当成怨偶，没有恨，而是一如既往地把他当成亲人。当她获悉"负心郎"身患绝症后，主动探望并照料，直至陪他走完生命的最后一程。这种宽容大度、以德报怨的高尚情怀，闪烁着人性的光芒。

为什么在旁人眼中集万千苦难于一身的女人，拥有如此广博的胸襟？原因无非是爱，爱是自我牺牲、全身心投入和心甘情愿地奉献。在生活中，每个人都应有热爱生活的信念、矢志不渝的追求和积极奋进的目标。生活是一本书，每一页都是一个新故事。一个人走过一段路，风景不会千篇一律，这一段惠风和畅，那一段雨骤风狂。人生之旅本来就是风雨兼程，不谈曾经拥有，也不谈曾经失去，时光匆匆，我们常常来不及向昨天告别，就已投入到崭新的一天。

岁月洗尽铅华，沧桑改变容颜，生命不是一张永远旋转的唱片，但只要前方还有路，我们就不能停下脚步。

第七章　挽留旧爱

真爱不会败给时间和距离

风苓说，她和阿岳分手后，身心俱伤，每天以泪洗面，短短的一个月，消瘦了二十斤。提起阿岳，风苓显得十分激动，不复之前的从容。风苓含泪向我讲述了她和阿岳之间发生的一切，尤其是分手后，她仍然想挽留这段感情，但没有成功。

有时候，一个人想挽留旧爱并非因为感情，而是因为习惯，真的只是习惯了对方的存在而已，由于不甘心，所以在分手后，开始清点自己的付出，但付出和回报往往不成正比。

一个常人的能量是微不足道的，许多东西都强求不来，生命中必然会留下这样或者那样的遗憾，谁都无法避免。生活本是一个过程，纠结于自己无法改变的事实是一种无望的等待，人生一世，快乐就好，有许多事，你无法决定怎样开始，也不必刻意追求如何结束。

下面以风苓为第一人称，揭示这个故事的始末。

我的初恋

五年前我是个大一新生，对大学校园里的一切满是憧憬，阿岳也是新生，而且和我学的是同一个专业。初来乍到，我和班上的同学还不熟，一个人难免有形单影只的感觉，就在这个时候，阿岳走进我的内心世界。他是我的初恋，我们在军训时熟悉的。

阿岳很开朗，人缘也好，我尚在适应新环境阶段，他已经和班上的男女同学打成了一片。午休时，他会邀请我一起去食堂吃饭；下午训练休息期间，他会跑到超市为我买饮料；我的脸被阳光暴晒过敏时，他会主动替我向辅导员老师和教官请假，并陪我去校医院挂号、开药……

阿岳对我的心思周围同学都看在眼里，室友常常拿他调侃我，虽然我面上害羞，心里还是很甜蜜的。就这样，我接受了他，在室友们的祝福声中。我们走到一起。

我没有恋爱经验，但我能感觉到阿岳对我种种的好，特别是我们的生活节奏很合拍。我俩都是勤奋好学的人，每天都会去图书馆自习，除去上课时间，我们往往一天都"泡"在图书馆里。

因为将大部分精力都用在学业上，我俩学习都很好，年年拿奖学金，俨然是同学眼中的模范情侣，就连辅导员老师都经常在其他同学面前夸奖我们，他常说：你们都是大学生了，我不反对你们谈恋爱，但是不能因为恋爱荒废学业，多向"人家"学学，多往图书馆跑……

可以说，自大一到大三，我和阿岳的感情始终很好，我们有共同的爱好、共同的目标，况且我俩还是同一个省份的，说是天作之合也不过分吧？

我对他的好

虽然阿岳主动追求我，但在这段感情中，我付出的远远比他多，无论是精力还是金钱。他家条件不好，在他很小的时候父母就离婚了，他母亲到处打工并将其拉扯大，很不容易。了解他的身世后，我感到心痛，对他比以往更好了。

平时我俩出去玩儿，吃饭、看电影等都是我掏钱，赶上情人节我还会挑选价值不菲的礼物送给他：大一送的是一块罗西尼手表，大二送的是一双品牌运动鞋，大三送的是一套西装……

刚开始和阿岳谈恋爱时，我父母是反对的，他们认为他家太穷，他本人还是生长在单亲家庭的孩子，性格可能有问题，但在我的反抗和坚持下，他们终于默认了他。我父母是刀子嘴豆腐心，虽然嘴上总说他这里不好那里不行，但每次我带他回家时，他们总会做上一桌子好菜，让阿岳感觉自己很有面子。

尤其是我妈对阿岳特别好，深秋天气变凉了，她担心他受冻，熬夜给他织一条围脖；每逢家里做了可口的菜肴，她就打电话让我带他回来吃饭……说实话，我妈是把阿岳当儿子看待的。

大三开学不久，阿岳决定考研，我考虑了几天，决定和他一起考研。为了挤出更多的复习时间，我们打算从学校宿舍搬出去，在学校附近租房子住。后来我们租了一套一室一厅的房子，每月租金一千元，可以免费上网。

我们住了一年半，这期间的房租、水电费以及平日琐碎的开销都是我支付的。我不能和他计较，在我看来，我俩不分彼此，我拿钱养活他是应该的，但考虑到他的自尊心，我从来不在他面前提及金钱的问题。

在日常生活中，我经常照顾他，帮他洗衣服，帮他做这做那，后来买了电饭煲和电炒勺，我还根据他的口味炒菜做饭，我心甘情愿地为他做力所能及的所有事情。他的几个好朋友都夸我贤惠，我的好朋友调侃我说："不用考研啦，你就当个家庭主妇吧！一个温柔贤惠的好妻子，我要是男的一准把你娶回家。"大学期间，我们系有很多情侣分分合合，我和阿岳的感情却日渐深厚，几乎身边所有的朋友都说我们能走到最后。

考研风波

准备了一年多，我和阿岳信心满满地迈进考场，我俩报考的是同一所学校，期盼能继续在一起学习和生活。考试结束后，我俩疯玩儿了两天，我们开始憧憬新生活，讨论将要面临的种种问题。

然而，看似圆满的一切，在考研成绩公布后大部分都成为泡影。阿岳如愿以偿地被那所学校录取，而我仅以三分之差与那所学校失之交臂，最令我难过的是暂时不能跟他在一起了。我决定再复习一年，明年继续考，无论如何也要考进那所学校，不仅为了自己的未来，更为了阿岳。

在这一年里，我和阿岳将面临分隔两地的生活。我以为我们感情那么好，虽然不能常见面彼此会平添几分思念，但绝不会因此分手。事实证明，我太自信了。

刚开始的时候，我们经常通电话或者在QQ上聊天，相互诉说思念之情和身边发生的一些事，似乎感情更胜往昔。然而这种交流终究比不上面对面沟通，后来我们的联系渐渐少了，从最初每天聊一个多小时、发几十条短信，变为每天只打一个电话问候。

阿岳不再跟我讲学校里的事了，渐渐变得沉默寡言。而我备考的生活十分寂寞，总想把日常发生的事讲给他听，他却流露出不耐烦的语气，明显是没兴趣听下去……我们之间交流的气氛越来越古怪，讲话的语气越来越疏离客套。我要改变这种状况，却无能为力。

尽管如此，我心里仍然对我们的感情充满信心，认为造成这种结果的原因不是感情，而是距离，固执地以为只要等我考上研，当我俩在同一所学校一起学习和生活时，我们的感情还会像从前一样好。

我几乎毫无准备，一天傍晚，阿岳突然在电话里跟我提出分手。他说，我们在一起不合适，我的性格太强势，什么都管着他；还说，他家境不如我家好，我在生活中的某些做法让他觉得自尊心很受伤害；还说，我父母对他不好，可能是对他不满意，既然这样，不如分手，省得结婚后成为一对怨侣。最后他还说，不会为了钱和我在一起。

我不相信阿岳说的这些都是真心话，于是几经周折找到了阿岳的一个朋友，在我的追问下，他将实情告诉了我。原来，阿岳在学校又交了新女友，她比阿岳高一届，是阿岳的师姐。

难怪阿岳跟我提出分手，原来是有新欢了。在得知真相后，我打电话给阿岳，狠狠地骂他一通，然后自己又痛哭了一场，一夜未眠。

再度失意

阿岳提出跟我分手的时候，距离我考研已不足三个月。这时我对考研已感到心灰意冷，但一想到阿岳在那所学校，如果我能考上，还有望挽救我们已破裂的感情。我忧虑重重，明明眼前放着书，可怎么也看不进去。

我怀着忐忑的心情走进考场，走出考场时心里无比失落，我非常清楚考试结果对我而言意味着什么，读研无异于痴人说梦，我不能欺骗自己。

一些大学同学知道我和阿岳的事后，都很气愤，纷纷为我抱不平，骂他是负心汉、陈世美。与我关系要好的几个同学，还将事情的整个经过写下来，把他的所作所为发到校园贴吧上，让读者谴责他。很多人跟帖回复，骂他薄情寡义，也有人安慰我，不过这些我都不在意，我只希望他能回心转意。

其实我也有责任，不争气，在恋爱中可能伤害了他的自尊心，如果第一次考研我能顺利通过的话，哪会有这种事？朋友说我是当局者迷，阿岳根本不值得我付出一切，我却不以为然，因为他们不了解他，不知道他的好。

我觉得阿岳和他师姐相处久了会发现，哪个女人做得都不会比我好，因为世上没人比我更爱他。事情是否还有回旋余地，我还有机会挽回我俩的感情吗？

丽红手札

一个男人可以为变心寻找许多借口，理由看似充分，蒙骗局中人勉强可以，旁观者却能一眼看出破绽。阿岳说"风苓未顾及他身为男人的尊严，不会因为钱和她在一起"，其实，这是阿岳制造的一个语言陷阱。一个正直的人固然不会为钱而结婚，但金钱并不是爱情的绊脚石。退一步讲，即使这个理由成立，阿岳说出这个"理由"的时机也没有说服力。

从表面上看，阿岳"诚实""有骨气"，实则不然。在他默默接受风苓送的礼物、坦然住在风苓掏钱租的房屋、大口吃着风苓买的食物和亲手烹制的饭菜时，他为什么没想起身为男人的"自尊"而高傲地拒绝？享受了这一切之后反过来又鄙视这一切，以为自己很高尚吗？

我不想恶意揣测阿岳的人品，但他在风苓即将考研前提出分手，难道没考虑对风苓的打击和影响吗？难道这是对风苓种种付出的回报吗？难道结新欢、抛旧爱是一个有尊严的男人所为吗？

风苓始终认为，"阿岳的好别人不知道"。在我看来，一个男人的好坏，不在于他说了什么，而在于他做了什么。恋爱中的女人容易被假相欺骗，只看到表面现象，却忽略了本质问题,事实上,很多男人都没有女人想象中的那样好。

女人感性，男人理性。有的女人和恋人闹别扭，嘴上天天喊分手，说上一百次而没有一次是真的；男人说分手通常经过深思熟虑，话一旦出口，往往就是定局。女人不应过分迁就男人，否则，反倒使其不懂得珍惜。其实世上很多男人都是被女人惯坏的，他们习惯于女人照顾，而习惯一旦养成，再想改变就难上加难。女人不能因为爱情放弃自我，更不该被不值得爱的男人魂牵梦绕。

透过岁月看清男人本质，距离是验证爱情的试金石。在大革命失败至新中国成立前的二十年间，徐特立与妻子一直分居两地，长期不通音讯。徐特立无论是留学法、日、德、比等国，还是回国后居住在灯红酒绿的大、中城市，他都恪守原则，坚守本心，对妻子始终保持着忠贞、淳朴的爱情。可见，真正的爱不会被时间和距离打败。

谁和谁从烟花一瞬能走到天长地久，谁和谁在爱情的旅途中会渐行渐远，不一样的结局，只缘于选择了不同的人。有道是，慧极必伤，情深不寿。也许风苓还年轻，有为爱情倾尽所有的愿望，有挽留"真爱"的决心，但这种激烈的情绪注定不能持久，将最美的青春年华全部用来挽留或者等待一个早已离去的背影，值得吗？

一个女人一定要选择值得自己托付一生的男人，爱是彼此奉献，相知相守，一切感情都会随着时间的推移归于平淡，唯有享受这一切，经得住似水流年，那才是真实的生活。

放大自己的痛苦　却忽视对方的付出

姻缘天定，莫去强求，有人为此感到痛苦，可能是追求的对象错了，抑或追求的方式不对。有的女人，看看就好，不适合相伴左右；有的男人，认识就好，没必要迷恋沉沦。可是有的人，一旦错过，你的余生都将在遗憾与悔恨中度过。

坚守与放弃不过一线之隔，如何抉择要因人而异，视情况而定，或对或错，选择权永远在自己手中。感情上的事虽然错综复杂，但我始终觉得，只要做人简单一点，对爱人宽容一点，对身边所有人多一分谅解少一分苛求，自己就会轻松许多。

齐军和雯雯是一对年轻夫妻，由于双方均不懂得珍惜，互不理解，最终分道扬镳。

下面分别以齐军和雯雯为第一人称，揭示这个故事的始末。

·齐军心中的妻子·

忆昔花间初识面

我和雯雯携手走进婚姻殿堂是一种缘分，虽然开端很好，但结局却偏离了我的想象。两年的婚姻生活带给我们的只有不幸和抱怨，离婚似乎是正确选择，走到今天这一步，说明我们缘分已尽，再无复合的可能。

最初认识雯雯时我并没有什么想法，只把她当作客户和普通朋友。雯雯不漂亮，也不温柔，为人粗枝大叶，做事咋咋呼呼，性子急，她给我留下的第一印象不算太好，完全不符合我的择偶标准。

后来雯雯经常找我买化妆品，我俩接触久了，我发现她身上也有不少优点。首先，她宽容、善良，对人对事都充满善意；其次，她说话直来直去，从不拐弯抹角，没有歪歪心思；再次，她对我非常好，都说女追男隔层纱，她勇敢地追求我，并且恰到好处，让我很感动……

人就是这样，不动心的时候感觉她一无是处，可是一旦心生好感，有了一定感情，对方的一切都是好的，缺点也会变成优点。在她来我往中，我们确立了恋爱关系。等到雯雯快毕业时，我带她回老家与我父母见面。我父母对她都挺满意，他们是老实本分的农民，看到儿子的女朋友是城里人，还是大学生，都非常高兴，催着我俩早日结婚。

没过多久，我和雯雯在众多亲属和朋友的祝福声中举办了婚礼，那时候，我是真心想和她同甘共苦、相濡以沫，为我们的将来努力拼搏。

无情不似多情苦

婚后，我辞去在万松化妆品公司做业务推广兼主持人的工作，来到一家书店做主管。说是主管，其实就是个打杂工，无论是联系出版社、联系客户还是维护店内设施等诸多事项，都需要我来做，有时天不亮就得开车去进货，晚上有应酬时还得陪客人喝到尽兴……

每当我带着一身疲倦回家后，多么希望雯雯能给我沏杯热茶或是说些鼓励、充满爱意的话语，可是，她根本无视我的存在，常常会丢给我一个冰冷的眼神，说上一句："这么晚才回来，真是大忙人呀！"

我听得出她话语中讽刺的意味，是的，她嫌我挣钱少，给不了她想要的生活。为了多挣钱，我更加努力工作，甚至到其他公司做兼职。由于工作需要，我经常出差，有时晚上独自一人开车上路，其间的辛苦和危险不必赘述，可是雯雯关心的只是我的工资，从来都不是我的安全和辛劳。她的种种举动，令我心寒，我不禁疑惑，为何婚后的她与婚前的她判若两人？如今在她眼里，一直恨我不能变成会赚钱的人形工具。

最让我痛心的是今年年初发生的一件事，在出差回家的路上，我遭遇了车祸，几乎落下残疾。在医院里，当我刚刚睁开眼睛、开始恢复神智时，雯雯竟然劈头盖脸地对我一顿痛骂。她说："你要死就死远点、死了干净，这样半死不活地拖累我，你开心了吧？挣不着钱就算了，现在还得让我父母支付你的手术费、住院费，你还有脸活吗？求求你放过我吧，你的事我永远都不想管了！"

是多大的仇恨才能让她讲出这番话，听着她绝情的话语，我知道，我们之间再也回不到从前了……

人到情多情转薄

我住院治疗了一个多月，出院后，我没有回家，而在医院附近租了一间民房居住。在我过生日那天，雯雯特意过来找我，见面后的第一句话就是："我们离婚吧！"

离婚后，我向亲戚和朋友借了二十多万，到外地开了一家食宿一体的快捷酒店。目前我正处于事业刚刚起步状态，但我有决心，一定要闯出属于自己的一片天地。

谁知雯雯得知我的消息后又追到这边，纠缠着我要求复婚，可是我已身心俱疲。面对一个只认识金钱而不在乎丈夫感受和安危的女人，我真的无法与她继续生活。说到底，她之所以过来找我，不过是因为我现在当上老板，有了"钱途"。

为摆脱雯雯的纠缠，我明确表示不同意复婚，并且当面告诉她，我已另有所爱。雯雯始终不甘心，居然制造了我"脚踏两只船"的谣言并在亲友间散布，意图联合大家的力量"讨伐"我。我真不明白，我们已经离婚了，作为我的前妻，她有什么权利这样做？我们为什么不能好聚好散，非要变成仇人呢？

人到情多情转薄，而今真个悔多情。若早知会有今日，当初我一定不会早早结婚，本意是追寻幸福，结果却落得两个人都很痛苦，成就了一对怨偶。我想，雯雯心里一定恨我，毕竟在我身上，从相恋到成家，浪费了她五年光阴，只是如今事实已成定局，讨论谁对谁错已没有意义了。

·雯雯心中的丈夫·

曾经沧海难为水

初次见到齐军是在一次化妆品宣传会上，那时我才二十二岁，是大学二年级学生，而齐军是那场宣传会的主持人。在会场上，我看着朝气蓬勃的他在台上妙语连珠、有条不紊地宣讲，不时地还要调节会场气氛，觉得他很有才华。对他，一见钟情或许谈不上，但无可否认，他给我留下的第一印象实在太好了，所以宣传会结束后，本着支持他的想法，我特意购买了一套护肤品，也正是这套护肤品，促成了我俩的姻缘。

三个月后，这家护肤品公司对产品效果进行信息反馈，征求部分客户意见，找我调查情况和负责登记的恰巧是齐军，就这样，我们相识了。那天，我的孪生妹妹和我在一起，她跟我长得几乎一模一样，感情也十分深厚。趁齐军填表之际，她把我拉倒一边偷偷地说："姐，你看他长得多帅！男色当前，不可放过，你要是不追我就放手追啦！"

听了妹妹的话，我的脸立刻红了，悄然说道："不是跟你说过么，他就是那个特有才华的主持人，没想到还能遇见他。"不得不承认，妹妹的话让我心动了，我既然芳心暗许，就该轰轰烈烈地爱一场！

齐军填完调查信息后，我主动与他聊了一会儿，分别时，我要了他的QQ号，准备加他为QQ好友，还将他的手机号存入我的手机。

贫贱夫妻百事哀

经过一段时间接触，我和齐军建立了恋爱关系，之后便经常带他回家吃饭。齐军嘴甜又勤快，我父母对他十分满意，都说这小伙子是只潜力股。大四毕业时，我的毕业证、学位证和结婚证是同一天拿到的，后来在同学和朋友圈里曾被传为佳话。

领证后，婚礼自然被提到日程上，随之而来的还有婚房、酒席等各项事宜。我家条件比较好，我父母都在事业单位工作，他们出资五十万为我俩购买了一套八十平方米的商品房，考虑到齐军的父母都是普通农民，收入低，连婚宴的酒席钱和租车费等都没让他家拿。齐军的父母仅仅出资八万元，用来装修我们的婚房。

婚后我找到一份幼师工作，每月工资二千五百元。居家过日子，处处需要钱，我挣得本来不多，一个月下来，工资几乎没有结余。齐军呢，婚后不久就辞掉原来的工作，后来到一家书店当主管，负责联系进货和销售，每个月能挣三千多元，但是他花销很大，结婚两年多，他没给过我一分钱。

都说嫁汉嫁汉穿衣吃饭，我俩结婚后，他不但不养家，反而让我补贴他，一想起这件事，我的心里特别不是滋味。我参加工作时间短，每个月挣得又少，现在家里一点存款都没有，在这种生活条件下，我根本不敢考虑生养孩子的问题。

生活离不开柴米油盐，没有经济基础，爱情不过是水月镜花。现在我太穷了，心也太累了，以至于没有时间思考一些深层次问题，偶然想起一句有些文不对题的话："诚知此恨人人有，贫贱夫妻百事哀。"不是不爱了，只是活得太辛苦了。

只是当时已惘然

我过着愁云惨淡的日子，与我相反，我妹妹的日子却过得红红火火。妹夫相貌平平，不善言辞，但他人品好，既有一份稳定工作，又与几个朋友合伙开了一家美容店。最重要的是，他对妹妹一心一意，从无二心。工资卡始终放在妹妹手里，美容店的分红都按时"上交"，分文不少。就在四个月前，妹妹生个大胖小子，全家人都稀罕得不得了。我一面为妹妹高兴，一面为自己难过，自己什么时候能生养个孩子呢？

齐军不给我钱也就算了，更令我烦恼的是他还经常外出，有时一走就是两个多月，不得不让我心生疑窦。毕竟他长得高大英俊，长期在外面生活，其诱惑力可想而知。我曾偷看过他的手机，到营业厅查看过他的通话记录，发现有个固定电话号码与他的手机每日都有联系。

面对我的质问，他表现得很冷静，他说那是一个大客户的电话，末了还怪我无事生非。因为没有直接证据，我无法断定他与这个电话号码的主人是什么关系，但凭女人的直觉，他已让我寝食不安。

我开始反对他频频外出，但他依旧我行我素，为此我们经常吵架，感情也日益淡漠。今年年初，他又外出了，结果在回来的路上遭遇车祸……我在手术室外站了六个多小时，终于听到他暂时脱离危险的消息，可是他的腿部受创严重，差点变成残疾。

因为我没有积蓄，不得不到我父母家取钱，替他交付了手术费和住院费。那一刻我觉得自己真是不孝，父母养我这么大，不但没有报答，反倒一再拖累他们；同时，看着病榻上的他那么虚弱，既心疼，也有无尽的委屈。我再也无法控制自己的情绪，这个男人给了我太多的痛苦。

齐军出院后，我们到民政局办理了离婚手续。离婚是我提出来的，我想及早结束这种痛苦、压抑的日子。离婚后，他去了外地，没再回来。我通过种种途径获悉，他去另一座城市的真正原因是那里有他的初恋情人。这一切还有什么不明白的吗？我赶过去质问他，他竟然承认自己一直爱着初恋，哪怕初恋已为人妻，已为人母。

我的心痛得快要麻木了，那一刻，我居然发现自己仍然深爱着他，生命里不能没有他。我劝他跟那个女人断绝联系，愿意不再追究他以往的过错，只要以后能跟我好好过日子。可是，他拒绝了，还说了很多绝情的话，甚至指天发誓永远不会和我一起生活。现在，我仍然想跟他在一起，无论他做过多少让我伤心失望的事。

丽红手札

矛盾会成为夫妻追求美满生活的动力，也会成为彼此推脱过错和逃避责任的借口。世上没有绝对完美的爱人，理想与现实总有差距。每对夫妻在相处中，难免有磕磕碰碰，是磨合包容以长相厮守，还是不堪忍受而斩断情丝，向来没有定数，毕竟每个人的因缘际遇不同，不过想要收获一份圆满，都应学会忍耐并包容对方的缺点，在婚姻中修行，在婚姻中成长。

齐军与雯雯走到今天这一步，双方都有责任。夫妻间一旦放大自己的痛苦而忽视对方的付出，宽以待己，严以律人，矛盾自然产生。双方互不理解、互不信任，是导致分手的根本原因，在婚姻中若不能双赢，只会落得两败俱伤的下场。

齐军认为雯雯只认钱而对自己漠不关心，是个"无情无义"的女人。对此，我不敢苟同。倘若雯雯贪图金钱、爱慕虚荣，当初她为什么选择既没钱又没地位的齐军呢？原因无非是爱。也许雯雯不够温柔体贴，口无遮拦，说过一些狠话，做过一些出格的事，但这不能抹杀她对齐军的感情。在危难关头，她对齐军不离不弃，足以证明她有情有义。她不过是渴望丈夫能踏踏实实地挣钱，家里攒点儿积蓄，早日生养个孩子，一家人过上富裕美满的生活。

当然，雯雯对待齐军的言行也有诸多不妥之处。首先，她不该自作聪明窥视齐军的手机；其次，她不该在离婚后向亲戚朋友散布齐军的隐私；再次，纵然齐军有千般不好，也不该在其最痛苦、最无助的时候用过激的言语刺激、伤害他。锦上添花无关紧要，雪中送炭方显真情，原本是缓和夫妻关系的最好机会，却被她生生错过。不管今后怎样，结果如何，我都衷心希望雯雯控制好自己的情绪，既然有一颗善良的心，就别在生活中充当"恶人"的角色。

命运负责洗牌，玩牌的却是我们自己。一个人无论做什么，都要顺从自己的本心，不要辜负爱你的人，也不要因为自己年轻，有足够的时间和机会选择而随意放弃一段感情，当时只道是寻常，却不知寻常往事亦能使人黯然神伤。在此奉上四句古诗与所有读者共勉："念己勿念欲，行己知行义，相离莫相忘，且行且珍惜。"

第八章　痴念旧情

一场没有归期的等候　一个人到地老天荒

两次失败的婚姻，一场饱受世人病诟的恋情，一段尘封的记忆……忘不了"飘雪，等一切结束后，我带你去冰城看雪景"的承诺，爱语犹在耳畔，感情真切无比，可惜生活充满变数，谁也无法预测明天和意外哪个会先来。爱到痛不可抑，将一切埋藏在记忆不可触及的地方，不能重温，亦不能忘记。

如果当初她做了另一种选择，结局会不会与今天的不同？她不知道那个雪夜他是怀着怎样的心情离开的，他们错过了一夜，就错过了一生，那个人再也不会出现。飘雪一直都知道，因为没有奢望过，所以永远不会失望。

下面以飘雪为第一人称，揭示这个故事的始末。

人生若只如初见

我的第一任丈夫叫江文，是个不折不扣的斯文败类。离婚后，我没见过他，他是个不值一提的角色，但为了追忆过往，种种爱恨恩怨还必须从他说起。

我生长于富贵之家，父亲经营一个工厂，母亲担任一家银行分行的行长。

身为家中独女，父母很宠爱我，从小就让我学琴学画。高考时，我的成绩虽未达到重点大学录取分数线，但父母人脉很广，最终我以艺术特长生的身份被省内一所重点大学录取。

我学的是金融专业，四年后，我如愿以偿地进入银行系统，第二年，我由柜员被提拔为大堂经理。在事业上，我顺风顺水，可是感情尚无寄托。在这期间，我也谈过几次恋爱，但相处时都毫无激情，分手时更觉得平淡乏味。

江文的父亲与我父亲是生意上的合作伙伴，他也经营一个工厂，但其规模和经济实力都远不如我父亲的工厂。后来，我与江文相识，直至走到一起。我们的婚姻有点强强联合的意味，当时我父母还有点私心，因为江文的家世不如我家，生意上他父亲有诸多方面要仰仗我父亲，所以，婚后他家自然会高看我一眼，绝不敢亏待于我。

婚礼办得很隆重，来了很多客人，他们都夸我俩是金童玉女、天作之合。对江文，我是不反感的，至少当时是这样。江文长得高大英俊，在他父亲的厂里做事，他父亲致力于将其培养成接班人。在旁人眼中，我俩是非常般配的一对，双方父母对我俩的结合也很满意。

江文有个大他三岁的姐姐——江欣，接触过几次后，我发现她是个精明泼辣、喜欢掌控周围一切的女人，在婚礼上，我第一次见到她的丈夫——舒智。舒智也是做生意的，听说很有钱，是个大忙人。由于他们夫妻关系不睦，他很少进江家的门，是以大姑姐每次回娘家总是独来独往。

我对这位"姐夫"的第一印象不太好，额头宽宽的，眉毛硬且浓密，脸部线条生硬，看上去脾气很暴躁。婚礼上，他一直皱着眉，好像我们的婚礼耽误了他很重要的事，当时我觉得他是个不太通情理的人。

我们在错误的时间和地点相遇，以错误的身份相识，兜兜转转，走过了太多弯路，到后来也没有机会重新来过。

烽火忽然连天起

最初，我的生活没有因为结婚而发生太大变化。江文的父母对我既客气又亲热，江文对我也十分体贴。他知道我父亲由于身体原因打算将工厂交给其经营，所以他没有理由对我不好。江文是个把金钱看得很重的人，他肯定无法拒绝当老板的诱惑。

记得2009年大年初二，一大家人聚在江文父母家，江欣和舒智明显刚吵过架，二人离得远远的，谁都不搭理谁。江文的母亲发现后，劝了他们几句，但似乎他们都未听进去。吃饭时，江欣当着大家的面开口了，意思是她的生意周转不开，想从舒智那儿拿几十万救急，结果舒智是铁公鸡一毛不拔，话里话外，讽刺舒智不讲夫妻情，没有一丝人情味儿。

江欣这么一说，果然江家人把矛头全都指向舒智。江母还算温和些，只是让他把事说清楚；江父气得吹胡子瞪眼，大骂舒智亏待了其宝贝女儿；至于江文，平日里文质彬彬的他竟然撸起袖子要打人……一时家里乱作一团。

我一边劝解一边拉着江文，心里盘算着先让舒智离开，不然打起来成何体统。其实我不认为舒智错得如此"天怒人怨"，毕竟他们夫妻关系不好是人尽皆知的"秘密"，经济上一直是AA制，说婚姻关系名存实亡也不为过。那么一大笔钱，明知道人家不会给你，何必开口呢？又何必在家人面前羞辱他呢？

我的劝说毫无作用，江文冲上去打了舒智一拳，接着他俩扭打成一团，随后江欣也扑上去抓打舒智，公公在一旁拉偏架，婆婆在一旁破口大骂……我实在看不下去了，这就是我的丈夫、夫姐、公公和婆婆，他们撕掉平日里的伪装，仿佛跳梁小丑般在我眼前上演了一出荒诞剧，丑陋、低俗、不可理喻……

我上前拉住准备继续挠人的江欣，她已经红了眼，转过身一把抓住我的头发，嘴里骂出很多难听的话。天地良心，我只是想拉架！我也不是任人宰割的性子，抽回头发开始和她理论。这边正吵得厉害，江文突然回过身来一下把我推到，骂骂咧咧地说我胳膊肘往外拐，跟外人一条心，还说他娶我不是为了让我和别人一起欺负他姐的……

"战争"蔓延到我身上，这已经与其他人没关系了。江文撕开平日伪装，敢这么骂我，还真令人意外。过去，我对江文虽然谈不上深爱，但好歹是一心一意和他过日子，没想到在他眼里我居然是个外人，当涉及他亲人的利益时，我就得靠边儿站。

随即江家人开始对我群起而攻之，江文竟然举起拳头要教训我一番。面对如此偏私并且毫无是非观念的江家人，我忘记了当时说过什么话，忘记了江家人对我指责的言辞，甚至忘记了那天的天气……只记得最后是舒智拉着我的手带我离开了硝烟弥漫的"战场"，永远都记得。

恨不相逢未嫁时

离开江家后，舒智带我来到一家酒店，随便点了几个菜，要了一瓶红酒。一顿饭，我们聊了很久，直到那时我才知道，眼前这个看上去脾气暴躁的男人，虽然事业有成，但他心里是很苦的……

就在这场闹剧过后的第二天，舒智拿出江欣和江家年轻司机偷情的证据。我亲眼看见往日的女强人跪在舒智面前苦苦哀求的惨状，但她没有获得改过的机会。

一场意外的闹剧，让我重新认识了舒智，也让我们之间有了沟通和交往的机会，这是一种缘分。舒智重感情、讲义气，为了情，他从不吝惜金钱，为了义，他不惜舍弃生命。有一次为我父亲过生日，听说我父亲工厂因缺少资金周转正面临倒闭危险，他二话没说，第二天就往我父亲工厂的户头打入一千万。我听说后过意不去，觉得他的投资风险太大，可是他却说，我投的钱就没想再要回来。还有一次，他驾车带我到大连旅游，途中一辆越野车在行驶中突然起火。他立马停下车去救人，刚把司机等人救出来，油箱就爆炸了。

通过这场闹剧，我也真正认识了江文，并决定跟他离婚。尽管事后他曾数十次低三下四地向我赔礼道歉，甚至下跪，但我不为所动。说实话，他没有太大的错，只是自私、狭隘并缺乏正义感，但我恐怕不会再爱他了，因为我的心里已悄然住进另一个男人。

我的父母都是很守旧的人，他们当然不希望我离婚，但是，更不希望自己的女儿过得不幸福，在得知我另有所爱后，他们默许了我的决定。

我和舒智虽然都恢复了单身，但我们想走到一起，还是困难重重。我父母很疼我，他们愿意让我再找个伴侣，但人选绝对不能是舒智。舒智毕竟当过我的姐夫，如果我和他在一起，在别人眼里我就成了不正经的女人。

在父母的反对和朋友的质疑中，我开始动摇了，我爱舒智，并且爱得很深，但我也爱我的家人，让已经不年轻的父母郁闷和伤心，令我痛苦万分。

入骨相思知不知

我和舒智陷入两难境地，在此期间，江欣得知我俩相恋后又赶过来大闹一场。后来舒智想出一个办法，他的生意重心本来就在黑龙江，在长春只有一部分，他打算将生意全部转移至黑龙江，然后和我一起到哈尔滨开始新生活。他对我说："飘雪，等一切结束后，我带你去冰城看雪景。"

可是长春有生养我的父母，银行领导又找我谈话，准备提拔我……我不能完全放下这里的一切，纠结，犹豫，彷徨，辗转反侧。

舒智愿意给我时间，但我能看得出近期他十分焦躁，无论谈生意还是跟下属交流都缺少耐心，遇到不顺心的事时常发怒，当然，发火的对象从来不是我。

我永远都忘不了那一天，他正陪我吃晚饭，突然接到一个电话，说哈尔滨那边的生意遇到麻烦，他必须马上回去解决。我帮他简单收拾了一下行装，准备送他离开，我看他欲言又止的表情，有些心虚地低下头。

其实我知道他想让我陪他一起去哈尔滨，但我不能，因为我害怕一旦跟他走了，就贪恋上那边的幸福生活，从此乐不思蜀，再也不回来了。

舒智再也没有回来。一场突如其来的车祸，打破了我原本幸福的生活。接到消息后，我发疯似的赶到哈尔滨。医院里他的冰冷身体让我明白，虽然我来到冰城，但和他一起看雪景的愿望永远无法实现了……

我回到长春后大病一场，很长时间都无法从悲痛中解脱出来。三年后，一个偶然的机会我遇到了大维。他是一所大学的中文教授，长得跟舒智很相像，尤其是他那宽宽的额头，浓密的眉毛，脸部生硬的线条，几乎与舒智一模一样。看到他的时候我恍然大悟，终其一生我都无法将舒智忘掉。我开始同大维约会。后来他成为我的丈夫。

我将一切来不及对舒智的好全部用在他身上，每天回家为他烹制可口的菜肴，为他精心挑选、购买合体的服饰，帮他不成器的弟弟介绍工作，给他父母在长春购买房产……朋友们都说，对男人不能太好，否则他会蹬鼻子上脸。可是每当我看到那么相似的一张脸，特别是他烦躁时的表情，我的心会变得很柔软，永远都不会有火气。

后来朋友们的话果然灵验了，这个被我惯得无法无天的男人，只会享受我的无私奉献，已经不知道责任为何物了。今年春节前夕，他与一名女研究生之间的暧昧关系被我发现，他曾一度表现出惊慌，紧接着便极力狡辩，将一切过错都推到那名女研究生身上……

那一刻，我终于明白，大维和舒智终究是不同的。舒智是个正直、有担当、重情重义的男人，更重要的是，舒智永远不会让我难堪。

丽红手札

飘雪的经历惹人唏嘘，她与舒智的凄美恋情更是深深地打动了我。结局的惨烈出乎预料，闭上眼，我仿佛置身于旧时的光阴中，那些人，那些事，一张张画面、一个个镜头在我脑海中不停地闪过……明明一切不该就此结束，可是他们的故事说到这里却戛然而止。

花谢了会再开，草枯了会再绿，犯过错可以改，但是人死不能复生，逝去的时光永远无法追回。草木枯荣演绎人生，凄丽挽歌系人心魂。岁月无情，造化弄人，生活的点点滴滴，包含着多少遗憾与无奈。

当初，飘雪家与江家联姻，选择的是门当户对，"强强联合"；飘雪的父母只想让女儿在夫家"高人一等"，快乐生活；飘雪面对高大英俊的江文，被其风度翩翩的外表吸引……然而，她忽视了对男友内在品性的考察，如气度、性格、是非观、正义感等等，从而为自己的第一次婚姻埋下隐患。

一个人是否值得爱，不应听他说什么，而应看他做什么。舒智在准岳父的工厂濒临倒闭之际慷慨注资，在旅途中不顾风险救人于危难，足以见得他是个有情有义之人；而江文只念血脉亲情，不辨是非，不讲道理，不顾夫妻之情，对不顺从自己意愿的人挥拳相向。二者相比，高下立判。

意外的闹剧颠覆了旧爱，使有情人心心相印，彼此相爱。然而他们想要真正走到一起，还将面临亲友的非议和舆论的谴责。姐夫与弟媳相恋，必将引发一些人从道德层面审视这个问题。

一边是亲人和舆论的重压，一边是难以舍弃的挚爱，飘雪彷徨、犹豫了……她爱舒智，却不能为他完全改变自己的生活。许多事本来就没有两全其美的解决办法，现实鲜少与愿望同行。

诺言再美终敌不过一场灾祸，人生永远无法同自然法则抗衡。为寄托哀思和寻求新生活，飘雪嫁给一个与舒智长相十分相似的男人，将自己的丈夫摆到"纪念品"的位置。

在这场婚姻中，双方都有错。如果飘雪能抛开过往认真经营现实生活，那么，如此优秀的她何愁不能获得幸福？但这种可能性被她亲手扼杀，心底不愿意接纳这个人，只因为忘不了那个人。

　　可以改变的是命运，不能改变的是事实。回忆再美，终究不能重来，徒留下一个人悼念两个人经历的一切。其实在敢爱敢恨、玫瑰怒放的岁月里，最庆幸的事，莫过于遇见命中注定的那个人。

别让错过的爱成为爱的过错

怀旧并非女人专利，男人同样会追忆往昔，思念旧情。旧情人如同一首熟悉的老歌，虽然曲终人散，但记忆里的旋律却绕梁不绝。

在情感旅途中，有的人一帆风顺，携手挚爱走完一生；有的人一波三折，仍在重复着昨天的故事：相识，恋爱，结婚，离婚，相识，恋爱，再婚……然而，最初倾心的和最后牵手的已不再是同一个人。

下面以青远为第一人称，揭示这个故事的始末。

缘起：邂逅善良的晓鹭

我读研二那年，天公作美让我认识了晓鹭。一天中午，我到校外吃饭，在回校的路上遇到飘泼大雨，为了躲雨我走进一家面包店，而这家店的店长正是晓鹭。因为店里没有客人，闲着无聊，我和晓鹭就她一言我一语地交谈起来。

通过交谈，我得知晓鹭跟我是同乡，老家都在安徽，她家里除了父母，还有两个弟弟。她大专毕业后由于所学专业就业面窄，找不到对口工作，后经亲友介绍来到长春，到这家面包店工作。大约半个小时后，雨渐渐地停了，临走时我鬼使神差地向她要了手机号和 QQ 号。

在网上，我俩很快成为无话不谈的好友；同时，我也经常"顺路"到她店里坐坐。经过一段时间接触，我发现她很善良，并且手脚勤快，眼里有活儿，店里被她打理得干净整洁……其中最令我欣赏的还是她的性格，说话直来直去，做事雷厉风行，给人一种爽朗大方的感觉。

在相处中，她对我的印象也很好，我俩相互倾心，没多久就建立了恋爱关系。我毕业后，第一件事就是带着她回家跟父母见面，父母虽然对她的学历、家世不太满意，但是他们尊重儿子的选择和决定，就这样，几个月后我俩就结婚了。

缘灭：起争执镜破钗分

起初，婚后生活甜蜜快乐，但随着时间推移，困惑和烦扰随之而来。晓鹭虽然勤快，操持家务里里外外都是一把好手，但她有严重的洁癖。而我这个人一向喜欢随意，如衣服脱下来随便放，有时忙起来几天不洗澡，把书或者其他物品随手丢到床上……

这些无伤大雅的毛病，晓鹭却不能忍受。她成天盯着我，不让我动这动那，常常督促我洗手，要求我就寝前必须洗澡，否则不能上床睡觉。不知有多少个夜晚，我独自躺在沙发上度过一个个漫长的黑夜。

晓鹭是家中长女，还特别顾念娘家。不是我反对她孝敬老人，但做什么事都该有个度吧？我俩收入本来不多，她每月都将自己挣的钱多半寄给娘家，用来贴补娘家人开销。

去年她大弟来长春闯荡，她擅自做主将他接到我们家居住，一住就是一年多。今年她小弟考上长春一所大学，她又主动向岳母承诺，小弟在长春四年学费全部由她承担。

在金钱方面我不喜欢斤斤计较，但作为一名普通公务员，我工资不高，又没有其他收入，而她的收入全部贴补给娘家人恐怕还不够，对此我实在难以容忍。

更令我无法容忍的是，婚后她的脾气变得越来越急躁。以前我喜欢她直来直去的性格，可是后来不知道为什么，她的这种性格渐渐演变为泼辣、刁蛮，得理不饶人，没理辩三分。我们之间开始争吵不断，后来发展为冷战，在我们结婚后的第三个年头，这场婚姻终于走到尽头。

缘浓：爱上美丽的娟娟

我恢复单身生活后，身边一些亲友都热心地帮我介绍对象。作为三十岁出头的离异男人，我身高一米七七，硕士研究生毕业，又是公职人员，没有孩子牵绊，虽然经历过一次失败的婚姻，但是仍有很多女孩愿意和我组建家庭。

娟娟是我通过相亲认识的，她在一家外企工作，是个单身的白领丽人。与前妻晓鹭不同，她是独生女，从小被父母娇宠长大，是个十指不沾阳春水的娇娇女。娟娟美丽、知性、有气质，跟她在一起时，总能激起我的保护欲，让我心甘情愿地将她捧在手心。

为了她，我学会了做饭；为了在她面前保持风度翩翩的形象，每天我都早早起床把自己打理好，甚至连穿的衬衫都要熨了又熨，唯恐起一点褶皱。

恋爱中的事有时真是没有道理可讲，在我们感情最好的时候，我愿意为她做出任何改变，愿意为她付出一切，以至于觉得愿意为她生为她死。

娟娟的父母都很古板，因为我有过婚史，所以他们反对娟娟跟我在一起。而我父母则不然，他们对娟娟十分热情，还私下鼓励我赶紧把她娶过门。

其实天下所有父母都有一个共同愿望，都期盼自己的孩子能找一个称心如意的对象，希望对方自身条件优秀，家庭条件优越，没有任何缺点，因为在他们心里自己的孩子总是最好的。

缘淡：新人不如旧人好

然而热恋期总会过去，再热烈的感情最终也将归于平淡。我为娟娟改变了太多，时间一久觉得身心无比疲惫。生活中，娟娟并非传统贤惠型女人，而是典型的享受派，她除了吃饭、解手、洗漱、洗澡、穿衣必须亲自动口动手外，其他的事如洗衣做饭、购物消费、打扫卫生等全部家务都要由我来完成，我已然变成为她提供全方位服务的男保姆。

最近，我脑海里常常浮现出前妻晓鹭的身影，当初对我这个"连油瓶倒了都不扶"的甩手掌柜，她始终毫无怨言，并且默默地承包了全部家务，如今我只要闭上眼睛，一桩桩往事就会历历在目。我忘不了第一次遇见她的场景，怀念我们共同度过的美好时光，想到她为了我们曾经的家任劳任怨地付出，一股酸楚的眼泪就会在眼眶中涌动……

娟娟是个很自我的人，事事都得以她为先，恋爱时我可以委曲求全，但真要到结婚那一步，我们的性格未必适合，其实我骨子里有点大男子主义，不可能长此以往。现在拿娟娟与晓鹭做比较，我感觉自己更喜欢晓鹭，说是旧情难忘也好，距离产生美也罢。我已萌生过跟晓鹭重续前缘的念头，而且不止几十次。

让我十分难过的是，晓鹭已经再婚，于情于理于法我都不该去打搅她，但不去试试我又不甘心。而对娟娟，我曾想过跟她分手，可是话到嘴边又咽了回去，其实娟娟没做错什么，还顶着父母的压力同我交往，我贸然提出分手肯定会伤害她，而伤害她又不是我追求的结果。

丽红手札

无论谈恋爱还是夫妻在一起生活，对恋人或者配偶的过失、不足和缺陷，都应宽容大度，理性分析成因，妥善解决问题，切忌吹毛求疵、求全责备。过分挑剔，容不得小错，在一些鸡毛蒜皮的事情上斤斤计较，到头来，彼此分道扬镳是迟早的事。

青远与前妻及其现任女友的感情纠葛，本来均无原则性分歧，只怪他小题大做，眼里揉不下沙子，把日常生活中无法回避的矛盾和纠纷，当成离婚或者分手的主要理由，草率做出决定，难免事后悔之。世上本无完人，每个人身上或多或少的都有缺憾和瑕疵，要求恋人或者配偶在各方面都符合自己心意，并按照自己的意愿做事和生活，最终只会与一个个好姻缘错肩而过。

当初因为生活琐事，青远与晓鹭草率离婚，如今他又因为此类原因准备跟娟娟分手，只道是"新人貌如花，不如旧人能织麻"，却忘记旧人再好毕竟人家已名花有主，而现实中陪在自己身边的只有娟娟。以晓鹭之长比娟娟之短，无形中是在难为自己，对娟娟更是显失公允。青远已辜负过一个女人，请不要再轻易辜负另一个；错过一个爱你的人，就不要错过第二个。

当然，忘不了旧爱乃人之常情，因为人是有感情的动物，感情上的事会铭刻在心，何况是曾经共住一个屋檐下的伴侣。人就是这样，当两个人黏在一起时往往容易忽视对方优点，而将对方缺点扩大化；当彼此分离后，对方缺点又常常被忽略，而浮现在自己脑海的大都是对方优点。

人生有时具有讽刺意味，一转身是一段婚姻，再转身又是一段爱情故事。两个人明明说好了永远在一起，可是不知为什么还会劳燕分飞，也许是赌气，也许是寻开心，也许是为了摆脱痛苦⋯⋯

晓鹭再好，已为人妻，即使曾经青远对她爱得很深，现在仍旧念念不忘，也不要贸然去打扰人家的安静生活，这样不仅对自己和晓鹭都有好处，而且对娟娟也有交代，千万别让错过的爱成为爱的过错。

夫妻或者恋人之间的矛盾和冲突，主要源于双方世界观、个性、习惯、生活方式和自然秉性的差异，而这些差异在短时间内很难相互弥补或者彻底改变，因此双方加强沟通和交流，是解决纠纷和争执的最有效途径。我以为，当下青远与娟娟之间的矛盾，就应当通过这种途径解决。

与其痴心等待 不如及早放手

世上有一种男人，被称为洋葱王子，因为这种男人没有心，所以永远不会为你伤心。当他对你感兴趣时，会装出一副深情款款的样子；当他对你失去兴趣时，会立马翻脸无情。不要问他为什么变心，因为他从始至终都没有爱你的心，跟你在一起不过是为了寻求精神刺激，为了满足生理需求。

一个女人最大的不幸莫过于遇到这样的男人，可是这种不幸偏偏让枫艳摊上了。在甜言蜜语中，枫艳跟一个老男人走到一起；在欺瞒哄骗下，枫艳为他奉献了一切。可悲的是，直至枫艳怀上他的孩子，也不曾换来他的一丝真情。

下面以枫艳为第一人称，揭示这个故事的始末。

与老男人相恋

前年8月，我与相恋三年的男友劳燕分飞。为了宣泄抑郁情绪，我开始没日没夜地上网，向网友倾诉失恋的痛苦。洛洺是我在网上遇见的真命天子，一个大我二十五岁的男人，一个给我带来安慰和希望的陌生网友。

在短短一周的交流中，我们彼此都留下很好的印象。一天傍晚，我们相约在公园里见面，通过零距离接触和面对面沟通，我对他好感倍增。此后，我们又陆续见过几次面，都有相见恨晚的感觉。十一那天，他带我到一片幽静的小树林里散步，边走边聊间，他婉转地向我表达了爱慕之心……

说实话，我一直很矛盾。因为他的年龄与我父亲相仿，我们本不是一个辈分的人，何谈感情问题？可是他的魅力已经开始突破我的内心防线，并且让我很难抵御。我多么希望他只是我的异性朋友，而不希望他成为我感情上的寄托，我成为他感情上的俘虏，但随着我俩交往的不断深入，恐怕会事与愿违。

洛洺非常低调，做期货生意，从来不说自己有钱，也不骄狂傲慢，言行举止跟普通的工薪族几乎没有区别。唯一不同的是，他阅历丰富、见识超凡，常人跟他无法比拟。在我看来，真正有钱的人都很简单内敛，与众不同。我最看不上那些张扬跋扈的人，本来自己没有多少钱，还要装成一副大款的模样。

失恋后的最初一段日子我很难过，本以为在短时间内自己不会再爱上别的男人，更不会爱上一个足以做我父亲的老男人，但感情上的事很难预料，这个命中注定的人正悄无声息地走进我的心里，走进我的生活。我想如果我们最后能走到一起，我的未来生活将会衣食无忧。

一个周末的傍晚，他跟朋友聚餐后来到我租住的民宅。简陋的房屋里除了一张双人床和一个大衣柜外，都是一些不起眼的东西。这是他第一次光临寒舍，我既高兴又担忧。高兴的是，他能屈尊下顾，亲自过来看我；担忧的是，那天他喝了很多酒，似乎已有醉意，身体已不由自主。

让他留下来过夜，万一他占我的便宜该怎么办？毕竟我这里只有一间房、一张床，况且我对他还不是十分了解。如果撵走他，不仅情理上说不过去，而且凭他的身份以后再将其请回来恐怕不是一件容易的事。

我左思右想，最后决定让这个早已鼾声大作的男人在我家里过夜。我打车来到一家超市，买了一床加厚蚕丝被，又急忙赶回家。因为家里没有多余的被子，我又不能跟他盖一床被。再说，他这样的人能在这么破旧的地方过夜，我也不能亏待他。

我怀着惴惴不安的心情进入梦乡，不知道从什么时候开始，忽然感觉不对劲，觉得自己正躺在一个老男人怀里，似乎还有一双软绵绵的大手在我身上不停地游动，我柔滑白嫩的身躯早已在他面前暴露得一览无余。我被吓出一身冷汗，急忙把他推开，并大声喊道："你给我滚开！"

我被噩梦惊醒，睁开眼睛后，发现自己穿的衬衣、衬裤依旧如故，床上只有我一个人，这时洺洺手里拎着刚刚买回的早餐正好走到床前，在我俩四目对视的那一瞬间，我心中的愧疚感油然而生。这是一位多么有素养、有品位的优质男，我竟然把人家想得那么坏，凭他的条件，不知道有多少年轻貌美的姑娘会主动献身，我却疑虑重重，处处设防，白白错过一次机会。

他没顾上吃早餐，匆匆地离开这里。我很是心疼，他每日都这么忙碌，我却无力帮他分担一点压力，我想今后只有在生活上好好照顾他，使其心情舒畅、精神愉悦，才能对得起他对我的一片爱心。

午休期间，我给他打电话，让他晚上到我那里吃饭，他欣然应允。下班后，我准备了几道菜外加一瓶红酒，等候他来赴约。大约晚上9点多，他拎着一包水果来到我这里，我俩边喝边吃边聊，直至午夜……

第二天清晨，当我醒来后，发现身边的他早已不知去向，我急忙穿上睡衣起床，在饭桌上看见他留给我的纸条。他太忙了，又没吃上早饭，好在他答应晚上还过来陪我一同吃饭，顿时我感到一阵窃喜。

就这样，他在我这里连续住了一个多月，每天来得都很晚，每次来都送我一袋水果。当然我也不能闲着，每天下班后都得忙着准备合他口味的菜肴和酒水。我们在一起吃饭，天南海北地闲谈，总有聊不完的话题，做不完的事……慢慢地，我习惯了他的存在，他已成为我生活中不可或缺的重要部分。

怀上他的孩子

起初，他愿意天天跟我在一起，后来时间长了，也会隔三差五地到我这里住一宿。我知道他很忙，不能因为自己耽误他的生意。

去年春节前夕，我染上重感冒并伴有高烧，打了一周点滴，当时我多么希望他能过来陪陪我，哪怕陪我说几句话，可是我的奢求还是落空了。他说有急事要赶往上海，无暇照顾我了。

原定春节期间他带我到澳洲旅行，如今我在大连，他在上海，旅行计划该如何落实？于是我给他打电话，他说处理完上海的事情后会马上赶回来，但时间不能确定，可能还需要几天时间，甚至更长时间。

其实我的本意只想跟他一起过春节，无论去澳洲还是在国内，都无所谓。如今我左右为难：如果我在大连等他，他一时半会儿回不来，我只能一个人在这里过节；如果我回老家跟父母过节，他要是节日期间赶回来，那又如何是好？

最后我决定留在大连等他，无论什么时候我都不能让他失望。一个人过节虽然有些寂寞，但轻松自由。往年回老家过春节，我特别喜欢吃大鱼大肉，今年却有所不同，这几天我一直以清淡饮食为主，闻到或者见到油腻食物就觉得反胃。

元宵节刚过，他返回大连。晚上七点多，他拎着两盒包装精美的元宵出现在我面前，顿时我感到一阵狂喜，心里有千言万语要对他述说。我俩已经近一个月没在一起了，在我面前他显得十分温柔亲切，自信洒脱，尽情展示着一个成功男人的风范……

面对我朝思暮想的人，忽然脑海里闪现出一个跟他有关的问题，啊，我很长时间没来例假了，至少有两个月，是不是怀上了他的孩子？回头再一想，这几天自己对油腻食物反胃的现象，心想这件事可能八九不离十。

第二天上午，我请假到医院检查，检查结果证明了我的判断。我高兴坏了，立即给他打电话，想让他跟我一同分享我怀孕的喜悦。可是，无论如何我都想不到，他让我尽快把孩子做掉，他说过几年带我到美国定居，到那边后再要孩子。

既然他现在不想要孩子，为什么最开始时我要采取必要的防范措施，他斩钉截铁地反对呢？我了解他的脾气，他说的话就是圣旨，从来没有商量余地，如果我坚持把孩子生下来，结果只能是鸡飞蛋打，他不仅会离我远去，也不会给孩子支付一分钱的抚养费。

我心里对他一顿臭骂，这个老不死的东西，真会捉弄人，本来眼下不想要孩子，还非得把孩子搞出来，然后再让我把孩子做下去，这不是活活折腾人吗？后来自己一想，俗话说小不忍则乱大谋，毕竟他答应以后带我到美国生活，到那时再要个孩子也为时不晚。

我别无选择，只能遵从他的意见，含泪跟随他去往医院，途中他接到一个电话，对方说有急事，请他务必马上赶过去处理，于是他把我扔到医院门口，自己开着车匆匆离去，不过临走时他说晚上一定陪我。

晚上8点多，他买了许多营养滋补品过来看我，我原以为他跟往常一样会在这里过夜，于是我挣扎着爬起来，把事先给他准备好的晚餐拿给他，可是，他说晚上还有许多事等待他处理，不吃饭了，如果我没有什么事的话，他马上就得走。

当然，我不能拖他后腿，由他去吧！大概世界上有事业的男人都是这副模样：当他需要你时，你就得天天陪伴其左右，使其悠哉乐哉；当你需要他时，他能过来看你一眼就是莫大的恩惠，你对他就得感恩戴德。不是吗？

患上妇科疾病

人流手术后，我静静地休息了两周，感觉身体恢复得不错。第一天上班时，我意外接到他的电话，他说要乘坐下午两点由海口飞往大连的飞机赶回来，大约晚上8点多能到我这里。我心里本不想让他过来，以我现在的身体条件很难把他照顾好，但话到嘴边我又收了回去，因为我对他的一贯作风了如指掌，于我而言，他的决定意味着我必须接受和服从。

他断断续续地在我这里住了一个多月，后期我感觉身体越来越不舒适，尤其是下腹和腰部经常隐隐作痛，白带异常，有时还有低烧，跟他在一起不仅感觉不到快乐，而且成为一种负担，只要见到他，顿时我会产生一种莫名其妙的畏惧感。那段时间我天天都在默默祈祷，这个人千万别在我眼前出现。

我的祈祷岂能阻止他的行为，每当清晨目送他走出家门的背影，我都会深深地叹一口气。我不能一直这样忍耐，必须到医院全面检查，尽早把病治好，否则不仅我痛苦，有朝一日他也会失望。经过医生检查和诊断，我患上子宫内膜炎、附件炎和盆腔炎，必须接受综合治疗。

说句心里话，我本不想把病情告诉他，怕他嫌弃我，但思前想后我决定还得如实告诉他，因为纸里包不住火，医生说物理治疗期间，我俩不能到一起，否则会前功尽弃。毕竟这些病都是他造成的，我把病情跟他说清楚，想必他不会抱怨我。

不出所料，他没说我一句不是，但也没有自责。当天晚上他买了许多东西过来看我，嘱咐我好好休息，我俩聊了大约四十分钟，他驾车离去。时间过得真快，转眼间半个月又过去了，在这期间，我没见过他的身影，也没接到他的电话。

星期天中午，他打电话请我到一家酒店吃饭，我如约而至，酒过三巡后，他慢慢讲起他的家史。其实，我们最开始认识时，他曾经跟我说过他与前妻的一些事，两个人因为都很强势，性格不合，最终无奈分手。如今他旧话重提，用意何在？

原来他们离婚后，前妻带着儿子迁居美国，现在母子二人在旧金山定居生活。前不久，他的前妻感觉身体不适，到医院全面检查，结果被诊断患有乳腺癌，需要手术治疗。两个人虽然早已离婚，但以往的感情使其无法忘怀，所以他决定在前妻手术前赶到她那里，以便术后照顾她。

面对这样一个有情有义的男人，我能说什么？只能含泪期盼他早日归来，并嘱咐他无论走到哪里，哪怕到了天涯海角，都必须时刻铭记我是他的最爱，是他的未来老婆，不能忘记我们在一起时的快乐和幸福，更不能忘记我的付出和奉献。

我多么希望时间就此戛然而止，然而遗憾的是，我的心情无力挽留飞逝的时光，我的愿望无法改变上帝的旨意和安排。他即将飞往大洋彼岸，跟前妻和儿子相聚，一家团圆后会发生什么事？我不敢想象，也不敢奢求，只能静待佳音。

我期盼他归来

自他到美国后，我天天浏览他的 QQ 空间，查看我的 QQ 邮箱，希望早日获悉他在异国他乡的情况，以诉说我相思之苦。可是等来等去，几个月过去了，他一直音信皆无。明明我俩事先都商定好了，他到美国后马上给我发电子邮件，在这段时间里，我俩通过这种途径交流，为什么他不兑现约定呢？

有一天晚上，我在公司加班，到家已近 11 点，我很疲惫，冲个澡就准备就寝。刚躺下，我忽然想起一件事，于是马上爬起来把电脑打开，查看我的邮箱，这时我眼前一亮，终于盼来他发给我的邮件，是一封内容很长的信。此时此刻，我脑袋嗡嗡作响，一时间不知道是喜是悲。

我一边阅读一边流泪，似乎霹雳接连闪烁，地球正在颤抖。信文大意是：手术后，他前妻的病情得到有效控制，但她的心情一直极度消极，整日以泪洗面，多次流露轻生念头。面对病榻上瘦骨伶仃的前妻，亲情驱使他必须留在美国照顾她，以不辜负过去的夫妻情分和儿子的希望。信文最后还说，我永远都是他心中的最爱，尽管这辈子跟我无缘做夫妻，但愿下辈子我们能携手步入婚姻殿堂……

难道我俩这段爱情会就此结束吗？难道为了亲情他会舍弃爱情吗？一直以来，在我心里他就是比尔·盖茨，是我有生以来最敬佩的人。可是回过头来想一想，在我俩交往过程中，他在我身上的花销并不多，甚至不如我初恋男友。他到底是一个什么样的人，如此深藏不露，现在我真说不清楚。

几天前，我们公司技术部主管小周向我示爱，我想都没想，当场婉拒他的表白。因为我忘不了洛洛，不管他是富翁还是普通人，他早已住进我心里，只要还有一丝希望，我就不会放弃对他的爱。我想照顾一个病人可能需要一年半载的时间，甚至更长，但我还年轻，时间对我来说不是问题，只要他一如既往地爱着我，终究有一天会回来找我，我期盼这一天早日到来。

丽红手札

有些老男人好色，喜欢玩弄女孩感情。显然这个老男人看上枫艳，不过是因为她年轻、单纯和善良，仅凭鼓动唇舌之功即可捕获其芳心，略施雕虫小技即可使其神魂颠倒，令其主动献身，况且在她身上不用花太多钱。一个拒绝对她负责的男人，怎么可能真正爱她？即使有万千借口，这种爱已经打上廉价标签。

当初他为什么招惹她，是因为他在无聊、乏味的时候需要一个年轻女孩调剂生活。他不付出真心和金钱，对她招之即来挥之即去，这种男人跟她在一起无关爱情，当初说爱她，不过是玩玩而已，当不得真。当她一旦没有利用价值或者可能威胁他的利益时，他找个借口转身走人是顺理成章的事。

借用一段话：曾经我们都以为自己可以为爱情死，其实爱情死不了人，它只会在最疼的地方扎上一针，然后我们欲哭无泪，我们辗转反侧，我们久病成医，我们百炼成钢。你不是风儿，我也不是沙，再缠绵也到不了天涯。

旁观者清，当局者迷，只有识破感情骗子的本来面目，枫艳才能挣脱这段感情束缚，获得心灵平静。人是感情动物，痴念旧情本无错，但把不值得爱的人放在心中，甚至误当挚爱，必将铸成大错。

一个无视责任的男人，当你需要他的时候，总以各种理由逃之夭夭；当他心血来潮时，从来不管你的感受和身体情况，肆意妄为，把享乐建立在你的痛苦和不幸之上。远离这种男人本来值得庆幸，枫艳何必对其念念不忘？与其痴心等待，不如及早放手。

一切过去后，生活仍在继续。眼下枫艳要做的是，及早走出感情误区，吸取经验教训，重新开始新生活。现实中，阅历丰富、见识超凡的人，不一定都是善良之辈，也不一定都是人中豪杰，其中不乏骗子之流。同时，低调和高调也不是衡量一个人是否有钱、是否优秀的标准。

很多非常有钱、非常优秀的人都很低调，从其言行举止上很难看出他们的身价和身份；也有一些很有钱、很优秀的人喜欢张扬，他们同样出类拔萃，不同于常人。一个女孩寻觅男友，重要的是两个人脾气秉性相合，彼此真心相待，有共同语言，年龄相配，而钱财和地位乃身外之物，不宜强求。

第九章　四处碰壁

找准航标 扬帆起航

笑笑人如其名，是个乐观开朗的女生，聪明好学，善于交际，生于富裕之家，在别人眼中，她一切都很顺利、圆满，似乎颇得上苍眷顾。可她自己却不以为然，并不满意目前的生活状态：恋爱没谈过，感觉追求者都不合适；择业不顺心，找过几份工作都不理想。她认为社会太复杂，最后只能选择逃避——考研。

上个月，笑笑在电话里告诉我，她考研成绩很理想，不出意外的话，复试也不会有问题。由于学校九月份才开学，她打算在复试结束后，利用一段空闲时间独自去旅行，一个人在路上，享受一段独属于自己的时光。

生活就是这样，有时看似很麻烦——学习、升学、工作、恋爱、结婚……但正是所经历的这些阶段及其所包含的无数琐碎细节，才编织出生命的繁华。一个人总会经历越来越多的事，渐渐褪去青春的稚嫩，看淡输赢成败，看穿人生百态，看破红尘流年。不论生活是否符合自己的想象，喜怒哀乐，是非对错，再回首，发现一切已经不重要。

下面以笑笑为第一人称，揭示这个故事的始末。

高考后择校

高考成绩发布后，父母劝我在本市选一所重点大学就读，他们说离家近，便于照顾我。可是我不愿意，那年我十九岁，正值叛逆年龄，加上考的成绩挺好，使自己有了飘然感觉。最后我没听父母劝阻，选择了距离家乡千里之遥的外地一所大学。

当时班上同学都很羡慕我，去外地读书的分两类：一类是成绩太差，分数达不到省内院校的录取分数线；另一类是成绩优异，看不上省内院校，显然，我属于后者。

那段日子过得很疯狂，每天不是参加同学聚会，就是跟好朋友一起去KTV唱歌，晚上回家看韩剧一直到凌晨3点左右……

在一次聚会上，大家饭后都三三两两地离开了，外班的一个男生主动请缨送我回家，其实我们并不是很熟悉，印象中他是个清爽阳光的大男孩。

回家的那段路显得格外漫长，路灯下两个人的影子渐渐靠近，他对我说，他喜欢我很久了，时至今日，终于鼓起勇气告白，他想和我在一起。

那个晚上的月光很美，也许是气氛太醉人，也许是他身上清新的气息让我心动，也许是我喝了很多酒的缘故，我一时间无法说出拒绝的话。

他轻轻地亲我的脸颊，我也很大胆地在他脸上留下一个唇印。我拉着他的手在马路上跑，说过什么都不记得了，现在回想起来只觉得那一时刻真好，朝气蓬勃，敢爱敢恨。

第二天那个男生打电话过来想约我出去，但被我拒绝了。我即将离开这个城市，还未打算谈一场异地恋，尽管他的告白让我挺感动，其实我心里也有点喜欢他，但原则问题绝不能迁就。也许他会伤心，可是我不会为他而改变，不会为这件事委屈自己，只能说声抱歉啦。

那段时间总与同学、朋友相聚，一起玩乐，时间一长，自己反倒觉得这种生活太单调、乏味了。后来我和几个要好的同学商量，决定走上社会体验一下生活的艰辛，也积累一些实践经验。我们跟一家公司联系，在繁华地段帮其发宣传单，该公司承诺每天支付我们每人五十元报酬。

发宣传单可不是件轻松的活儿，递出去的宣传单好多人都不接，每逢这时我都会默默地检讨自己过去不接路边宣传单的行为，简直是"罪大恶极"！有时站了一上午，手上的宣传单尚有一大半没发出去。

更可恶的是，很多人接过宣传单后随手就扔了，有的竟然扔在我脚边！你说他们咋就不能走远点再扔，害得我还得把它们捡起来重新发……这种工作实在太辛苦，我做了几天后，主动提出"辞职"。

大学校园生活

时间过得真快，一转眼就要开学了。开学前一天，我来到那座陌生的城市，面对完全陌生的环境，心里还真有点小忧伤，明明是自己的选择，也难免会滋生一丝后悔的情绪。但我是乐天派，肯定不会被这点小事打垮的！

我们学院男生多、女生少，有几个男生总愿意主动接触我，可能对我有那个意思，绝不是我自作多情，因为他们的表现都很明显。

其中有个男生捧着一束红玫瑰向我告白，结果被我委婉地拒绝了。被人喜欢是件很快乐的事，当然我绝对没有玩弄他人感情的意思，只是没有这种道理，他们喜欢我，我一定就得喜欢他们吧？

他们长得都不是我喜欢的类型，很抱歉我是外貌协会的。好吧，我承认自己肤浅，因为我心中一直幻想着某一天遇到属于自己的那个英俊、帅气的白马王子……我是个爱做梦的女生。

我所在的学校是一所综合性大学，校园很大，来往学校的人员很多，对外来人员监管不是很严格，每天在校园里都能看到形形色色的人。

每逢周五傍晚，在校园正门前都停着许多高档轿车，有一天我亲眼看见老乡会上结识的一个学姐走上一辆宝马车，事情背后的真相谁知道呢？不过我把这类事统称为傍大款，不管那个男人是否年轻，是否单身。

我们学院有个学姐，她比我更善交际，交际圈很广。有一次她带我出去吃饭，席间认识了一个老板。那个老板长得很慈祥，说起话来十分亲切，当时我真的没太多想，毕竟他比我大将近二十岁，几乎可以做我的父亲。

可能从学姐那儿知道了我的电话号，有一天，那个老板给我打电话，问我暑假是否愿意到他们公司实习。有时我脑子缺根弦，转不过来弯儿，也没想人家无缘无故地为什么邀请一个尚未毕业的学生去实习，而不假思索地应承下来。

暑期刚到，我就来到这家公司实习，做这个老板的助理。公司一旦有应酬，老板总要带上我。酒席上，有些客户很难缠，总给我灌酒，我酒量有限，有时会使场上的气氛很尴尬。每逢这时，老板马上替我解围。酒席结束后，他还会亲自开车送我回公司宿舍。

通过与老板经常接触，我很快就知道了他的心思。我一直把他当作领导和长辈，谁知他居然会有那种想法，以为自己有几个臭钱很不起，懂不懂青春无价？我从来都不想谈一场"忘年恋"，于是我提交了辞呈，预定了机票，乘坐空客回家啦。

虽然假期已过去大半，我回家还能陪父母几天，他们已感到十分知足了。可怜天下父母心，我决定以后每个假期都要回家陪伴老爸老妈。

实习受挫

自高中开始到大学毕业，我的学习成绩一直很好。大学期间，每学期都能获得一、二等奖学金。但是，我的运动神经较差，体育成绩常常不及格。可能老天觉得我挺聪明的，多少得让我承受一点磨难，总不能让我十全十美吧。

想起高三那年，模拟考试成绩出来后，我在全班名列第一。老师很高兴，让我上台给同学们介绍经验。我喜欢看闲书，喜欢玩魔方，喜欢逛街……放学回家把作业完成后绝对不看课本，唯一可取的就是上课认真听讲，仅此而已。

如果我如实地向同学传授经验，我想肯定会被"群殴"，没有办法，我只能挑大家都爱听的说，譬如我如何努力看书、思考、温习，如何虚心向老师求教，如何多做习题，等等。

过去在同龄人中，我一直有种难以形容的优越感，那时候总觉得别人都比不上自己，真是年少轻狂。大学毕业后，我在接触社会的过程中，发现自己在学校里的种种优势，很难在社会生活中体现出来，尤其是无法在我实习过的那几家公司里复制。

第一次实习经历我已经讲过，以我用实际行动拒绝那个老板的追求而收场。第二次我到一家外企实习，平心而论这家外企的待遇很不错，可惜我没处理好复杂的人际关系，得罪了顶头上司，结果被拍死在沙滩上。第三次我到一家私营企业实习，起初受到老板重视我还暗自欣喜，后来发现该公司未经依法登记注册，是个黑公司，怪不得发工资时让我们排队到财务室领现金！我毫不犹豫，果断辞职……

无奈之下考研

找工作接连碰壁，弄得我心灰意冷，遂决定考研。这次选择的是本市一所大学，可能是离家时间长了，我想回到父母身边，结果，考试成绩很理想，导师也找好了，读研已是十拿九稳的事。为此父母很高兴，可是我心里却有几分惆怅。

当初如果听从父母的意见在本市读大学，我可能会接受唯一让我心动过的那个男生的追求，不仅大学毕业后可以直接在本校读研，而且也结交了称心如意的男友。而现在我似乎什么优势都没有，既没工作又没对象，况且我并不是真心想读研，只是不想立即步入社会，所以借读研之际逃避现实……

我是个很能折腾的人，折腾来折腾去，却发现自己想要的东西都离我越来越远。我挥霍着青春，虽然心智成长了一些，但是感情一片空白，事业一事无成，并且总觉得自己渐渐趋于平庸，曾经的公主与王子、中世纪的古城堡……那些梦离我越来越远了。

丽红手札

谁不曾青春年少过，谁没有迷茫失意时。求学时，笑笑一帆风顺，是老师的骄傲、同学的榜样。求职时，她接连碰壁，开始后悔当初的选择，怀疑自己日渐平庸。此前她一直圆满、顺利的人生，突遇挫折并转入逆境，难免心生迷茫。在社会上，能力比学历重要，方向比努力重要。笑笑，你要想延续优势，唯有找准航标，方能扬帆起航。谁都不能奢求生活每一天都精彩，平淡同样昭示着生活的真相和本质。

追求完美本无错，但谁能像达·芬奇笔下"蒙娜丽莎的微笑"那般完美？漂亮的外表固然惹人心动，但唯有心灵之美才拥有永恒的魅力。事实上，一个人的品行、修养往往比外表更重要。笑笑调侃梦想距离自己越来越远，在现实世界里幻想过上童话般的生活。

年轻人需要面对许多选择，每个好机会都不应错过，从校门走向社会是人生必经阶段，是一个艰辛过程，如今就业困难，找一份满意的工作更是难上加难。作为应届毕业生，谁都无法逃避这个关口，想想自己肩负的责任和父母的期待，面对困难和挑战，必须屡败屡战，越挫越勇。人生最大的遗憾不是失败，而是没有经历自己想经历的一切，没有谁的生活总是圆满的。

笑笑实习受挫，选择考研以逃避无法就业的现实，本来无可非议。笑笑获得了继续学习和深造的平台，应百倍珍惜来之不易的机会，要刻苦学习，为今后步入社会奠定更为坚实的基础。读研并非逃避现实的手段，而是走向成功的阶梯。

一个年轻人只有掌握更多的知识和技能，才能在社会上如鱼得水。学习，特别是高层次的系统教育，不仅能改变一个人的命运，而且会使其受益终身。

　　有些精彩只能经历一次，有些风景一生未必能看过一回，读研何尝不是如此。笑笑，虽然你没有做到想象中的完美，没有过上梦境中的生活，但在不断"折腾"的进取中，你的脚步正在向着自己梦想的生活渐渐走近。

　　司汤达说过，拿破仑是在向世界证明，经过多少世纪之后，恺撒和亚历山大终于后继有人。在我们错过了诺亚方舟、泰坦尼克号，错过了曾经的一切美好与痛苦之后，仍要坚信世上有许多人愿意为梦想奋斗，我相信，笑笑将是其中一员。

我们无法决定开始　却有机会改写结局

前天傍晚，我与许寒共进晚餐，酒醉微醺，我们聊了许久，直到酒店打烊。许寒是我的学友，几周后就要离开春城，我们将天各一方。这个毕业季，第一次感到生活压力，忙着答辩，忙着工作，忙着回家……许寒讲述了关于自己的一些事。

谁的青春都不是一帆风顺的，我们来到世间，面对生活、困难和挑战，回避和畏惧于事无补，只有摆正心态，接受考验，不畏困苦，努力拼搏，才能活出精彩人生。

命运让我们相识，生活使我们分离，岁月匆忙，没有太多时间留给我们感伤，我们即将各奔前程。在并不老旧的寝室里，尘埃在阳光下跳舞，行李箱整齐地码放在地上，几天后陆续响起的脚步声，匆匆带走的不仅是行李，还有属于我们已逝去的时光。

我始终坚信，即使曲终人散场，这里总会留下许多记忆和痕迹，用来证明我们之间的感情，证明我们在一起时的快乐和幸福，证明我们曾经的一切。

下面以许寒为第一人称，揭示这个故事的始末。

前途迷茫

三月以来，我几乎没有好好休息过，一边忙于实习，一边忙于撰写毕业论文，好不容易准备就绪，买好打折机票待赶回实习的公司，却意外接到公司部门领导的电话。在电话里，领导说话的语气虽然很婉转，但话里的意思是，现在公司已不缺少人手了，让我别急着赶回去。换句话说，在几乎没有薪水的情况下，我在这家公司勤勤恳恳地干了三个月，结果，公司在我请假回校准备论文答辩期间，把我辞掉了。

这段时间我遇到很多不顺心的事儿，导师的刁难以及与同学之间闹矛盾，都没让我一蹶不振，但这次"失业"使我心中隐隐生出一点绝望。我不信命，却觉得自己的运气真差劲，从小到大鲜少有顺顺当当的时候，特别是在就业的问题上，可谓是一波三折。

大三课程全部结束后，我的实习生涯就开始了。按理说，我找了将近一年的工作，总该有点眉目了吧？但事实上，我的经历绝对可以用"惨痛"来形容，钱几乎是一分没攒下，经验也没学到多少，出门在外却遇到很多坏人，从他们手中逃生大概是最值得庆幸的事！

去年7月，我找的第一份工作是在一家电子商务公司做客服，因为工作需要，每周单休，每月工资是一千八百元。当时我很兴奋，曾发誓一定要努力工作，珍惜这份来之不易的工作。

我们的项目经理是个很轻浮的人，时常跟女同事打情骂俏，有时还会讲几个黄段子，但这些事我都可以不计较，因为他爆粗口不是针对我，我当然没有权利干涉人家的自由，后来随着时间推移，他竟然在我身上打起了坏主意。

与我同时应聘到该公司的一个女生，很受项目经理青睐，平时迟到、请假都是家常便饭，但一旦有什么好事，肯定会落到她身上。对那个女生，我心里鄙视是肯定的，但说不上特别厌恶，我不是愤青，最多和朋友八卦一下。当时我的想法是，项目经理对谁好是他的事，只要他能公正地对待我就没什么可抱怨的。

事情的发展很快超出我的预料，后来项目经理转移了目标，他自以为是，以守为攻，开始故意刁难我。别人请事假只被扣除当日工资，我请事假却被他扣当日双倍工资；公司统一调整工资待遇，别的同事都加薪了，我却一分未涨……

面对种种不公正的待遇，我找他讲理，可他说出的理由却令我啼笑皆非。他厚颜无耻地说，从我来公司的第一天起就喜欢上我了，并且想和我在一起；

还说只要我接受他的追求，给别人开两千元，可以给我开三千元……

看着项目经理大言不惭地描绘着"美好未来"，我被气笑了。我虽然未生在大富大贵家庭，但好歹根正苗红，哪怕用脚指头数钱，也绝不会为了钱去"卖身"，何况他早已结婚，儿子都几岁了，真可谓人至贱天下无敌。我忍无可忍，随即摔门而出，从此离开这家公司。

后来，我又到几家公司应聘，由于种种原因，其中不乏"项目经理"那样的变态，也有一直拖欠薪水的公司，总之，在哪家公司都没做太久，在那段时间里，我一直处于实习或者求职的不稳定状态。

直到今年年初，我应聘来到这家电信技术公司，实习了三个月，除业务较多经常加班外，再也挑不出其他不满意的地方，工作地点在首都，IT 行业薪水高，发展前景好。

起初，公司部门领导很器重我，经常鼓励我努力工作，并信誓旦旦地保证，待转正后每月争取让我拿到不少于七千元的薪水，对此我很感激，即便连续几个晚上通宵加班也没有一句抱怨。

时至今日，我仍不知晓公司部门领导辞掉我的真实原因。当初他们那么器重我，是真是假我无法分辨；如今又斩钉截铁地把我拒之公司大门之外，我更是无法理解。

恋情夭折

说起烦心事，除了就业问题，还有失恋的事。与相恋三年的男友分手，不论其理由多么充足，言辞多么委婉，语气多么愧疚，都不能抹杀他把我甩了的事实。为了泄愤，有一天我甩了他一记耳光，从此以后两不相欠。后来，虽然他又回心转意了，我也不打算跟他重续前缘。

大二下学期，他曾提出过分手，当时我觉得很意外。因为我这个人神经是粗线条的，至于女人第六感，很遗憾，我完全不具备。那时我对这场恋爱尚未投入太多感情，虽然也伤心难过，但在几个好友的温言软语安慰下，在她们陆续请我吃了几顿"大餐"后，我的情伤很快被治愈。

事后一位老乡会学姐告诉我，他和我分手的原因是前女友回来找他，他忘不了前段感情，只能和我说再见。按理说，我对这种在感情上犹豫不决、左右徘徊的人是打心眼里看不上的，跟我分手肯定是他一生中最大的遗憾！曾经设想过，如果他再回来找我，我一定会"啪啪啪"甩他几记耳光……

想象很丰满，现实太骨感。半年后，当他回来求我再给他一次机会时，我的怒气竟消失得无影无踪，心忽然变得很柔软，脑海中排练过无数遍的场景出现了，可是拒绝的话无论如何都说不出口。其实我还是挺喜欢他的，因为喜欢，所以愿意给他一次机会，同时也赋予他以后再伤害自己的权利。

接下来的一段时间，我们表面上相处得挺好，他对我体贴照顾，我绝口不提之前的分手风波，只是最初的那种感觉再也找不到了。我们在交往中都变得小心翼翼，那是一种刻意的、不自然的情绪，它悄然蛰伏，隐藏得很深，却并非无迹可寻。

破镜可以重圆，但是裂痕永远无法抹去，感情同样如此。后来我到北京这家电信技术公司实习，他到上海一家公司实习，我们只能通过电话交流。

今年三月下旬，我们回校准备毕业论文答辩，他再次提出分手。这次我早有预料，一场恋爱使彼此都感到身心俱疲，实在没有意义。长痛不如短痛，既然说分手，好，我成全他；既然他说对不起我，我就甩他一记耳光，从此我们扯平了。

说句心里话，分手的日子并不好过，那时我忙着准备论文以及毕业前的一些琐事，每天没日没夜地赶写和修改论文，有时撑到凌晨三四点钟，实在熬不住了，就趴在床上大哭一通，哭着哭着就睡着了……

过了几天，当他再度出现在我面前乞求原谅并请求和好时，我轻蔑地笑了，谁规定只要他回头，我就得接受他？不过我想做一次明白人，于是问他，既然想和我在一起，为什么两次跟我提出分手？得到的答案令人啼笑皆非，他说即使和我分手，也有把握将我重新追到手。

我的青春岂能任他践踏，即使心里还有一丝眷恋，也不可能跟他重续前缘，自尊不容许我做一个低到尘埃里的小女人。我喜欢了两年多的男生，不过如此，我承认自己看错了人，痴心错付。

家庭陷入困境

今年春节期间，母亲突发心脏病做了搭桥手术，令人庆幸的是手术非常成功，母亲恢复得很好。这段时间家里花销很大，除去母亲的手术费和住院费外，身患尿毒症的外婆每月透析的费用，同样不是一笔小数目。

前不久，我获悉嫂子怀孕的消息，高兴过后，又忧心忡忡。哥嫂打算贷款买一套房子，首付需要二十五万。嫂子的父母很给力，听说他们要买房，立马给他们十万元。他们结婚两年多，也能攒个三四万元，如今还差十余万元的缺口。

父亲很为难，亲家如此爽快，我们家不可能没有相应的表示，可是从家里拿出十万元，以后家人万一再出点什么事儿，没钱救急可怎么办？父亲担心母亲身体不好，本来想瞒着她，但这么大的事儿哪能瞒得住，没过几天母亲就知道了。两个人合计了几天，最终还是把家里仅有的十万元存款取出来，让哥哥交了首付。

两年前哥哥结婚，家里花了近十万元办婚礼；外婆每年的透析费用将近三万元，三年下来也得近十万元；母亲做心脏搭桥手术前前后后共花了十五万元……

去年年末，父亲退休了，以前在公司里他每月能开四千元，退休之后只开两千元，母亲没有退休金，家里的开销全靠这两千元怎么能够？

我大学四年，学费、住宿费和生活费也用了家里许多钱，如今我即将毕业，又赶上家里最困难的时候，不说在经济上能帮父母分忧，但总不能再伸手向他们要钱吧！

在实习期间我曾考虑过，待转正后每月争取往家里汇两千元，以补贴家用。毕竟每月七千元薪水，对我而言已委实不少，即使北京物价高，我一个人也不会有太大的开销，先工作一至两年，等家里缓过劲儿来，我也有了工作经验，再回老家，到时候考研也好，找工作也罢，就近照顾已不年轻的父母，是做女儿的本分。

然而令人遗憾的是，我被公司辞退了，一切愿望都变成泡影。现在我没有工作，花着家里的钱可能继续北漂，也可能回到家乡"啃老"，让家里人托关系找工作……

我真是不孝，已长大成人，不仅从来没为这个家做过贡献，反而一直靠父母养活。很多个夜晚，我都梦见家中出现变故，醒来时泪水已打湿半个枕头。

就在两周前，我们学院有个女生上吊自杀了，那个女生与我们同届，是个挺阳光的姑娘，她已经和广州一家金融机构签订了就业协议，前景一片光明。听说她五一前回了趟家，回来后就特别反常，没多久便用一根绳子结束了自己年轻的生命。

那个夜晚，警车、救护车响成一片，宿舍楼里乱哄哄的，胆小的室友甚至被吓哭了，一夜无眠。第二天我听着大家对那个女生的议论，以及对她自杀原因的猜测，我开始质疑人为什么要活着，同时也在质疑人为什么会选择死亡。

其实死亡并不可怕，很多时候死亡是一种解脱，不是吗？从此不再为生活烦恼，学习、工作、恋爱、家庭……种种烦扰不复存在。当然，烦扰消逝的同时，一切快乐也将烟消云散，事后只会有一群不相关的人在议论和猜测，好像自杀本身就是一场八卦，一个笑话。

人是一种很脆弱的生物，不仅可以被外物击垮，还会被自己的内心击溃。我很怀念童年的时光，当一个无知的孩童，每天无忧无虑，没有烦恼，当然也体会不到生活的压力与艰辛。

那段时光再也无法复现了，我变了，每个人都变了。现在需要我做的，是承担起属于自己的责任，人生一世，不能只享受别人的付出，自己不去奉献。

可是我真的不够强大，不够优秀，我的努力常常付之东流，想奉献，却没有足够的能力，想上进，却总是不被人认可，空有一腔热血，却摆脱不了现实的枷锁，也许这是世上最无奈的事了。

丽红手札

许寒是我的好友，相识四年，一朝分别，是否终有一日，我想不起记忆里那张熟悉的笑颜，梦醒花凋尽忘前尘过往。流年似水，岁月蹉跎，在不知不觉中，也许我们会渐行渐远，变得越来越陌生。

人生一世，每个人都会遇到挫折、面临困境，但不是每个人在生活的重压之下都能浴火重生。人的潜力是无限的，世上没有克服不了的困难，没有解决不了的问题，没有战胜不了的"敌人"。只是当我们阅尽千帆后，再也不复最初的心境……谈不上遗憾，只是一瞬间的怀念。

许寒是个坚守底线的女孩，但有一点儿小迷糊和小冲动，无论做什么事，都很难做到尽善尽美，有时难免陷入窘境。然而，她全然不必为此羞愧和懊悔，这恰是年轻人该有的模样。因为年轻，我们容易犯错；同样因为年轻，我们有大把的时间改正错误。

无论人生是寂寞如雪抑或大起大落，我们始终都要拥有正视生活的勇气，即使丢掉工作、失去爱情、赤贫如洗，这些困扰往往都是暂时的，生活充满变数，也许未来属于我们的人生会很精彩。

人生道路曲折漫长，一路上我们注定会失去很多东西，一味地伤春悲秋于事无补，我们只有承受痛苦，百折不挠，才能看到曙光。苦难磨炼我们的意志，伤痛使我们更加坚强，勇敢与执着是我们实现人生价值的基础和条件。

在生活中，我们不仅要有一往无前的勇气，还要学会做人，有时，做事的道理可以轻易学会，而做人的艺术却难以言传。我们要透过表面现象看出问题本质，这无疑需要阅历、经验、挫折和教训，对很多人、很多事，要做到看穿不说穿，要学会大智若愚，同时不要忘记善良与平淡是做人的前提。

也许我们不够优秀，也许我们能力不足，但这一切并不能阻挡我们前行，也不能改变我们上进的愿望。有人说过，我们缺少的不是机遇，而是对机遇的把握；缺欠的不是财富，而是创造财富的本领；缺乏的不是知识，而是学而不厌的态度；缺少的不是理想，而是身体力行的实践。

我们时刻都应努力学习科学知识，掌握创造美好生活的本领，辛勤工作，服务社会，慷慨助人，享受奉献所带来的快乐和幸福。其实生活的艺术在于选择，平凡凸显伟大，坚韧方能持久。我们要始终坚信，只有付出，才有收获，付出与收获通常成正比。

上述这些话，写给许寒，也写给自己。如果有一天我们重逢，是否真的会变得陌生？即便如此也没关系，因为我很期待重新认识她。无法挽留的时光，画面定格的瞬间，再也追不回的往事，演绎着世间的离合悲欢……人生的舞台上，我们虽然无法决定如何出场，但只要认真面对生活，我相信都会有比较圆满的结局。

第十章　心灰意冷

废墟上无法建造婚姻殿堂

电话里，采薇讲述了自己的情感经历：第一次失败的婚姻，前夫是她的初恋；如今若她愿意，可以开始第二次婚姻，却已无关爱情。采薇希望我把她的经历写下来，以读者身份看到自己的故事，是否会别有一番滋味？

采薇的际遇固然可怜可叹，可是她需要的并不是大家同情，而仅仅是一种情感上的共鸣。事实上，生活中酿造的悲剧一旦发生，再指责当事人的过错已没有实际意义。

婚姻、父母、孩子、金钱等种种方面，如果必须做出取舍，你会怎样做？采薇的选择无须大家认同，只希望得到大家理解。其实，这个故事不很忧伤，生活原本就是这个样子。

下面以采薇为第一人称，揭示这个故事的始末。

家庭矛盾

我和王杨是大学同学，大一下学期开始确立恋爱关系，毕业后的第二年就结为夫妻。王杨是石家庄人，毕业后我跟着他回到老家。那时候我真傻，以为婚姻是两个人的事，只要彼此相爱，没有过不去的坎儿。

婚前，婆婆对我就不满意，她想让王杨找个本市姑娘，有稳定清闲的工作，家境比他们家好一些，这样，她的儿子就会过上更好的生活。而我是个外地人，还生长在单亲家庭，母亲一个人靠打零工把我拉扯大，我的条件与婆婆眼中的"满意儿媳"差得太多。

结婚涉及诸多问题，当然房子问题摆在首位。那时候我们刚毕业一年多，手里没有钱，要想买房子自然需要双方父母资助。现在每当我想起这件事，心里觉得特别对不起我母亲。她打零工那么辛苦，本来没有多少积蓄，但一听说我要买房，立马给我汇过来七万元。当时我想，我家这种情况都出钱了，王杨的父母至少也得拿十万元吧，毕竟是他们家婆媳妇。

谁料，他们一大家人包括七大姑八大姨商量来商量去，最后决定让我和王杨跟公公婆婆在一起生活！婆婆的话说得很明白，不是我们家出不起钱，而是舍不得儿子搬出去住，反正家里住得下，为什么不能住在一起呢？我当时本来不同意，但在王杨的劝说下，心一软，就答应了。

婆婆家是两室一厅的居室，六十多平方米，一家四口住在一起，显得十分拥挤。婚前，公公通过关系花钱给王杨安排了工作，每月工资不高，只是图个清闲稳定；我通过应聘成为一家私企员工，工资和王杨差不多，但常常加班。

平日里，公公婆婆一分钱不花，家里所有开销都靠我和王杨的工资支付，一个月下来我俩的工资所剩无几。我感到特别委屈，别人家都是老人补贴孩子，哪像我们家，儿子媳妇还要养着公公婆婆，明明他们都有退休金，却不肯花一分钱。

我常跟王杨抱怨，他却不理解我，他说都是一家人，花谁的钱不都一样？我心里想那可不一样，你父母根本没把我当作一家人看待。有时跟他说的次数多了，他变得很不耐烦，一脸怒气地对我说，赡养父母是天经地义的事，还让我以后别没事找茬。

我挣的钱本来不多，还需要我的钱养活公公婆婆；我在私企上班，每天都很忙很累，回家后还得做家务，洗衣做饭、打扫卫生，样样都离不开我。婆婆很少做家务，有时王杨在家时，她会象征性地帮帮我，几乎所有的家务活都包在我一人身上。每当闲下来时我会静静地思考，在这个家里我这么辛苦到底图个啥？

对王家"感恩戴德"

跟婆婆处得不好给我的生活带来许多困扰，更令我烦忧的是，我和王杨结婚已经四年了，直到现在我的肚子还没有动静，头两年还不以为意，觉得我们还年轻，晚点要孩子也无所谓，可是随着年龄渐长，我渐渐意识到问题的严重性，对此，王杨也十分担忧。

在婆婆的建议下，我和王杨一起去医院做了检查，检查结果犹如晴天霹雳，由于我患有严重的宫寒和双侧输卵管堵塞这两种妇科病，我怀孕的概率微乎其微，即使经过医生精心治疗、用心调理，恐怕也很难怀上孩子。在得知自己可能永远丧失做母亲的权利后，我痛不欲生，那段时间我一直浑浑噩噩，总是半夜惊醒，泪水常常打湿枕头。

对我的悲伤王杨都看在眼里，但他并没有安慰我，那段时间他也挺颓废，有时一天抽两包烟，看得出，他对我不能怀孕的事也在烦恼，他的种种表现使我更加难过。诚然，我怀不了孕，问题都出在我身上，与他没有任何关系，但这是我无法改变的事实啊！在我最痛苦的时候，他对我的冷漠和忽视让我觉得心寒。

婆婆得知事情真相后，对我更是百般挑剔。那时候，我以为自己不能为王家人生养下一代，感觉有愧于他们，所以对婆婆的种种不良举动十分忍让，但是，我的让步换来的却是她的得寸进尺。

每当我下班回家后，婆婆常常在我面前说一些我不愿意听的话，故意刺激我、敲打我。她不是说张家媳妇生个大胖小子，就是说刘家媳妇才进门三个月就怀孕了……谁知道她说的这些事是真是假，可是我听后却很难受，为了堵上她那张不饶人的嘴，在家里我只好拼命干活。

我辛辛苦苦地做家务，有时婆婆还站在一旁监督，说我这里做得不好，那里做得不对……终于有一天我忍无可忍，顶撞了她一句，结果惹得她勃然大怒。她掐着腰指着我的鼻子对我破口大骂，骂我是不会下蛋的母鸡，还骂我是王家的千古罪人，害得她儿子断子绝孙……许多更难听的话我都羞于说出口。

我被气得离家出走了，本以为王杨回家后会出来找我，至少能给我打个电话吧，结果，我在大街上徘徊了三四个小时，还是没等来他的电话，最后我忍不住给他打电话，把我和婆婆吵架的事告诉他。

谁想，他不但不安慰我，反倒说我不孝敬老人，还振振有词地说，我妈怎么啦，她老人家说的不都是事实吗？你有什么委屈的？末了他还让我赶紧回家给婆婆道歉。

听着手机里传来的他不耐烦的声音，我恍然大悟，他对我不能生孩子也是不满的，虽然平日里他嘴上不说，但已用实际行动表现出来。如今我没法再这样自欺欺人下去，好像他没为这事跟我离婚，我对王家人就得感恩戴德，在王家人面前就得低声下气、卑躬屈膝、做牛做马。

几天后，我回到那个冰冷的家，当然不是给婆婆道歉，而是跟王杨离婚。对于我的"识相"，婆婆很满意，王杨也没说一句挽留的话，啊，原来他早就有离婚的心思。离婚后，我辞去工作，提着行李箱回到阔别数年的家乡。

想象中的完美结局

回到长春后，我找了一份比较轻松的工作，工作之余尽量多花费一些时间陪伴母亲。之前我遇到的都是一些不好的事，可能是回来后转了运，生活变得轻松了许多。

后经闺蜜介绍，我认识了世岚。世岚今年三十七岁，也是离异的，身边有个六岁儿子，父子俩在一起生活。目前他经营一家塑钢厂，规模挺大的，年产值在千万元以上。

世岚对我挺好，常常送我昂贵礼物，请我到豪华酒店吃饭。他很浪漫，虽然已过了冲动年龄，但在空闲时会带我去欧洲旅行；赶上情人节，他会雇用花店员工将多束红玫瑰花送到我们单位，并转交给我。对此，周围的同事都羡慕我有一位浪漫多金的男友。

世岚有很多优点，但也有不少缺点，并且很明显，如大男子主义，不受旁人管束，晚上经常喝酒、K歌，甚至偶尔还会跟别的女子暧昧……他的事我从来不插手，因为跟他在一起时我一直很小心，感觉他不像我的男友，更像我的上司。

世岚的母亲精明能干，我与她见过两次面，她对我的态度虽然不是十分亲切，但也没什么反感。她曾直言不讳地告诉我，之所以不反对世岚找我这样结过婚的女人，是因为我不能生孩子，因为我没有自己的孩子，所以会一心一意地对她孙子好，她就是看中这一点才同意世岚和我在一起的。

其实他母亲的想法我早就猜到了，由于没有奢望过，因此她的态度并没有让我失望，理智告诉我，她的想法无可指摘。曾经作为离婚原因，如今竟然变成了结婚原因，这是上帝在跟我开玩笑。

我爱世岚吗？与其说爱他，不如说爱他给我带来的生活，爱他能让我生病的母亲得到更好的治疗，爱他能让我在众人面前挺起胸膛做人，爱他不计较我不能生养孩子……当初我是真的爱王杨，可是婚姻仍然惨淡收场，可见爱情在婚姻中并非至关重要的因素。

我曾经试想，如果我和世岚结婚后，他及其家人不苛待我，我会好好照顾他的儿子，尽量不招惹他母亲，这样生活十几年或者更长时间，彼此总会产生较深的感情吧？到那时，他选择我不再是因为"听话"和"美色"，我选择他也不再是因为"财富"和"虚荣",这就是我能想到的最完美结局。

丽红手札

爱情可以放弃,同样可以接受、追求和培养,一切取决于采薇的选择。一次失败的婚姻不应成为她此生不再相信爱情的理由,当初选择离婚对错与否,现已不再重要。

如果采薇维持旧爱,也许只能如履薄冰的生活,永远看着丈夫、婆婆的眼色过日子;而选择离开,却惋惜逝去的爱情,甚至令自己失去再爱的勇气。事物的发展规律不外如此,开始了,结束了,释然了,又开始了……我们只有看淡过去,才能将更多精力投入到未来。

在第一次婚姻中,因为婆婆的刁难使采薇受到诸多委屈;如果她与世岚修成正果,婆媳矛盾仍旧不能避免。其实我们谈及婆媳关系不必如临大敌,大多数婆婆并没有我们想象中的那么可怕。但是婆婆毕竟没有生养你,对她不应寄予太高期望,更别指望她会像亲生父母那般疼爱你。

与婆婆相处,首要一点是尊重,如果可以相互喜爱,当然皆大欢喜。至于世岚的母亲认同采薇作为儿媳的主要目的,是为了让她一心一意照顾孙子,这是人之常情,无可挑剔。孙子是她血脉相连的亲人,她不可能爱儿媳超过爱儿子和孙子,话虽然不好听,却是客观事实。

一场恋爱因为什么开始并不重要,在两个人的世界里,没有哪一方最初就会莫名其妙地对另一方掏心掏肺地好,另有企图者除外。当两个陌生人想走到一起时,彼此相互盘算、试探、比较甚至欺骗,往往一样都不会少。

一个物欲横流的社会,一个崇尚快餐的时代,每个人在恋爱过程中都要考虑风险与回报,是以,采薇有自己的心思,世岚也有自己的考量,谁都不必为此感到羞愧。

半路夫妻会面临许多现实问题,谁都无法回避。采薇对待这次婚姻一直持有消极、悲观的态度，这将使婚姻面临的问题更加严峻。采薇说她不爱世岚，但爱是什么？相对于虚无缥缈的感觉，爱是理解、关心、宽容、陪伴、责任和奉献。爱需要两个人在经常接触和交流中渐渐培养，需要相互接受对方的缺点，改掉自身存在的毛病。

爱是婚姻的基础，如果没有爱，在精神的废墟上无法建造婚姻殿堂。女人，不能因为一次伤害而对爱情畏首畏尾；爱，不需要多么刻骨铭心，重要的是愿意坚持到底。

有时并非爱情改变了恋爱中的人，真正让人改变的是时间，岁月使我们的容颜苍老，同时也会使两颗相互提防的心渐渐走到一起。我们的生活该是什么样子？不奢求能有戏文里才子与佳人那样的美满结局，只要身边有人陪着相伴到老，安然欣赏旅途风光，谁还在意曾经的过客。

爱情沉淀在携手走过的流年

冰蓝说她的婚姻像一场噩梦，虽然只有短短两年，却已耗尽她的全部热情与憧憬。平心而论，丈夫丁强对她不错，但结婚不只是两个人的事，而是两个家庭的事。丁强的父母弟妹都没有经济来源，丁强对肩上的重担甘之如饴，可是冰蓝却不想背负这些人的生活。

冰蓝说自己不是孔雀女，丈夫却是个典型的凤凰男，曾经她以为真爱无敌，可以战胜一切困难，如今却感叹为何当初没听父母的劝告，到头来自酿苦果。

很多人都喜欢在异性面前展现自己光鲜亮丽的一面，而缺点虽然可以掩饰一时，但若相处久了，自然会暴露出来，是以有些男人在婚前和婚后的表现判若两人。冰蓝不知道是否该挽回这段风雨飘摇的婚姻，爱情终究敌不过琐碎平淡的流年吗？失望是比放弃更令人痛苦的事。

下面以冰蓝为第一人称，揭示这个故事的始末。

相亲遇上凤凰男

我和丁强是经朋友介绍认识的，那年我三十岁，处在频繁相亲阶段。因为工作稳定，薪水也不低，所以我眼光比较高，亲朋好友介绍过很多对象，我不是嫌对方个子矮，就觉得对方学历低，拖来拖去就成了大龄剩女。

第一次见到丁强，我对他的印象很好。丁强风度翩翩，长得一表人才，交谈中，我发现他虽然话不多，却言之有物、一语中的，很快，两个多小时过去了。

因刚下夜班的缘故，我渐显疲惫，于是丁强主动提出送我回家休息，我们又聊了一路，并敲定下次见面的时间。短暂而愉快的会面后，我们都比较满意。后来又见过几次面，我们的感情迅速升温。

丁强是公务员，工作轻松、体面，而且他为人诚恳正直，对我而言，再合适不过。只是他的老家在农村，据说那边十分贫困，他父母都是面朝黄土背朝天的农民，他还有一个已经辍学的弟弟和一个正在读书的妹妹。知悉他家的具体情况后，我陷入两难抉择，思前想后，最终还是舍不得放弃丁强这个人。

他人好，对我也特别体贴照顾。以前听好友说，有些男人对女友特别抠门，女友过生日都不舍得买生日蛋糕，甚至连一袋糖果都不愿意买，这种男人坚决不能嫁。丁强虽然是苦过来的人，但对我挺大方，他挣得不少，除补贴家用外，经常买礼物让我开心，平时出去吃饭，他也会抢着付账，那时我就认定他是我命中注定的良人。

当然，他家条件不好是客观事实，对此我并不满意，但世上哪有十全十美的事？我以为虽然他家很穷，但毕竟在外地，我们结婚后绝对不可能与公公婆婆一起生活，无非过年过节时大家聚一聚，几日时光还忍不了吗？

那时都怪我阅历太少，把问题想得太简单，其实一开始我父母对这桩婚事就有意见，但是禁不住我软磨硬泡，加上丁强会察言观色，哄老人开心，时间一长，我父母对这件事的态度就发生了变化。

我终于争得父母同意，这门婚事也算是尘埃落定，接下来我们开始筹备结婚的事宜。婚房和家具都是我父母出钱买的，婚宴也是我父母花钱置办的。丁强的全部积蓄只有三万元，用于装修婚房。

用这笔钱装修婚房是远远不够的，但这点钱会使我父母的心情多少好受一些，在他们来看，至少男方为结婚这件大事也做出一点贡献。

我家成为"救济所"

按理说，丁强一个月到手的工资有三千七八，也不算太少，他又是个比较节俭的人，从不大手大脚乱花钱，怎么就攒不下钱呢？结婚后我才知道真正原因。

丁强非常孝顺，工作后每个月都雷打不动地汇给家里一千元。近两年他妹妹正在读大学，是一所三本院校，每年学费两万多，再加上食宿费，都需要丁强支付。至于他弟弟，是一个典型的村里闲汉，不种地也不干其他活，每天只知道与人打牌耍钱，不添乱就不错了，家里什么事都别指望他。

这些事我以前就有所耳闻，尽管心里不高兴，但我也无能为力，改变不了这种现状，毕竟赡养父母是子女的责任，我不能让自己的丈夫做一个不忠不孝的人。有时我常常在想，待小姑子毕业后找到工作，我家的负担自然会减轻不少。

本来他家里的这些事就令我烦心，更让我难以忍受的是，他家农村亲戚实在太多了，而且经常来打扰我们平静的生活。用丁强的话说，他们村所有人几乎与他家都沾亲带故，遇到大事小情找到他，他都得提供力所能及的帮助。自我俩结婚以来，他家亲戚一拨接着一拨地"光临"我家，白吃白住，待着不走，目的只有两个，不是借钱就是找工作。

丁强特别好面子，总觉得自己出息了不能不管别人，八竿子打不着的人，一开口借三千元，他眼睛都不眨当场把钱借给人家，根本不征求我意见。我心里这个气呀，这种钱怎么能借呢？借钱要有原则，救急不救穷，这样的"慷慨"啥时候是个头！丁强平时还比较听我的话，但借钱这件事除外，为此我们争吵过无数次，他依然我行我素，后来竟然背着我藏起了私房钱。

我无论如何都想不明白，丁强对那群亲戚怎能如此慷慨，那些人简直把我们家当作银行的取款机，少则几百，多则上万，怎么能开得了口？而且一旦"借"出去，有时还会有借无还。

至于让丁强找工作的那些亲戚就更奇葩了，你说一个既没学历又没技能的乡下人到城里挣钱，不都是靠卖力气吗？我曾介绍她们到医院做保洁员、到饭店当服务员……谁知，她们不但不领情，反而说我介绍的工作不体面，对她们找工作不上心。

她们觍着脸住在我家，吃我的喝我的，还说我的坏话，真是越想越气人。更让我失望的是丁强的态度，他竟然认为我苛待了他家那些亲戚。

祈盼宁静的港湾

我和丁强在生活中时常有矛盾，但总体上还算顺遂，可惜这种差强人意的婚姻也很难持久。

前年年末，我怀孕了，丁强知道这个消息后欣喜若狂。几天后，公公婆婆提着一兜土特产过来了，还特意带来"保胎秘药"。婆婆说这种药既能给孕妇滋补身体，也能让孕妇生个大胖小子。我听后觉得好笑，宝宝的性别怎么能被"秘药"决定？这种黑乎乎的来历不明的东西，我绝对不会吃的。

丁强一边跟公公婆婆耐心地解释着，一边让我先把"秘药"收起来，但我看得出来，公公婆婆对我这种坚定不移的态度以及辜负他们"一片苦心"的做法很不满意，只是看在我怀孕的份上没有发作。

怀胎十月，我顺利生下女儿。丁强在第一时间知道宝宝是女孩时，表情绝对称不上欣喜。当时我心凉了半截，其实，早在我怀孕六个多月做四维彩超时，与我相熟的大夫已偷偷告诉我宝宝的性别。我比较喜欢女孩，加上此前丁强尚未流露喜欢男孩的意向，所以当时我没告诉他宝宝的性别，原打算待孩子出世后给他一个惊喜，却没料到他更喜欢男孩。哎，这个从黄土地走进城里的大男人，至今男尊女卑和传宗接代的封建余毒还在脑子里作怪呀！

因为我生了女孩，在我坐月子期间，别说指望婆婆过来照顾我，她居然都不过来看看自己的孙女，她用实际行动表达着对我和女儿的不满。我勉强压住愤怒情绪，安慰自己犯不着跟她生气。

麻烦永远没有结束的时候。去年6月，小姑子毕业后直接投奔大哥，让丁强帮她找工作。丁强对小姑子"大驾光临"表示热烈欢迎，还通过朋友帮她找到一份文员的工作。

小姑子住在我家，自己占据一间卧室。她非常懒散，不爱做家务，有时我下班很晚，她就跟丁强一直闲聊，直到等我回来做饭。她还是婆婆的"情报员",经常把家里发生的一些事偷偷地向婆婆汇报,有时还会信口开河地胡诌一通。

有个周末我刚睡醒午觉,就听到她在电话里跟婆婆说:"……也不知道大哥怎么会相中她,就认钱,大哥的工资都得交给她,婚前大哥攒的钱都被她拿走了……她很有心计,跟大哥谈恋爱时就死不要脸地住进大哥的宿舍……"

她这么无中生有地诽谤我,我要是还能忍,就真变成了忍者神龟!我冲过去质问她:"背后这样编排我不心虚吗?我白白地养活你,居然养出一条白眼狼!"小姑子也不是个善茬,立刻进行反击。丁强听到吵架声后马上过来,小姑子一看她哥哥来了,顿时泪眼婆娑,似乎受了多大委屈。丁强不分青红皂白地数落我一顿,气得我摔门而出,回到娘家。

后来丁强亲自去接我,向我道歉,向我父母赔不是,我原谅了他,但小姑子仍旧住在我家。丁强话里话外的意思是,他妹妹现在是"寄人篱下",让我尽量多担待一些……最后,我无奈地接受了小姑子毫无诚意的道歉。

想一想丁强对女儿不冷不热的态度,还有公公婆婆三番五次地打电话要把丁强的小侄子过继给我们……生活磨尽了我对爱情的幻想。这种波折不断的生活让我质疑当初自己的选择,我和丁强能否回到从前?能否再追回那些曾经幸福的时光?

丽红手札

婚姻需要夫妻共同经营,彼此换位思考,以就家庭基本问题达成共识。每个新家庭的组建,都将面临许多考验。冰蓝结婚后,面对丈夫在亲属身上的花销和舍我其谁的仗义之举,满腹牢骚和不满。赌气、吵架随之而来,夫妻生活不再平静。

其实,冰蓝与丈夫之间并不存在原则性分歧,只要双方及时沟通,深入交流,以大局为重,都能站在对方角度考虑问题,尽量多考虑对方利益,反思自己的行为及自身存在的不足，矛盾是可以消释的。

结婚不同于恋爱，恋爱时，我们可以绝口不提金钱，除非你永远只恋爱不成家，否则谁也清高不了多久。因为结婚意味着家庭，而家庭又意味着担当和责任，曾经风花雪月的日子会一去不复返。

作家毕淑敏说过，婚姻里沉淀着那么多的柴米油盐，每一件都与金钱息息相关，家是一个必须坦荡、经常、反复、赤裸地谈论金钱的地方。在现实生活中，无数个家庭都在为金钱所带来的各种问题困扰，当然冰蓝与丈夫也不例外。

金钱能操控我们的生活吗？金钱像方程式中的变量，虽然可以影响婚姻，但不能决定婚姻。金钱对婚姻的影响到底有多大，主要取决于夫妻双方对金钱的态度。

当初冰蓝选择丁强，除了喜欢他风度翩翩的外表，恐怕更在意的是他诚恳正直的人品和公务员的身份；至于丁强，必然也有自己的考量。后来这两个人为什么能走到一起？其中有些想法也许不崇高，但双方肯定是在权衡利弊得失后做出的选择和决定。

爱情不能脱离物质条件独立存在，这是否意味着爱情会在金钱面前败下阵来？这不是一道单选题，因为有时鱼和熊掌可以兼得。因为爱情而结婚是婚姻的至高境界，而婚姻与金钱并不对立，许多时候爱情会有，面包也会有。

至于丁强藏匿私房钱，为的是孝顺父母和帮助亲属解决实际困难，动机无可指责，但夫妻间有什么话不能明说吗？金钱问题已上升到信任危机的高度，我建议冰蓝与丁强直面沟通，阐明自己观点，同时反思自身存在的不足。男人最好面子，也最怕丢面子，在亲友面前给足丈夫面子，有什么不满可以跟他"秋后算账"。

在生育问题上，宝宝性别同样会成为一些家庭的矛盾焦点，这是个人观念问题，改变一种观念往往需要漫长的时间和过程。丁强偏爱男孩，但女儿是他的亲骨肉，我想受过高等教育的他不会因此苦待自己的孩子。而公公婆婆重男轻女的思想，需要儿子和儿媳共同去做思想工作，学会对长辈宽容一些，往往更容易得到长辈的体谅。

绝色丽人和钻石王老五永远不会缺少爱慕者，爱情、婚姻、财富甚至地位一切触手可及。他们那片天地绚丽多彩，而我们这片天地平淡如水，全然是两个世界的风景，不一样的风景，不一样的幸福。

我们所要追求的，不过是从平静琐碎的流年里获得快乐和满足，即使失落、忧伤、愤恨，过后仍要笑对生活，在这里，愿每一对平凡夫妻都能相知相爱，一生相守。

时光飞逝，岁月如梭，那些看似被生活琐碎细节消磨掉的爱情，正渐渐沉淀在二人携手走过的流年中，其实爱情并没有真正消失，只是融入了婚姻和生活，这一切都是美妙的误会。

试着把阴霾重重的日子梳理成充满诗意的风景

亲情是常青树，给人带来希望和宁静，我们追求永恒，却无法阻止生老病死；友情是人民币，真假并存，善恶同舞，只是我们没有验钞机的本事，容易被虚假蒙蔽；爱情是生长在悬崖峭壁上的花朵，想摘取必须有敢于担当的勇气，如果不能坚守，就会错过彼此……

人生总要留下一些遗憾，总会经历一些坎坷。当我们走上一条路，就不要总回头张望，要始终铭记，使这个世界灿烂的不只是阳光，还有自己的微笑。人生路上，我们要从荒凉的旅途中走出华丽的风景。

下面以甜甜为第一人称，揭示这个故事的始末。

亲情：富在深山有远亲 穷在闹市无人问

我生在一个不幸的家庭，在我很小的时候，父亲为了过上有钱人的生活，不惜抛妻弃女，跟一个有钱的丑女人走了。从那时起，我的字典里便没有"父亲"二字，我和母亲相依为命，在众人异样、同情的眼光中度日，在贫困线上苦苦挣扎。

我没念完高中就辍学了，一方面自己不是读书的料，另一方面不想让母亲太辛苦。这些年来，母亲一直在装潢市场给人卖货，起早贪黑，没有休息日，十分辛苦。后来我到一家饭店当服务员，虽然工资不高，但大大减轻了母亲的负担。可是天有不测风云，我们母女刚刚迎来生活的曙光，接着变故陡生。

去年1月份的一天，母亲在卖货时突然昏倒，被老板等人紧急送往医院，经诊断，母亲患有子宫癌，系中晚期。得知这个消息后，我脑海一片空白，母亲才四十二岁，竟然患上绝症。医生告诉我，母亲的病症应及早手术，也许还有希望，否则后果不堪设想。我没有时间悲伤，必须马上凑足手术费，以解燃眉之急。

家里几乎没有积蓄，除了借钱别无他法。那几天我跑遍了所有的亲戚家，希望凑足这笔款，但我的苦苦哀求换来的只是一句句敷衍的言辞。他们都知道我家穷，如今母亲又身患绝症，借钱容易还钱难，于是找各种借口推脱。实在没有其他办法，我只好敲开姥姥家大门。

姥姥年事已高，没有固定收入，且行动不便，当她获悉自己女儿的病情后，不禁老泪纵横，赶紧从枕头底下拿出一个纸包交给我，说道："这是几年来我积攒的两千元，你快拿去给你妈治病吧。"我原本不想要姥姥的钱，这些钱不知是多少个日日月月她老人家从嘴里省下的，可是凑不上手术费又怎么给母亲治病呢？

这边我被手术费折腾得心力交瘁，那边母亲却擅自出院了，无论我怎样哀求，她就是不回医院，而且拒绝手术治疗。我知道，母亲打算放弃手术了，其实家里的钱加上姥姥给的钱，远不够手术费用，即使我说服了母亲也没有实际意义。就这样，母亲开始了"保守"治疗。

为了给母亲买药、补充营养，我只能继续工作，白天让母亲一个人在家，晚上回家陪伴她。那段时间我经常失眠，深夜躺在床上有泪无声地哭。后来母亲的病越来越重，我三天两头地请假，在家里照顾她。在这期间，亲戚们避母亲如瘟疫，没人过来探望她，真可谓富在深山有远亲，穷在闹市无人问。通过这件事，我看透了世上的人情冷暖。

有一天，母亲突然说想吃麻辣烫，我马上到楼下的饭店买回一份，可是，她已十分虚弱，无法再吞咽任何食物了。她默默地躺在我怀里，我眼睁睁地看着她闭上眼睛，永远离开了我……

出殡那天，许多亲戚都来了，有的还痛哭流涕，显得十分悲痛。在关键时期，他们若能眷顾亲情，尽其所能地伸出援手，或许母亲的病症还有那么一点点希望，最起码不会走得这么匆忙，如今洒泪祭奠亡灵还有必要吗？

友情：斜月天光落疏桐　从此天涯道不同

处理完母亲的丧事，我又陷入困境。之前租的房子到期了，眼下我手头还特别紧，已无力再租房，经与房东协商，我续交了一个月房租，然后另寻居所。说起房东也挺倒霉，毕竟母亲是在他的房子里走的，他没说太难听的话也算大度了。

后来我想起饭店的杂物室放着一张单人床，并且那里没人住，于是跟老板说明情况，我就在那里"安家落户"了。自己虽然在饭店白住，但工作时间相对延长了，其他服务员下班后，剩下的一些琐碎工作都由我来完成，这一切老板都看在眼里，平日对我也有几分另眼相看的意味。

在我们店里，有个叫阿凤的姑娘与我十分要好，她是农村人，为人淳朴，手脚勤快，做事踏实，至少当时我是这样认为的。在我母亲病重期间，她曾到我家看望过我母亲，我一直把她当成亲姐妹，心里话和家里发生的一些事都跟她说。那时我觉得亲戚靠不住，但好朋友在关键时刻真能冲上来。

阿凤有个男朋友，在一家四星级宾馆学厨师，对阿凤挺好，后来不知什么原因，两个人分手了。当时我还劝过阿凤，她却冷笑着说："连自己都养不活的男人，我凭什么养他呀！"我知道没钱的苦处，自然不能再劝了。可是，无论如何我都想不到，阿凤与男友分手竟然成为我与阿凤友情决裂的导火索。

阿凤与男友分手不久，有一天，老板把我叫到他的办公室，说最近店里生意不太好，要陆续减员，如果我没有什么意见的话，下个月就不用到店里上班了，可以另谋高就。其实这家饭店给我开的工资并不高，除了能为我提供住宿外，其他没有让我特别留恋的地方。但是无故被老板解聘，着实令我恼火，我自问没做错什么，凭什么单单辞退我？

通过多方打探，我终于了解到事情原委。原来，最近店里突然传出我家有传染病史的谣言，难怪老板这样做！我非常气愤，去找老板解释，可是老板的态度很明确，宁愿信其有而不能信其无，他还口口声声地说，这是对公众健康负责。

我心里憋着一口气，继续了解情况，没想到，这个谣言的制造者居然是我的好友阿凤。大家都知道我俩是好朋友，怪不得老板和其他一些人都相信这个谣言。

面对我的质问，阿凤的回答很直接，因为跟男友分手了，她从租住的房屋里搬了出来，为省下租房钱，她设计了这个圈套，让老板开除我，然后自己就可以顺理成章地成为杂物室的"主人"……

原来在我眼里无价的友情，在她眼里抵不过一间房、一张床，竟然以自己的人格修养作为换取物质利益的代价。哎，生活真现实，真残酷。

爱情：人面不知何处去　桃花依旧笑春风

离开这家饭店后，我到一家超市找了一份工作，当摆货员，工作虽然辛苦，但在这里我收获了爱情。阿伟是这家超市的搬运工，没事的时候他经常过来找我闲聊，还帮我做一些力所能及的事，时间一长，我看出了他的心思。

阿伟对我很好，虽然文化不高，但很正直，他追我一段时间，后来我接受了他的感情。跟他在一起的那段时光很甜蜜，我们用心经营自己的"小家"，从中我也真正体会到爱情和幸福的滋味。

今年 1 月 17 日，是我二十周岁生日，阿伟大我三岁，我们已达到法定婚龄，因此结婚的事自然被提到日程上。按照我的想法，既然我俩感情好，登记结婚是水到渠成的事，至于婚礼如何操办，完全可以由阿伟及其家人做主。我没有什么奢求，只想和阿伟一心一意过日子，让他父母省心。

阿伟把我的情况和想法跟他父母说了，谁知他们居然齐声反对我俩的婚事。我真不明白，我什么都不图、什么都不要、什么都不争，他父母为什么反对我俩的婚事？我到底哪里做错了？

在我不懈地追问下，阿伟才跟我吐露实情。他父母嫌我生长在单亲家庭，母亲还不在人世，与孤儿没有区别。他父亲认为像我这样的女孩肯定缺少教养，他母亲觉得我的命太硬，总之坚决不同意娶我过门。

在他父母的挑唆下，原本态度坚定的阿伟也开始动摇了，甚至偶尔对我说出"要不然咱俩分手吧"这种伤人的话。最近他辞掉工作，也很久没回到我们租住的民宅。我有种预感，这份爱情开始离我远去了。

丽红手札

甜甜一波三折的经历令人感叹，面对母亲离世、亲属的冷漠和友情、爱情的变故，任谁都会心痛悲伤，泪洒情缘，但哭过之后，仍要含笑面对生活，因为未来的路还得自己走，未来的路还很长。

很多时候，泪水的洗涤使我们的双眼更明亮，让我们看清生活和现实的残酷，更加珍惜过去、现在和未来。生活赐予我们无数磨难，只有历经艰辛和痛苦，我们才能不断成长，日趋成熟。

每个人都有贪心，都期盼亲人能长久陪伴在自己左右，可是人多么渺小，如何跟自然法则抗衡，要走的人从来都是留不住的。甜甜因母亲去世而万分悲痛，由此抱怨亲属们虚伪、冷漠，其实，亲属们的态度和言行并没有甜甜想象的那么重要。

假使他们能伸出援手，让甜甜的母亲接受手术治疗，在现有的医疗技术水平下，治愈这种顽疾的可能性依旧微乎其微。甜甜本不该对他们抱有太高期望，不该将希望寄托在别人的善念上。因为他们不欠你什么，帮你是情分，不帮你是本分，只有这样想，自己才不会灰心失望。

有些亲属间有血缘关系，彼此都得接受这种事实，而无法改变；友人则不同，全靠自己选择。现实中，有人打着友情的旗号却在暗地里出卖朋友，对此，我们应学会筛选朋友，过滤友谊。

甜甜的"好友"为了一间房、一张床恶意设计圈套，以诋毁甜甜换取个人利益，亲手毁掉二人之间的情分。这一切说明什么？不是友谊太廉价，而是知己太难求。真正的朋友岂能损人利己？真正的友情岂能在物质利益面前败下阵来？

有的人功利心切，谈恋爱也要权衡利弊、计较得失；恋爱尚且如此，结婚更要清点成本、计算收益。谈婚论嫁仅有爱情是不够的，有时家长态度也会决定一对情侣的命运。

甜甜的男友在家长的反对声中，表现出迟疑、犹豫的态度，以至于后来回避甜甜的做法，无不体现出他是一个没有担当、没有主见的男人。他宁愿放弃对甜甜的爱，也不愿意违背家长意愿，连这一段路都不愿意与甜甜携手走过，又何谈与甜甜携手一生。

世事都敌不过时间，所有情缘不过是时间的剪影，一切怒喜哀乐终会过去。丰子恺说："不是世界选择了你，是你选择了这个世界。既然无处可躲，不如傻乐；既然无处可逃，不如喜悦；既然没有净土，不如静心；既然没有如愿，不如释然。"生命是一场懂得，剪一段流年的时光，以一份淡然的心境，把阴霾重重的日子梳理成充满诗意的风景。

第十一章　忍辱求全

懂得珍惜更要学会放弃

坐在我对面的邓姣容颜憔悴，左眼眶残留着明显的瘀青，她端起一杯咖啡轻啜一口，眼泪却在低头的瞬间滑落到杯子里。原来，幸福不过是自欺欺人的幻影，她再也无法掩饰自己一切安好。

十二年的婚姻予以她无尽的伤痛和沉重的枷锁，如今，她依然缺乏勇气和魄力抛开过往，就像张爱玲笔下那只绣在屏风上的鸟——悒郁的紫色缎子屏风上，织金云朵里的一只白鸟。年深月久了，羽毛暗了，霉了，给虫蛀了，死也要死在屏风上。

邓姣说自己很开心，把心里话都讲出来，整个人舒服了不少。四十分钟的交谈暂时驱散了她的烦恼，我看着她小心翼翼的举动，仿佛这短暂的时光也只是偷来的快乐。一个人经历了多少磨难，才能完全忽略自己的感受？

命运的齿轮一刻不停地转动，很多时候，我们的意愿根本不重要，因为对整个世界而言，每个人的存在都是微不足道的。在生活中，事常与愿违，但事总在人为。我们应始终坚信，追求并创造幸福是每个人与生俱来的权利。下面以邓姣为第一人称，揭示这个故事的始末。

第三次提出离婚

我将拟好的离婚协议书放在卫均面前，对他说："离婚吧。"卫均愣了一下，神色依然是漫不经心地，只是嘟囔了几句："老夫老妻的，儿子都这么大了，咋还成天把离婚挂在嘴边？谁没犯过错呀，我保证以后好好和你过日子，还不成吗？"

听着卫均毫无诚意的悔过，我的心顿时凉了半截。是啊，这是我第三次提出离婚，前两次没能成功，卫均认定我软弱可欺，这次竟连表面功夫都不愿意做了，多么讽刺，结果真的让他猜着了。

半年前，卫均在外面又勾搭上一个有夫之妇。那个水性杨花的女人比我还大几岁，在商场卖货，没什么文化，长得也不漂亮，皮肤黑黑的，可以说一无是处，可是卫均却把她当个宝！

静心想想，这些年我真是满腹委屈，嫁给卫均是我这辈子最后悔的事，可惜世上没有后悔药，时间永远都不能回到从前。卫均今年四十二岁，已经开始谢顶，没工作，待在家里整天研究彩票，成天游手好闲，养出一身肥膘，凭他的条件根本勾搭不上年轻漂亮的女人，但他从来都不安分，以往花钱买春的事我都羞于启齿，他色心一起，哪还管得了美丑？

卫均与那个女人是怎么认识的，我并不知情，但这些年他的所作所为，早就把我对他的感情耗尽了。我对他的期望值一降再降，但他本来就是没有底线的人，我的忍让和退步使他得陇望蜀。

尤其让我无法容忍的是，卫均把我给儿子积攒的小升初择校费"借给"了那个女人。我知道后肺都要气炸了，真想提着菜刀砍死眼前这个男人，以解心头之恨。

儿子很听话，而且从小学习就好，可以说，他是我唯一的希望。不管卫均怎样对我，我忍忍就过去了，他怎么能拿儿子的前途开玩笑？万一那个女人不及时还钱，儿子怎么升学和择校？

我让卫均立刻把这笔钱要回来，可他像没听见似的，一声不吱，我被气得发抖，哆哆嗦嗦地指着他骂了几句。卫均不太爱说话，开始我骂他时，他没有理会，过一会儿他说："你有完没完，别当老子脾气好。"我说"你不把钱拿回来这事儿没完"，可能还说了别的话，不知道哪句惹翻了他，他就对我动起手来。

卫均打人，绝对是把人往死里打的那种，我被他揍得躺在地板上起不来了。后来儿子放学回来，看见我那副惨样，抄起擀面杖要和他父亲拼命……我儿子才多大，就知道心疼我了，我的眼泪噗噜噜地往下掉。

过了两天，卫均买了好酒好菜，张罗了一顿晚餐。席间他向我赔礼道歉，并信誓旦旦地保证，以后一定跟我好好过日子，还说要出去找份工作以补贴家用……其实我并不相信他的话，但看他低三下四的样子，不由得心软了，心里想若他真能改过自新，我愿意再给他一次机会。

两周后，卫均依然故我，根本没有兑现自己的承诺，不仅没出去找工作，而且也没把钱要回来。我看他已不可救药，所以下决心将多年前就拟好的离婚协议书交给他。

卫均接下来说的话戳中我的软肋，他说："我给不了儿子优渥生活，但至少能给他一个完整的家。一个在单亲家庭长大的孩子，性格会变得孤僻……"儿子是我的最爱，我不忍心做出伤害他的事，哪怕是一星半点，我又开始动摇……

第二次提出离婚

六年前的一天，我曾将离婚协议书摔在卫均的脸上，那时我还挺有气势。记得他跪在我面前，抱着我的大腿哀求再给他一次机会，看着堂堂七尺男儿哭得一塌糊涂，我心软了。如今残酷的现实让我明白，有些人是永远不会回头的。

过去，卫均在一家国企工作，有编制，工资高，年节赠礼品，月月发奖金，你说这份工作多令人羡慕啊！但他并不知足，总说在这里自己无法施展才能，非要换一份工作，非要挣大钱。

每当他抱怨自己"怀才不遇"时，我总是安慰、劝导他，让他踏实些，毕竟有份安稳的工作不容易。我一直以为他只是说说而已，后来，他竟然没跟任何人商量，不声不响地就辞职了。

当时我火冒三丈，质问他是怎么想的，他说要去人才市场找一份能赚大钱的工作。他本来就没什么特长，想要赚大钱，谈何容易。为这事，我和他大吵了一架，之后回到娘家。

我没有因为这件事跟他提出离婚，当时还想和他好好过日子，只是他的鲁莽行径令我太失望，想冷冷他。过了几天，他开始意识到自己的错误，三天两头地往我父母家里跑，想方设法哄我开心。

女人的心都很软，加上当时他在人才市场找到一份工作，被应聘到一家企业担任部门经理，据他说这个职位很有实权，年薪也很高，后来我主要考虑儿子在家没人妥善照管，所以就跟着他回家了。

起初他混得还不错，但时间一长就原形毕露，很快由部门经理变成了打杂工。在事业上他彻底失意了，不久就失业了。男人没有事业，很难得到别人尊重，他变得既自负又自卑。我曾多次劝他找个适合自己做的工作，他却不愿意。用他的话说，那些低三下四的工作都不符合他的身份，这样，就只好心安理得地待在家里让我养活他。

在家里他不仅好吃懒做，到外边还愿意装大款，平时同学聚会以及过去同事聚会，他都场场不落。为显示自己混得好，比别人都有钱，他总是抢着买单，一两千块他眼睛都不眨就扔给酒店。

我平时省吃俭用，不该买的东西一分钱都舍不得多花，岂能容他这样浪费？我们开始为钱争吵，矛盾在一次次争吵中不断升级。有一次我们吵得很凶，他竟然对我拳脚相击，那是我们相识以来他第一次动手打我。

那时我心里有一条底线，就是丈夫不能对老婆动手，显然，他的行为已触犯我的底线；再回想两年来他的所作所为，我觉得我俩的缘分已尽，没必要再过下去；后来我征求我父母的意见，他们也同意我的决定。

如果我能预见未来，当初跟他摊牌后，不管他怎样忏悔哀求，我都不会原谅他，甚至不会施舍他一个眼神。可惜，我相信他能真心悔过，相信他不会再对我动手。这种事怎么可能？通常有一就有二，从此家暴成为我生活中的家常便饭。

第一次提出离婚

算起来，我跟卫均第一次提出离婚时，儿子才刚刚半岁。那时儿子太小，我整天忙着照顾他，根本顾不上卫均。结果他和一个离异的女人来往密切，我曾亲眼看见他俩搂肩搭背地走在一起。我在家里辛辛苦苦地照顾孩子，他却在外面拈花惹草，这种男人不配做我的丈夫，我第一次向他提出离婚。

他跪在我面前苦苦哀求，并立誓说没做过对不起我和家庭的事，跟那个女人没有暧昧关系，只不过二人有时走得挺近，以后会引以为戒，并会"守身如玉"，当时我竟然相信了他的鬼话。现在想来，以他的人品和平日所为，他和那个女人之间能清白才怪。

十二年前，我和卫均是通过朋友介绍认识的，见面后我对他比较满意，他工作稳定，家庭条件好，人长得虽然不算英俊，但也不难看，我们相处半年后就步入了婚姻殿堂。开始的时候，我俩感情挺融洽，但自从我发现他与那个女人有亲密举动后，心里多多少少留下一些不愉快的阴影。

我是个非常重感情的女人，俗话说，一日夫妻百日恩，我和卫均在一起生活已经度过生命中最美好的时光，并且育有一个可爱的儿子。多年来，我的生活尽管被他左右，有时他还会令我胆战心惊，但说句实话，让我痛下决心离开他也不是一件易事。有人说，一个男人决定着一个女人后半生的命运，我觉得用这句话概括我婚后的生活状态是那么恰如其分。

丽红手札

不务正业、出轨、家暴……面对丈夫的劣行，邓姣默默忍受，期盼丈夫洗心革面，将自己的快乐和幸福寄托于丈夫幡然醒悟之时，她的优柔寡断在放纵丈夫的同时也害苦了自己。

当忍受至极限时，她只能无奈地提出离婚，甚至将"离婚协议书"摔在丈夫脸上。其实她拿出"离婚协议书"，不过是劝导丈夫回心转意的手段，并非表达其真实意图，充其量是个自欺欺人的小把戏。

很多事只有经历过才能明白，很多人只有通过一件件事才能真正认识。在生活中，不会每件事都符合我们的想象，不会每个人都有一帆风顺的好运气，挫折与磨难常常相伴我们左右。

掌控自己的命运，活出真正的自我，是生命价值所在。邓姣要想在婚姻中掌握主动权，改变长期以来任人宰割的命运，唯一办法就是离婚，但绝非只是口头说说或者拿出"离婚协议书"做个样子而已。不管她真打算离开丈夫，还是想让丈夫痛改前非，都必须及早做出决断。

也许她担心离婚后会影响孩子成长，殊不知，不间断地争吵和家暴给孩子的心灵会蒙上更为深重的阴影。应当肯定，丈夫得寸进尺的劣行，与她对婚姻的态度——矛盾、犹豫、徘徊、挣扎和无原则的忍让，有着直接关系。事实上，握在手里的东西并不代表自己真正拥有，有的人只有失去后才能重新得到。

在婚姻问题上，什么时候该执着，什么时候该放弃，有些人很难做出正确选择。只有成熟的人才懂得放弃的真正含义，放弃不是结束，而是新的开始。如果一方十分勉强地跟对方在一起生活，自己只会感到痛苦，对方也不会快乐。既然如此，为何不给彼此一个重新开始的机会呢？

一个逆来顺受的女人，什么委屈都能承受，什么伤痛都咬牙坚持，什么东西都不想舍弃，到头来丢掉的是自己的幸福。既然已经身心俱伤，已经伤痕累累，邓姣还在犹豫什么？没有谁生来就该比别人承受更多的痛苦。有些伤痛，别人不会在意，唯有拷问自己的内心是否值得？

有的人很幸运，碰到了对的人；有的人情场失意，经历了一些不好的事。世上没人预见自己会与谁相遇，能与谁相爱，将跟谁结为伴侣。生活如同未知的宇宙，充满变数。

有时伤痛也是一种美丽，是一种动力，它绝不是我们畏缩不前的理由。人生总要留下遗憾，不强求完美结局，也不必贪念过往。做女人不易，每一天都要善待自己，懂得珍惜，更要学会放弃。

若生活是一篇童话 她会比天使善良

穷困时，琬蓁与丈夫相濡以沫；发达后，丈夫却背着妻子另行组建家庭。事发后，丈夫不思悔改，琬蓁由于种种原因，选择委曲求全，但对丈夫的定义，已从"爱人"变成"提款机"和"贴金纸"。一方面，她默默忍受着丈夫的精神折磨；另一方面，她收集证据伺机震慑丈夫，不得已时还要给其致命一击。真相如此不堪，人性如此矛盾。

究竟为什么让她忘记了初始的愿望，放弃了原本的追求，泯灭了与生俱来的善良？时间如一剂毒药，磨灭了她对生活的憧憬，她受过的伤害有多重，心肠变得就有多硬，不然，怎样在这个冷漠的世界里生存下去。

下面以琬蓁为第一人称，揭示这个故事的始末。

全心投入　相夫教子默默奉献

我和史文结婚时，他在一家国企当销售员，是个默默无闻的小人物。经过十余年打拼，如今他已成为这家企业的老总。当初我是城里姑娘，他是农村小伙；我父母都在城市工作，他父母都是地地道道的农民。

史文出生后不久，他父亲就患上风湿病，后来丧失了劳动能力，因此他家经济条件很差。我俩结婚时，他家一分钱都拿不出来，所有花销都是我父母支付的，婚后我们也住在我父母家里。

那时我俩感情很好，可以说是夫唱妻随。两年后，他们单位分房子，给我们分了一套一室一厅的新房。我们高兴坏了，简单收拾一下，就搬到新居，过起了二人世界。

一些亲戚和朋友听说我们有了自己的房子，都非常羡慕并表示祝贺，在幸福笼罩下，我又怀孕了，真是好事连连。此后，史文天天陪我散步，对我问寒问暖，我一度觉得自己是天底下最有福气的女人。

儿子出生后，我将大部分精力都投入到孩子身上，对史文有所忽略。那几年他的事业正处于上升阶段，经常外出，一走就是几十天，大约有半年左右的时间不在家里。因为他从事销售工作，一直以来我都觉得这种情况很正常。

我以为男人就应该这样，以事业为重，家里的事绝对不能让他操心，所以，无论是抚养教育儿子，还是操持家务等生活琐事，我从来都不让他插手，里里外外都由我一人承担。

正是我这种大包大揽行为，使他逐渐丧失了家庭责任感，以至于后来：他只愿意享受权利，而不愿意承担义务；只在意自身感受，而忽视我的存在。现在我才懂得：丈夫不需要多么优秀，但必须人品好；人品不好，能力再强也没用。

蒙在鼓里　花心丈夫家外有家

我是个传统女人，丈夫和儿子就是我的一切。为了更好地照顾他们，我不惜辞掉工作，当起全职主妇，每天洗衣、做饭、教育孩子……在我辞职前，史文曾对我说："琬蓁，以后你别上班了，在家里专门照顾孩子，我会让咱们的日子过得越来越好！"

我傻傻地信以为真，倾尽全心为这个家操劳、付出。考虑到史文长期在外生活，生活没有规律，身边没人照顾，我特意跟一位中医师学会一套保健按摩方法，只要他外出回来，每天晚上我都给他按摩至少 1 个小时，以消除他外出期间的辛劳。为了丈夫和儿子，我付出着，快乐着，直到跟"小广播"一次偶然相遇，我的美梦才被打破。

有一天，我在一家超市遇见初中同学陈敏，因她心直口快，说起话来滔滔不绝，上学时同学们都称她"小广播"。我俩已多年未见，记得最后那次见面还是在我和史文的婚礼上。同学见面格外亲切，还未等我开口，她便径直问道："老同学，你怎么离婚了？"一时我丈二和尚摸不着头脑。通过跟她深入交流，我初步了解到一些情况。

她家住在瑶池小区，在那里她经常看到一个年轻漂亮的女人挽着史文的手臂成双成对地出入，后来她发现他俩就住在离她家不远的十五号楼，正巧他们委主任就住在这栋楼里，她跟委主任是好朋友。有一次她遇见委主任，专门向其打听了史文和那个年轻漂亮女人的情况。委主任告诉她，他俩是夫妻，搬过来两年多了，男方经常外出……

我决定查个水落石出。按照"小广播"提供的地址，我拿着史文的照片，来到这个小区十五号楼一单元门前，正巧外面坐着三四个阿姨。我拿出照片让她们辨认，问这个人是否住在这里，她们说他住在四楼，但有时不回家，不过他的漂亮媳妇常常在家里。

晚上史文回来后，我跟他摊牌了。我的意思是只要他和那个女人断绝关系，我就当一切都没发生过，可是他不同意，并且一点羞愧的表情都没有。最后他反倒让我选择，要么离婚，要么就别管他跟那个女人的事。

委曲求全　一男二女畸形婚姻

离婚，我当然不想。那年我三十八岁，已经徐娘半老，还没有经济收入，如果离婚的话，也找不到比史文更好的男人。半路夫妻将面对许多矛盾，尤其是孩子问题。史文毕竟是儿子的父亲，也是最风光的时候，俗话说男人四十一枝花，况且他刚刚晋升为公司老总，要钱有钱、要地位有地位。如果我离开他，不正中了那个女人的下怀，因此我选择容忍。

用史文的话说，那个女人有的，我都有；同样我有的，那个女人也不缺。为了儿子的幸福和自己的面子，我只能粉饰太平，睁一只眼闭一只眼跟他过日子，否则弄得太僵对自己和儿子都不好。

再说现在有钱有权的男人身边有几个女人也很正常，有的贪官身边竟然多达一百多个美女，史文跟这种男人比起来还算是好的。就这样，我跟他相安无事地又过了三年。后来发生的一件事，打破了我苦苦维系的"太平"。

那个不甘寂寞的女人，不仅公然跟我分享丈夫，而且还给史文生了一个儿子。有了儿子后，她底气也足了，史文对她更是言听计从了。史文往家里拿的钱越来越少，当我问及原因时，他就骂我眼里只认钱。

有一次，我说了那个女人几句坏话，结果惹怒了他，他居然对我动起手来，那是结婚以来他第一次动手打我。过去，他有半年左右的时间住在家里；从那以后，他很难在家里露面，一年到头在家里恐怕都待不到两个月……

收集证据　敲山震虎夹缝求生

在那个女人催促下，史文开始主动跟我商谈离婚问题，对此我主意已定，绝不离婚。史文骂我不要脸，天生下贱，后来我耳朵都听出了老茧，就不以为意了。我知道他骂我无非是想让我同意离婚，他越是这样，我就偏不让他称心如意，更不会让那个女人登堂入室有正式身份。我不能成为好妻子，但必须成为好母亲，属于我儿子的财产和利益谁都别想侵犯。

这几年我暗地里收集了史文和那个女人在一起生活的视听资料和照片，以备在关键时刻使用。如果他们敢耍阴谋手段逼我离婚，我会以此为要挟，使其就此罢手，否则我会向法院控告他们犯有重婚罪，让他们吃官司。今年2月一天，那个女人过来找我，劝我离开史文，结果被我一顿痛骂，后来我俩动起手来，她又被我一顿狠揍，我对她连踢带打、连抓带挠，总算出了一口恶气。

这件事激怒了史文，为了帮那个女人出气，他回家后竟要伸手打我，那一刻我却笑出声来，随即拿出自己收集的视听资料和照片的副本给他看，并告诉他："在法律上我是你唯一的合法妻子，那个女人只是你的商品，你必须永远牢记这一点，属于我和儿子的财产不会因为她的存在而改变，否则你知道后果如何？"当即他哑口无言，缓过神来后有气无力地辩解称，他们属于同居关系，并不违法……

看着史文呆若木鸡的表情，我笑了许久，之后眼泪又流个不停。曾经，我一心想做个贤惠温柔的妻子，对每个人都宽容，每天微笑着面对一切……可如今，我已经与一切美好的词汇无缘，我变成了曾经自己最厌恶的模样。

丽红手札

史文家外有家，同时跟两个女人以夫妻名义同居生活，不仅违反道德，也触犯法律。东窗事发后，他拒不认错、改过，无奈之下琬蓁只好收集他与那个女人在一起共同生活的证据，以备后用，属明智之举。因为无论从警告、震慑和阻止丈夫的违法行为上看，还是从离婚时落实对儿子抚养权、分割家庭共有财产上看，这些证据都能发挥重要作用。

史文有妻子又与那个女人以夫妻名义同居生活，那个女人明知史文有妻子而与其以夫妻名义同居生活，均涉嫌构成重婚罪。至于史文辩称他与那个女人是同居关系，其行为并不违法的说法，在法律上不成立。因为重婚与非法同居的主要区别在于，当事人是否"以夫妻名义同居生活"，只有不以夫妻名义持续、稳定共同居住的，才能按非法同居认定。

面对丈夫重婚，琬蓁选择容忍，只要保住这个破碎的家，保住自己的身份，保住儿子的利益，自己再苦再痛也心甘情愿。为了丈夫的钱财和地位，她放下尊严和骄傲，忍辱含垢，苦苦挽留这段摇摇欲坠的婚姻。琬蓁的软弱和退让，丝毫没换来丈夫的悔过之心，反倒使其有恃无恐，恣意妄为。

生活正悄无声息地改变着这对夫妻，在左右矛盾的时光里，他们都无法成为自己心中塑造的完美形象，可悲的是，他们没有演技，却硬着头皮表演。琬蓁本为受害人，后来之所以变成自己曾经最厌恶的模样，是因为她改变不了丈夫，也无力改变现状，更不想成为那个女人的垫脚石，所以只能改变自己。

当下，掌控三人命运者依旧是琬蓁，因为她是合法婚姻中的受害人，也是掌握另外二人涉嫌犯有重婚罪证据的证人。如果她还爱着丈夫，就应坐下来跟他认真讨论一下婚姻问题，从感情、亲情、家庭、儿子等诸多方面，有理、有据、有节地指出丈夫的过错，检查自身存在的不足，阐明夫妻在一起共同生活的好处，展望未来生活等，切忌无休止、无原则的退让，否则自己在丈夫心目中的地位和形象会越发下降，只能事与愿违。如果她对这个男人已心灰意冷，失去了爱，就应及早放手，结束这种尴尬的婚姻。因为人生短暂，珍惜大好时光，远离悲愤情绪，是智者的选择。

有时恨比爱虽然更有力量，但它是一把双刃剑，在刺伤别人的同时也无法给自己带来快乐和幸福。

第十二章　两难选择

抉择两难　不如随遇而安

婚姻像一面镜子，碎裂后难以复原，即使粘上了，裂痕也永远存在。丈夫的背叛，使音羽陷入两难抉择。这段婚姻犹如鸡肋：想原谅，却再难建立信任；想放手，却怀念旧情。

当初为什么选择结婚？无非是希望快乐时有人分享，寒冷时相互温暖，遇到困难能共同承担。然而，他们都不是圣贤，做不到无私付出不求回报，再深厚的感情也抵不过一次次的失望。

婚姻关系一旦出现裂痕，夫妻双方必将做出选择，遵从内心的真实想法，无论对错都不要后悔。婚姻意味着责任，没有谁是为了离婚而结婚的，所以要慎重对待，但这不代表婚姻需要当事人一味容忍、勉强维持。很多事，但凡辛苦，便是强求，婚姻同样如此。

下面以音羽为第一人称，揭示这个故事的始末。

恋爱：甜蜜生活 浪漫惬意

我和楚蔚是大学同学，大二那年建立恋爱关系，我俩感情很好，毕业后都不愿意回老家，决定一起到上海打拼。我学的是金融专业，虽然属于热门专业，但我在学校里成绩平平，并且在上海没有根基，想去银行或是其他大型金融机构工作，无异于痴人说梦。不得已，我最终选择一家规模不大的私企，从事行政助理工作，每个月到手的工资不足三千元。

楚蔚正好与我相反，他学的是市场营销，本来这个专业不是热门，但是他运气好，因为有酒量、善于交际，被一家世界 500 强的公司破格录取了。大公司的待遇自然好，他每个月能挣七千多元，还有午餐费、电话费、交通费等各项补助。

我们在距离我俩工作地点都不算太远的地方租了一套二居室的房子，因为是大城市，房租很贵，不到七十平方米的旧房子，每月租金三千元，除了房租，这里物价也高，总之，想在这里扎根不是一件容易的事。

虽然困难不少，我和楚蔚在一起生活却很快乐。我下班早，经常在下班的路上买好果蔬肉蛋鱼等食物，到家后做上几道可口的菜肴，等楚蔚回来，我们边吃边聊，饭后窝在一起，大多时让他陪我看煽情感人的电视剧，偶尔我也会良心大发，默许他看球赛……

及至周末，我时常拉着他一道逛商场，因为工资有限，我买不起奢侈品牌的时装，但是，如果看到价位合理又合心意的普通衣装或者其他用品，也会将其"收入囊中"，这时楚蔚便主动承担起免费搬运工的角色。

日子当然不会一直这样清闲，因为工作需要，楚蔚难免有一些应酬，有时为了签下一份订单，他连续几天凌晨两三点才回家。有好几次，他醉醺醺地敲开家门，还没等换上拖鞋，就弯下腰吐了一地。

我安置好楚蔚并把客厅清理干净后，总会一边看着他，一边轻轻地抚摸着他的脸默默地流泪，此时此刻，我很心疼，也很感动。那是我和楚蔚在一起最幸福的时光，虽然短暂，但永远都值得我怀念。

家庭：婆媳不和　矛盾丛生

我和楚蔚一起租房生活了两年，由于年龄越来越大，加上双方老人时常催促我们早日成家，于是，我们把结婚的事提到议事日程上来。

我们经过研究做出决定，婚礼在楚蔚和我的家乡各举办一次。那段时间可真忙，世上哪个女孩不想办一场有意义的婚礼呢？所以，婚礼流程、礼服、酒店和嘉宾名单等事项，我都要事无巨细地过问，当然，其中最重要的还是在上海购房问题。

既然结婚，我们就该有个固定居所，一直租房子总不是长久之计，尤其是当我们有了孩子后，总得给孩子一个健康成长的环境。这两年，我和楚蔚只攒下几万元，购房款主要还得依靠双方家长援助。

我和楚蔚都是独生子女，双方家长对我们购房一事十分支持。我俩在市郊选中一套五十多平方米的新房，附近有地铁和超市，总体来讲还算方便，只不过购房款将近一百万，需要一次性全部交齐后才能入住。

楚蔚的父母在家乡做生意，多年来有一些积蓄，他们在第一时间就往楚蔚的银联卡中打入七十万元。我的父母虽然都是国企职工，工资不是很高，但收入稳定，随即他们往我的银行卡中打入二十万。这样，我们就把购房款凑齐了。不久，我和楚蔚顺顺当当地住进了新房，高高兴兴地结了婚。按理说，日子会越过越好吧？可是事实并非如此。

两年前，公公死于一场车祸，葬礼结束后，婆婆离开老家，搬到上海跟我们一起生活。对此，我不能说什么，毕竟婆婆失去丈夫已经很可怜了，如今来投靠儿子完全在情理之中。

婆婆的到来给我们生活带来许多不便，我想时间久了我会慢慢适应。可是我做梦都没想到，她很爱管家里的闲事，即使跟她毫不相关事也要管，有时令我哭笑不得。

周末我和楚蔚喜欢睡懒觉，起床后我发现她满脸不高兴，她不好意思直接说我，但会说楚蔚不勤快，这让我十分难堪。有时我和楚蔚出去逛街买衣服，她会抱怨我们不会过日子……总之，她跟我们在一起生活，我天天都得看她脸色，听她唠叨，一点儿自由都没有，令我不胜其烦。

更令我气愤的是，她还是个爱炫耀的人，她认为自己的儿子能到大城市工作，就出人头地了，总爱跟亲戚们炫耀，有时还将八竿子打不着的亲戚请到我家，让我带他们逛景点。看着那些人堂而皇之地住进我家，把我精心打理的家弄得一团糟，我心里的难受简直无法用语言形容。每当遇到这种情况，我都会跟楚蔚诉说，但他总是毫无原则地偏向婆婆，为此我更加难过。

事业：女强男弱　烦忧徒增

在这期间，我所在的公司由于安全生产证照不全被迫停业，我不得不另谋生路。正巧一家外企招聘，我抱着试试看的心态投了一份简历，结果被公司录用。鉴于过去我一直在私企做行政助理工作，有一定的工作经验，外加自己努力，半年后，我被提拔为总经理办公室副主任。

此后，我开始拼命工作，毕竟这个职位有发展前途，而且薪水也高，月薪八千元，还不算年终奖金。由于把心思都放在工作上了，自己对家里的事自然不如以往上心，常常没时间做饭，有时换洗的衣服堆积一周也来不及洗，周末还频繁加班……

婆婆对我越发不满意了，在她看来，即使我挣钱再多，也必须尽到媳妇的本分。起初，楚蔚很支持我，但随着婆婆抱怨声的增多，以及后来发生的一些事，他对我的态度渐渐发生变化。

我被提职后，楚蔚的事业却陷入低谷。他的顶头上司由于工作失误，丢掉一大笔订单。为了逃避责任，他把一切过错都推到楚蔚身上，让楚蔚做替罪羊，楚蔚有口难辩，愤然辞职。失去工作后，他连续到几家公司面试都铩羽而归。那时，我正忙着自己刚刚起步的事业，因此忽视了他，他一天天地消沉下去。

不知从何时起，楚蔚再也不提找工作的事了，整天窝在家里，更可怕的是，他迷上了彩票。我苦口婆心地劝他，可是他根本听不进去，有时还嬉皮笑脸地搂着我说："老婆这么能干，我何愁找工作。"

后来，他除了迷恋彩票外，还染上网瘾，每天不分昼夜地跟网友聊天、视频。我非常生气，但不管我怎么说，他总是一句话不回，有时实在逼急了，就嚷道："你不就是嫌我不能挣钱吗？别忘了当初我是咋养活你的，那时凭你挣的那点钱，连房租都交不上！你这种女人忒势利啦！"

真是我势利吗？想让自己的丈夫走正路，难道不对吗？不找工作，不做家务，整天在虚拟世界里夸夸其谈，在幻想世界里做百万、千万富翁，这日子还能过吗？

生活：同床异梦 两难抉择

自今年元旦后，楚蔚一改往日邋遢形象，变得十分爱打扮。我问及原因，他说在网上投递了一份简历，等候公司面试。我听后很开心，消沉了一年多，他终于振作起来，高兴之余还特意给他买了两套西装。

几周过去后，他依然没有接到公司面试的通知，但他的精神状态仍旧不错，似乎没有受到任何打击。后来我渐渐察觉出不对劲的地方，他身上时常带有陌生的香水味，有一次我还在他的衬衫上发现一根金色长头发，种种迹象表明，他可能背叛了家庭。

面对我的质问，他矢口否认，甚至还振振有词地说我有幻想症，婆婆在一旁也阴阳怪气地帮腔，然而，我始终坚信自己的判断。一天晚上，他在浴室洗澡，我突然听到手机接收短信的声音，我打开他的手机一看，顿时觉得天崩地裂。

那是一条非常露骨的暧昧信息，里面还有十几条，同样暧昧色情，尤其是他的回复更令我火冒三丈。这些信息都是当天下午和晚间发送的，想必之前的信息已被他删除。

我立刻给发送信息的这部手机的持有者打电话，不出所料，果然是一个陌生女人。她熟稔地叫着楚蔚的小名，开口就说："你想我了吗？"我对着手机大骂一通，那个女人当即反应过来，也不甘示弱地跟我对骂起来。这时楚蔚从浴室里匆匆地走出来，我把手机狠狠地摔到他脸上。

我岂能容忍这种背叛，当即决定跟他离婚。楚蔚不同意离婚，并且态度十分坚决，他哀求我给他一次机会，甚至跪在地上请我原谅他。第二天他主动写下保证书，保证跟那个女人从此一刀两断，今后绝不会再发生此类行为，否则就净身出户。

婆婆开始放下身段，找机会接近我、讨好我，并主动承担起所有家务，每天对我嘘寒问暖……接着，楚蔚火速找到一份工作，目前已与公司签约，虽然工资只有三千元，但这是一个好的开端。

如今他为了将功补过，每天下班后都到我所在的公司接我，偶尔还会带件小礼物哄我开心，晚上经常给我洗脚……的确，他最近表现得很好，婆婆也很收敛，如果没有出轨这件事，他的变化会使我感到十分欣慰。可是，他的背叛一直令我非常失望，我虽然还爱着他，但他已挥霍掉我对他的信任。

就这样原谅他，我不太甘心，感觉心里一直有个解不开的结；可是跟他离婚，我心中还有许多眷恋，如果他能真心改过，不给他一次机会恐怕说不过去。现在我心里十分矛盾，陷入两难境地。

丽红手札

面对丈夫出轨，是原谅还是分手，别人的看法只能参考，决定权始终在音羽手中。音羽不必盲从旁人意见，应叩问本心，按照自己的意愿做出选择，是以在这个问题上，与其"求救"不如"自救"。

作为受害者，音羽一方面对丈夫心怀眷恋，一方面对丈夫的背叛又难以释怀。一次出轨，使曾经恩爱的夫妻再无信任可言。然而，夫妻之间最重要的恰恰就是信任，如果一方总是疑神疑鬼，即使没有鬼，到后来也必定"出鬼"。那么，当夫妻一方出轨后，另一方应当原谅并重建信任，还是果断放手呢？

对此，每个人的回答可能不尽相同，这项选择无关对错，结果也是因人而异。鞋子是否合脚，只有自己知道；同样，婚姻是否幸福美满，唯有双方当事人心里清楚。

生活中，味道不佳的饭店你不会再去，质量不好的服装你不会再买，但是对待伤害过你的人，你却可能一再赋予他伤害你的机会。感情是一种奇怪的东西，有时不按套路出牌；爱情也是这样，有时不由自主。正因为如此，每个人都应慎重对待婚姻。

彼得狄雄说过，婚姻的难处在于我们是和对方的优点谈恋爱，却和他（她）的缺点生活在一起。其实婚姻是一种责任，从一开始就会受到很多考验，甚至经历磨难，也正因为如此，我们才会逐渐变得坚强。

有时，开始一段感情很容易，而结束一段感情却很难。事发后，音羽的丈夫写下保证书，并积极寻找工作，主动采取一系列将功补过的措施。这一切，是否可以与他之前的出轨行为相互抵消？

说到底，这是一种权衡。音羽希望得到什么？愿意付出什么？付出过不代表一定有收获，真心相待也不一定能换得对方的真心。对未来生活谁都无法准确预测，更无法具体选择，但至少，她有权选择如何面对现实生活。

如果音羽愿意给丈夫一次机会，就应跟他一起好好过日子，给他信任，真心以对，绝口不提他曾经犯下的错。当然，原谅不意味着忘记，但沉湎过往不利于日后生活。如果音羽无法忍受背叛，容不得感情上存在这种瑕疵，与其犹豫不决，不如当断则断，放弃一棵树，可以拥有整片森林。

选择原谅就要坚持到底，决定结束就不要后悔。其实无论如何抉择，只要你不轻言放弃，就不会输得一无所有，即便是错，你的人生也不会一败到底。抉择总是两难，再多执着，再多不肯，最终不得不学会接受，从哭着控诉，到笑着面对，到头来，不过是一场随遇而安。

错过的一切永远不会重来

丈夫入狱后主动跟妻子苏晴提出离婚，当刑期将满时，他又向苏晴提出重修旧好的意愿。一时间，苏晴陷入两难抉择。生活中，总有一些事让人为难，当事者希望皆大欢喜，到头来却往往顾此失彼。

如果苏晴选择复婚，就得放下人前的那份"骄傲"；如果她拒绝前夫的请求，二人就会从此陌路。谁与谁渐行渐远，谁的选择又铸成谁的过错，也许正是自己在旅途中错过太多，后来才会独自神伤，失望难过。

人生不易，真爱难得，有多少人说过永不分离的誓言，结果却早已散落天涯。但我始终坚信，真正相爱的两个人，可以冲破重重阻碍，直至白头偕老。幸福长着一双翅膀，稍不留神便与你擦肩而过。当你垂垂老矣，坐在摇椅上追念过往时，是否能对自己说一句"不后悔"？

下面以苏晴为第一人称，揭示这个故事的始末。

天降横祸　触刑律陷囹圄

我曾拥有一个幸福的家。丈夫衡伟是我大学同学，毕业后，他通过公务员考试被县局看守所录用，成为一名警察。衡伟自幼喜爱写作，多年来一直笔耕不辍，曾出版长篇小说五部、散文集两部，是当地小有名气的业余作家。我在当地一家大型国有公司担任会计，收入可观。女儿乖巧可爱，聪明伶俐，学习成绩优异。

丈夫和女儿都很优秀，本来是一个女人莫大的幸福，可是，那时我并没有意识到这一点，以为一切都是理所当然的，甚至偶尔还会抱怨生活平淡和琐碎，羡慕嫁入豪门的闺蜜和身边那些无拘无束的单身贵族。去年1月9日，上帝跟我开了一个玩笑，从此，好日子挥手向我告别，平淡与安宁与我无缘。

那天中午，我和衡伟参加同学聚会，现场气氛十分热闹。当年我们班里曾有四对男女同学处对象，但修成正果的只有我们这对。许多同学都打趣我俩，让我俩喝交杯酒，因为我对酒精过敏，滴酒不能沾，所以，我的酒全得由衡伟代劳。

衡伟酒量很大，一斤白酒对他来说是小菜一碟，但那天晚上他还要到所里值班，因此我一直劝阻他不要多喝。老同学都知道他的酒量，这个场合又岂能放过他？待饭局结束时，他至少喝了一斤半白酒，外加十瓶啤酒。

那天衡伟和小王一起值班，20点左右，在酒精的作用下他困意大作，实在控制不了自己，便跟小王打声招呼，然后径自回到休息室睡起觉来。23点10分，小王到洗手间解手，当他返回值班室时，发现监室内黄某仰面倒地，旁边还有一摊血迹……

原来黄某因为贩卖毒品，那天下午刚刚被送进看守所，晚上睡觉时他打呼噜，而且打得特别响，影响监室内其他人入睡，于是他们便不让黄某睡觉，而黄某也不示弱，结果双方动起手来。黄某寡不敌众，头部受到重创，颅内大面积出血，经医治无效死亡。案发后，衡伟由于值班期间擅离职守，涉嫌构成玩忽职守罪被刑事拘留。

辗转奔波　请律师维权益

衡伟被拘留后，我心急如焚，多次找他们领导询问案情，了解案件进展情况。他们领导告诉我，这起案件由检察院查办，至于衡伟能否被定罪、判刑，最终还得等待法院判决。

在此期间，黄某家属大闹县委、县政府，要求看守所赔偿一百万，要求法院严惩凶犯和失职渎职警察。那段时间真是难挨，为了依法维权，了解衡伟的近况，我在第一时间就聘请了当地最有名的律师，帮助衡伟打这场官司。

几经周折，一审判决终于出台，法院以玩忽职守罪判处衡伟有期徒刑两年。对这个判决，我无法接受。我想衡伟固然有错，他不该擅离职守，不该在值班时睡觉，但还不至于被判处实刑。

这个判决一旦生效，衡伟就会从一名警察沦为罪犯，不仅失去公职及其各种福利待遇，而且在一些人的心里将永远无法摘掉罪犯的帽子，为此，我绝不能接受这个残酷事实。

我继续聘请律师打这场官司，二审法院经过一个多月的审理，判决结果是维持原判。此时此刻，我心中的苦闷简直无法用语言形容，我不敢面对这个事实，甚至不敢去探望衡伟……

公公婆婆只有衡伟这么一个儿子，衡伟出事后他们痛不欲生。公公到处托关系，试图通过不正常渠道把衡伟弄出来。后经朋友介绍，公公结识一位法院退休干部。据公公说此人神通广大，他许诺只要我们拿出二十万，他就能把衡伟弄出来。公公婆婆拿不出这么多钱，所以，公公让我出这笔钱，以换取衡伟的自由。

如果这个人所言属实的话，我绝不会吝惜这笔钱，哪怕比这个数目再大几倍。因为我敢断定这个人是骗子，走歪门邪道的有好人吗？于是我断然拒绝了公公的要求。婆婆一提起衡伟的事就哭得泪眼婆娑，不断地跟我诉苦，大骂法院审判不公……为衡伟的事，我本来已愁得心力交瘁，再加上婆婆这样折腾，我的心情更加烦闷。

压力重重 树欲静风不止

衡伟出事后，因为女儿太小，我没把实情告诉她，只说是爸爸出远门了，一时半会儿回不来。有一天，女儿在姥姥家跟邻居家的几个小朋友在一起玩，不知什么原因，跟其中一个小朋友吵了起来，那个小朋友骂她是罪犯的孩子，结果气得女儿断断续续地哭了三天。过去女儿最崇拜警察，因为她知道爸爸是一名警察，她一直以此为荣，每当谈起爸爸时总有一种自豪感。

如今经常跟她在一起玩的小朋友都知道了她爸爸的事，有时他们会用一种异常的眼光看着她，女儿感到很不自在，结果一气之下就不再出去跟他们玩，最后连幼儿园都不去了，整天憋在家里。现在，女儿的身心受到严重伤害，性格变得一天比一天孤僻，在我面前绝口不再提及"爸爸"二字。

原来我在公司里担任会计，平时工作很忙，因为衡伟的事，我常常请假，公司领导陆续都知道了这件事。后来他们以减轻我的工作压力为借口，把我由财务部调到审计部工作。我知道会计岗位的重要性，只有政治可靠、业务娴熟的人才能担此重任。过去衡伟是警察，我是警察妻子，因而担此重任没有什么疑问；而现在衡伟是罪犯，我成为罪犯的妻子，公司里的财经大权岂能让这种人掌控？

命运有时喜欢戏弄人生，生活有时喜欢随意出牌，时间是一服毒剂，许多东西在无数个日日夜夜里发了酵、变了质。过去我和衡伟感情很好，谁要是跟我提到他，我会感到十分开心；而现在我最怕的就是别人在我面前提到他，那会使我很尴尬。我知道，女儿最怕的也是别人在她面前提到爸爸。

没事的时候我常常思考，女儿有个罪犯爸爸，将来孩子就业、找对象都会受此影响。再说监狱是个大染缸，等衡伟出来后，我俩还会有共同语言吗？我对他的感情在漫长的等待中还会一如既往吗？

有一次我去探监，我们隔着玻璃面对面地对视了许久，谁都没说话，后来衡伟首先打破沉默局面，他说："为了孩子，我们离婚吧。"那一刻，我泪如雨下，我不知道该说什么，也不知道该怎么做，只好哭着离开会见室。

面临选择　流年度问聚散

最终，我们办理了离婚手续，孩子由我抚养，房子、汽车、三分之二的存款归我，另外三分之一的存款归他。离婚后，我仍旧定期去看他，仍旧经常到他父母那里尽一个儿媳的责任。其间，我们公司一位单身副总曾多次向我示爱，但被我拒绝了。我虽然跟衡伟离婚了，但他还在我心里，别的男人不可能走进我的内心世界。

两年刑期说长就长、说短就短，在服刑中他表现很好，结果获减刑六个月，今年 7 月就能出狱。几天前我去看他时，发现他虽然瘦了一点，但精神挺好，我跟他讲述了女儿成长中的一些事，还把女儿的照片拿给他看，他非常高兴。临走时他对我说，他马上就要出来了，如果我没有跟别人结婚的打算，如果我不嫌弃他，他出来后还想跟我在一起生活，一家三口人和和美美地过日子，希望我认真考虑……

现在我陷入两难抉择：不跟他复婚吧，其实我心里还装着他，毕竟夫妻一场，还有女儿的牵挂，爱情、亲情都驱使我跟他再走到一起；同意跟他复婚吧，又怕将来影响女儿的幸福。女儿是我俩的最爱，我想他绝对不愿意看到这种结果发生。

丽红手札

衡伟与苏晴本来是一对完美夫妻，只因丈夫一念之差，酒后值班，在值班期间又擅离职守，结果铸成大错，不仅自己身陷囹圄，也给妻子、女儿的心灵造成严重创伤。

世上有许多事都是机缘巧合，正所谓无巧不成书，有时若干个巧合凑到一起威力无穷，它能决定一个人生死，改变一个人命运，导致一个家庭破碎。

也许这是衡伟参加工作以来第一次在值班时玩忽职守；也许那些凶犯只是一时冲动犯下重罪……但正是这些"也许"，致使衡伟脱下警服换囚装，沦为罪犯。

作为一名公职人员，时刻都应保持高度的责任意识和风险意识，依法履行职责，切忌心存侥幸，失职渎职，否则将付出惨痛代价。在一个法治国家，任何犯罪都要被追责，渎职和过失犯罪也不例外。衡伟酒后犯罪，不是从轻、减轻或者免除处罚的理由。

衡伟出事后，给妻子、女儿带来沉痛打击。过去，苏晴一直以作家丈夫为荣，女儿一直以警察爸爸为傲，如今她们最怕的就是别人当着她们的面提起他。为了女儿的幸福和未来，苏晴忍痛与衡伟办理了离婚手续，但她丝毫没有得到解脱，依旧心事重重。因为衡伟无愧于自己、女儿和家庭，她心里只有衡伟，容不下其他男人。

其实茫茫人海中，两个人相遇是一种美丽，相识是一种欢心，相知是一种幸福。无论发生什么事，当一个人想离开对方时，都要先拷问自己是否还爱他，如果爱他，就别急着离开，别轻易放手。真爱意味着永不分离，在最困难的时候、最艰苦的地方两个人紧紧相依，即使前路布满荆棘，也甘之如饴，无怨无悔。

诚然，世上所有女儿都期盼父亲给自己带来荣耀，而不希望他给自己抹黑，更不希望他成为罪犯，但客观事实谁都无法改变。即便苏晴带着女儿远离衡伟，也改变不了他是女儿的父亲这个事实，而且这个事实将会与世俱存。

我以为，只要衡伟出狱后本性未变，一如既往地深爱着苏晴和女儿，阖家团聚在一起生活，对女儿健康成长未必是件坏事。当然，苏晴如何选择还应遵循自己本意，别勉强自己。因为时光飞逝，生活无法复制，错过的一切永远不会重来。

第十三章　爱恨交织

深厚的爱需要时间积累和沉淀

一个爱着她的男人，忽然离她而去，咫尺之隔，却是天涯。曾经情真意切，曾经爱语缠绵，曾经关怀备至，曾经沾沾自喜，如今这一切都成为时光剪影，最深的爱需要时间和实践检验。

上次失败的婚姻，是这次恋情悲剧的起点。当初，前夫在民政局门口吐露的一句恶语，今天已变为现实，即便离婚，媛媛依然无法摆脱他的纠缠。离婚，这一切不过刚刚开始。

下面以媛媛为第一人称，揭示这个故事的始末。

失败的婚姻

去年 2 月 18 日，我和陈凯办完离婚手续，便带着自己为数不多的衣服，离开了毫无温情的家。我不后悔与他离婚，唯一令我难过的是，自己没争取到女儿茹茹的抚养权。可是话又说回来，我既没文凭又没稳定工作，给不了茹茹幸福安逸的生活；而陈凯呢，虽然他本人游手好闲，但其父母手里有些积蓄，想来他们不会亏待自己的亲孙女，每当思念女儿时我都这样想来安慰自己。若不是陈凯无药可救，我又何尝能走这一步，连每周看望女儿都得偷偷摸摸的。

我和陈凯是 2009 年认识的，当时我在一家网吧当收银员，他是这家网吧的常客，一来二去我们就熟悉了。陈凯特别会玩儿嘴，很会哄女孩子开心。那时都怪自己太年轻太傻，很快落入他用甜言蜜语布设的温柔陷阱。说出来不怕大家笑话，我们谈恋爱一年有余，他几乎没给我买过东西，唯一的一根棒棒糖还是他向我告白时买给我的。

恋爱期间尚且如此，不难想象结婚后他对我会多么吝啬。他不仅吝啬，而且不务正业，一个大男人整天待在家里不出去工作。开始我没太在意，觉得自己挣钱足够两个人花，无所谓了。直到女儿出生，我才意识到我们的生活有多么窘迫。而陈凯丝毫没有当父亲的自觉，依然故我，每天不是去网吧玩游戏就是打麻将、喝酒……

为了照顾女儿，我辞掉网吧工作，让陈凯出去找份工作以养家糊口，他早上还满口答应，傍晚回来却一本正经地对我说："有家公司招聘女员工，薪金高、待遇好，恰好你符合这家公司的招聘条件。"末了，他跟我商量让我出去工作，他留在家里照顾孩子。

我傻乎乎地相信了他，刚出月子就到一家公司上班。有一天，公司突然停电，经理临时决定放半天假，我兴高采烈地回到家，却发现茹茹趴在床上不停地大哭，而屋里根本没有陈凯的影子。我抱着茹茹出去找他，终于在附近的一家麻将馆里找到他，看着他和麻友们很熟稔的样子，想必他是这里的常客。

那一刻我无比愤怒，所有潜在的不满情绪一股脑儿爆发出来，我上前一把揪住陈凯的衣领……可能是我的举动让他很没面子，当即他就动手打我，直至把我打得鼻青脸肿。从那时起，我们就分居了。因为白天我得上班，没时间照看茹茹，不得已，只好将茹茹放在婆婆家。

在此期间，我曾多次提出离婚，可是陈凯死活不同意，直到我们分居满两年时，由于已符合法定的离婚条件，他才勉强同意和我离婚。记得那天我们到民政局办完离婚手续，出来时他吸着烟恶狠狠地对我说："媛媛，我告诉你，即使离婚了你也别想找其他男人！这辈子你就是我的！"

当时我以为他放几句狠话，无非想挽回一点面子，直到后来发生的一件事让我明白，他绝不是说说而已。

欢愉的恋情

离婚后我一身轻松，放下了心头重担，觉得自己年轻了许多。我才二十八岁，虽然经历过一次失败的婚姻，但还有机会寻找自己的幸福。我开始注意自己的形象，花费更多心思打扮自己。许多朋友都说我身材好，根本不像生过孩子的人；有的还夸我年轻漂亮，看上去就像二十岁出头的姑娘。

其间，我先后换过几次工作，最后到一家歌厅工作。歌厅是鱼龙混杂的地方，在那里我结识了闵哲。闵哲是一家公司的高管，三十五岁，离异，有个六岁儿子跟随前妻生活。闵哲不仅风度翩翩，而且慷慨大方，对朋友讲义气，孝顺父母，偶尔听他谈过他与前妻的一些事，也只是谈及双方性格问题，从未说过前妻半句坏话。这样一个善良、真诚、大方的男人，不正是自己心中理想的丈夫吗？

我和闵哲很快确立了恋爱关系。他对我体贴入微，考虑到我的工作经常熬夜加班，便劝我辞掉工作。他说自己虽然不是大富大贵，但男人养女人是天经地义的，只要每天下班回家第一眼能看到我，让我每天过得轻松快乐，比什么都强。

今年春节前夕，闵哲主动提出陪我回家看看我父母，以征得我父母对他的意见和看法。听了他的话，我的眼泪止不住地流下来。在这段时间里，他对我很好，可是我们始终没谈过结婚的事。我虽然心里恨不得立刻跟他结婚，但又怕提出这个问题，万一他不同意怎么办？我纠结了这么长时间，如今他终于说出想和我结婚的打算，我怎么能不高兴？

前夫的纠缠

我和闵哲在一起的事已不是秘密，亲戚朋友陆续都知道了，前夫陈凯肯定也会有所耳闻，但我并没把他放在心上，听说最近他也交个女朋友，我想他们是不会长久的。他一直没有工作，没有钱，缺少起码的责任心，我不信他能碰到比我还傻的女人。

今年2月27日，我和闵哲一起到我父母家，刚走到二楼至三楼的楼梯上，我看到有个男人戴着一顶奇怪帽子，把脸遮挡得严严实实的，匆匆地下楼。我心里隐隐有种熟悉的感觉，这个人是谁呢？我在哪里见过？就在我与他即将擦身而过的瞬间，他突然掀掉帽子，十分诡异地朝我微笑，原来是陈凯！他怎么会在我父母家的楼道里呢？

正在我疑惑时，陈凯以迅雷不及掩耳之势抽出一把弹簧刀，那一刻我的大脑死机了，我眼睁睁地看着他把刀子捅进我的身体里。闵哲愣愣地看着这一幕，显然是被吓坏了，待回过神来，赶忙拨打急救电话，并通知我父母，这时陈凯早已跑掉了。

我被送往医院救治，住在医院心里一直想不明白，我与陈凯无怨无仇，他怎么能忍心伤害我。我母亲要报警，但是被我和父亲劝住了。陈凯虽然做得很过分，但他毕竟是茹茹的父亲，我不能让茹茹有个坐过牢的爸爸。

闵哲把我送进医院，为我交付了住院费后就离开了，并且一直没来看我。我躺在病床上给他打电话，不是无人接听就是关机。这起事件发生后，闵哲的态度发生了三百六十度转变，他避我如蛇蝎，这能说明什么？他是担心如果和我在一起会遭到陈凯的报复。

唯一的寄托

出院后，我来到我和闵哲同居的住所，发现门锁已经更换，我想让他当面说清回避我的缘由，只好在外面默默地等他回来。晚上6点左右，他终于回来了。见到我后，他略显尴尬，有些无奈地请我进屋，然后直截了当地对我说，我们在一起不合适，分手吧……末了，他递给我一个厚厚的信封，内装两万元现金。他还说，我们相识一场，好聚好散吧。

我失魂落魄地离开闵哲的住处，迫于生活压力，我又回到那家歌厅上班，继续当服务员。现在我对爱情已不抱任何希望，只盼女儿快乐成长。我每个月的收入虽然不多，但开销小，把节余下来的钱尽量都花在茹茹身上，给她买吃的、穿的、用的和玩的……

过去，陈凯的父母不欢迎我常看茹茹，有时他母亲故意把茹茹藏起来不让我见，大多时我都得趁午休时间去幼儿园看茹茹。这次陈凯把我捅伤，我和家人没报案，没追究他的责任，他的父母因此很受感动。

有一天，他父母到我家向我和我父母表示歉意和谢意，并给我一万元作为赔偿款，还承诺以后我可以随时接茹茹回家小住。我不稀罕他们的钱，但是能让我接茹茹回家住一段时间，于我而言是天大的诱惑。

其实我心里也有怨恨，我恨陈凯毁掉我的新生活，有时恨不得一刀把他杀死……遇上陈凯，算我倒霉，大不了以后不嫁人，一个人过也没什么不好，等我攒足了钱，接茹茹回来跟我一起生活……这就是我现在的理想，只要女儿幸福快乐，我吃再多苦、受再多罪都值得。茹茹是我的骨肉，是我生命中的唯一寄托和希望。

丽红手札

媛媛离婚后开始追求新生活，不料遭到前夫陈凯的嫉妒和报复。面对陈凯丧心病狂的行径，媛媛宁愿委曲求全，独自承担肉体痛苦和精神折磨，也不愿节外生枝，让陈凯接受法律制裁，当然这一切都是为了自己的女儿，为了让茹茹幸福成长。

陈凯的疯狂举止令人齿寒，应受到世人唾弃。这起伤害事件发生后，媛媛的同居男友——闵哲，深受震动并决定与其分手，致使媛媛的心灵再度受到伤害。从此她对爱情彻底失望，只盼此生孤独终老。

不难看出，闵哲陡然改变态度，决定离开媛媛，是害怕惹祸上身，害怕因为媛媛的牵连使自己受到陈凯的伤害。我不能评价闵哲的选择对错与否，毕竟人家只想找个女人搭伙过日子，并且还未结婚。谈一场恋爱，有多少男人愿意用自己的生命、健康安全作为换取爱情的砝码？遇到这种情形，也许大多数男人都会跟闵哲一样，不惜放弃爱情，而选择平安顺遂。

但话又说回来，如果一个男人因为与女友交往而担心自己的人身安全有潜在隐患，为避免危险发生，故意疏远女友，甚至不接听女友电话，不去探视和照顾患病的女友，不愿意与女友共同承担生活风险，那么，只能证明他对女友爱得不深，不能与女友患难与共。

在这个故事中，其实媛媛和闵哲都没错，错的是时间，因为深厚的爱情需要时间积累和沉淀，而媛媛和闵哲相处的时间太短，意外和考验又来得太早，所以这段感情注定无疾而终。

眼下媛媛面临的最大问题是如何避免陈凯继续纠缠和伤害，唯有排除随时都可能引发的定时炸弹，才能拥有属于自己的新生活。隐忍不发可能会使陈凯的气焰高涨，使其更加有恃无恐。

一个女人时刻都要为自己的安全着想，别让同一个男人再次伤害你。我建议，媛媛约前夫坐下来专门谈论一下这个问题，只要他知错能改，保证下不为例，媛媛可以既往不咎，彼此以朋友相待，可谓皆大欢喜。倘若他继续干涉媛媛寻觅男友，那么，媛媛应通过法律途径解决问题，并且新账旧账跟他一起算。对这种人可以看在孩子的情分上姑息一次，但绝没有第二次，绝不要心慈手软。

一句"孤独终老"，包含着媛媛的绝望、无奈与不甘。起初恋爱的甜蜜，过程中的圆满，直到最后男友的背弃使媛媛心如死灰。人世间，爱情能将一对对陌生人变成情侣，也能将一对对情侣变成陌生人。

牵在一起的手 渐行渐远的心

一面是行侠仗义的美女，一面是脚踏双船的骗子，面对双面女友，君越十分矛盾，想放手却舍不得，想宽恕又不甘心，于是他焦灼、纠结、迷惑，眼下的路该怎么走？也许因为自己曾被蒙在鼓里的那份心动和欢喜，如今他越发憎恶这段鸡肋感情。

人生将面临多少次无可奈何，恐怕无人知晓；曾经历过多少次情非得已，旁人不会记得。生活中，有些事已成为过眼云烟，永远消失在记忆的长河里；有些事却留在心底，日久年深，腐烂生蛆。

经过认真思考，君越决定原谅女友，但对那件伤心的事却不能释怀。殊不知，人生路上最可贵的并非两只牵在一起的手，而是两颗彼此信任的心。

下面以君越为第一人称，揭示这个故事的始末。

爱上异性闺蜜

我和尘尘是大学同学，虽然在一个学院，起初接触并不多。后来她有个室友跟我们寝室一个男生谈恋爱，从此两个寝室的人开始互相走动，有时在一起聚餐，一来二去，我和尘尘就熟悉了。

大二下学期，我们寝室其他人陆续结交了红粉佳人，只剩下我这个光棍儿。为了不失面子，自己嘴上常说宁缺毋滥，看不上那些庸脂俗粉，但心里很渴望找到属于自己的那份爱。尘尘的出现，让我看到爱的曙光。

当时尘尘有男朋友，我别无选择，只能将自己定位在她普通朋友的位置上，表面上跟她正常来往，心里暗自喜欢她。尘尘很漂亮，也很温柔，一举一动都散发着诱人的魅力，是我心中最美的女人。我想知道她的一切，常常通过各种渠道打听关于她的消息。

尘尘的男友在外校读研，二人离多聚少，听说他俩感情不太稳定，经常闹别扭。有一天，尘尘给我打电话，说跟男友分手了，现在想去 KTV 唱歌，问我去不去？我岂能不去，天赐良机，我会百倍珍惜。

在他们刚刚分手的那段日子里，我感到机会终于来了，于是打着关心朋友的旗号，经常约她出去吃饭、唱歌。有一次在酒店里，她笑称我是她的男闺蜜，当时我脑子一热，大声对她说："我不想当你男闺蜜，我要做你男朋友。"话一出口，我就后悔了，感觉有些唐突，担心被她拒绝，如果那样的话，以后我们连普通朋友都做不成了。

感叹侠女心肠

一场虚惊换来一场惊喜，尘尘欣然接受了我的告白，随即成为我女友。她说不在乎男友是否出类拔萃，是否英俊潇洒，只要对她好，心里有她，就一切足矣。她对我以往表现，尤其是最近一段时间所作所为，都看在眼里，记在心中，感谢我曾经作为普通朋友给予她的关照。

听着她发自肺腑的心声，我深受感动，眼泪不停地在眼眶里打转……上苍把这么好的女孩赐给我，我无以为报，只有爱她一辈子，让她成为世界上最幸福、最快乐的女人，才能报答上苍对我的恩典和眷顾。

我俩身份转变后，在朝夕相处的日子里，我发现她还是个非常仗义的女孩。过去，我一直以为"仗义"二字只能用在男人身上，与女人无缘，可是，她用实际行动改变了我这种错误观念，让我大开眼界。

大三上学期，她的室友王宁不幸患上了白血病，学校组织师生为王宁捐款，同学们和老师纷纷参加，有的捐几十元，有的捐上百元，尘尘一下子捐出一千元，创下最高纪录。其实尘尘家并不富裕，父母都是普通工人，全家仅靠微薄的工资收入维持生计，怎么可能很有钱？她全凭一颗爱心，倾尽所能为王宁提供帮助。

还有一次，她的好友马薇在车祸中受伤，被送往医院救治。她获悉信息后，第一时间赶往医院，精心照顾受伤的好友，直至好友生活可以自理，她才返回学校。那时学校正组织考试，有两门专业课的考试被她无情错过，只能日后补考。

尘尘的仗义之举很感人，在我心中她堪称是最完美的侠情义女，世上无人能及。但作为他男友，我在欣喜之余也为她担心。因为分析问题总得一分为二，她仗义疏财、乐于助人，值得我们学习。但是，一个人做好事不能感情用事，更不能脱离实际，好事做过了头，也会犯错误。

斥责梁上君子

尘尘是个很爱打扮的女生，喜欢穿红戴绿，尤其对金银饰品更是情有独钟。去年6月，她把买金戒指的钱捐给了身患重病的室友，结果原计划落空。一直以来，我总想找机会帮她完成这个心愿，用实际行动证明我对她的爱。

今年1月4日，是尘尘二十四岁生日，我带她来到一家大型商场，在金银首饰区，让她随意挑选一枚金戒指，我要作为定情信物送给她。尘尘对金戒指的款式似乎早有预想，她很快选中一枚，随即戴在手上，目不转睛地看了几分钟，接着会意地朝我点头微笑。我到收银台把款交上，随后我俩在一阵笑语声中离开这里。回到学校，她一路小跑直奔晓露寝室，我在后面看着她有些神秘的背影，一直目送她离开我的视线。

晓露是尘尘的好朋友，两个人从小在一起长大，有幸又成为大学同学，因此感情十分融洽。在尘尘还不是我女友时，她俩几乎形影不离，即便现在，她俩在一起的身影也时常闯入我的眼帘。为什么那天晚上尘尘神秘兮兮地忙着见晓露呢？

后来我才知道，晓露也有一枚戒指，其款式、造型、色泽、工艺跟尘尘的完全一样，只不过是镀金的，但在外人眼里，如果把这两枚戒指放到一起，那枚镀金戒指足以达到以假乱真的程度，普通人无法从外观上分辨真伪。现在我回想起来，那天尘尘挑选戒指时之所以那么神速，原来她是按照晓露那枚戒指的款式选择的。

晓露跟尘尘不同，她很有心计，无论说话还是做事都滴水不漏。自从尘尘戴上金戒指后，她看着两枚在外观上一模一样的戒指，脑海里萌生出一种可怕的想法。春节过后，她在一家金店里使用调包计，让尘尘暗中配合她，用那枚镀金戒指成功地"换取"了一枚纯金戒指，然后神气十足地走出这家金店。

当天晚上，尘尘美滋滋地把这件事讲给我听，根本没意识到问题的严重性，也没把这件事与违法犯罪联系在一起。我听后十分震惊，无论如何也想不到我心中的侠女居然会成为窃贼的帮凶。我对尘尘这种行为进行严厉斥责，让她今后少跟晓露接触，以免惹祸上身，步入歧途。

女友脚踏双船

离毕业的日子越来越近，我们这些大四学子都忙碌起来，有的忙于写毕业论文，有的忙于找工作。我和尘尘自然也不能像以往那样经常黏在一起，有许多事等待我们去做，忙的时候我们一周难得见上一面，再见到她时我都感到有些新奇。

一天中午，有个好友告诉我，最近一段时间尘尘时常夜不归宿。当晚，我找尘尘追问原因，她说跟一个室友闹矛盾，心情不好时就到校外宾馆住几宿。她的话是真是假？我不想考证，但凭我对尘尘和她们寝室那几个人的了解，这种可能性不是很大。

一个周日傍晚，我接到一个奇怪电话，对方自称是尘尘男友，给我打电话的目的是为了求证一件事——我和尘尘是否有暧昧关系。当时我以为是哪个朋友假冒他人名义搞恶作剧，闲着无聊拿我打趣，于是我高调地对他说："尘尘是我老婆，我俩没有暧昧关系，你信吗？"接着我问对方到底是谁？电话那边一直没给回复，当我正要挂断电话时，听到对方在电话里大声吼道："我是尘尘老公！咱俩都被她耍了！"

原来那个男人是尘尘的前男友，据他说，尘尘跟他分手后，没过两个月他们又和好如初。他和尘尘虽然不在一所学校，但这两所学校毕竟在同一个城市，所以他们每周都能见面。过去他不知道我的存在，前几天一个偶然机会，他看到我给尘尘发的短信，才知道尘尘身边还有一个男人。事情真相就是这样，尘尘在跟我交往的同时，还跟前男友藕断丝连，而我和他前男友一直被蒙在鼓里，不知道彼此存在。

爱恨纠缠难分

我怒气冲冲地找尘尘对质，质问她为什么脚踏两只船？她知道事情已经败露，无法再隐瞒下去，只好含泪向我解释。她说两个人分手后，前男友又反悔，纠缠她继续做其女友。因为她前男友脾气不好，她担心跟他完全断绝关系后，怕他做出不理智的事，所以才偶尔跟他联系。

她还说心里只有我，只爱我一个人，她愿意跟前男友立即一刀两断，永远不再跟他联系。最后，她跪下求我原谅她，求我给她一次机会。当时我心烦意乱，脑海里一会儿浮现出我们在一起曾经度过的美好时光，一会儿又臆想出她跟前男友在一起卿卿我我的画面……我会始终记得她对我的好，也不会忘记她给我带来的痛。

这场风波过后，她前男友彻底退出我俩的视线，我俩依旧在一起，对外她还是我女友，我也继续做她男友，但我不知道这种选择对错与否。这段时间她的表现一直很好，对我无微不至的关怀，我看得出来，她在极力挽回我们这段感情。

毕业的钟声即将敲响，我不想在感情问题上牵扯更多精力，只想尽快找一份合适工作，开始全新生活。在一场招聘会上，我和尘尘同时被一家国企招收，成为野外探测员。父母得知这个消息后，十分高兴，让我尽早把尘尘带回家跟他们见面。

尘尘很会来事，也会说话，见过我父母后，我妈特别喜欢她，嘱咐我俩早日结婚。我嘴上答应着，心里却是五味杂陈，不知道是什么滋味。也许我和尘尘不久就会步入婚姻殿堂，但这场婚姻已不是我从前期待的那场。

我承认自己对尘尘还有一点感情，但这点感情抵不过她所作所为带给我的恶心感，今后我可以绝口不提她脚踏两只船这件事，但这个过错我会永记心怀。我知道有些事不能过于较真，退一步海阔天空，对自己未必是坏事。如果过于较真，我跟她分手，也许以后结交的女友还不如她，选择她，不过是我向现实妥协的一种做法。

丽红手札

一个陌生男人的电话，惊醒了君越的美梦。任谁也想不到，与自己朝夕相处的女友竟同时周旋于两个男人之间。曾几何时，他心中最完美的侠情义女，转瞬间就变成朝三暮四的骗子。他痛苦、无奈和失望，怀着低迷的心情走上迷茫的人生旅途。

他想挽留旧爱，忘不了两个人在一起度过的美好时光，忘不了女友曾给自己带来的快乐和幸福，却无法逾越心里那道坎儿；他想放弃旧情，对自己蒙受的屈辱无法释怀，对女友的轻浮之举愤懑难消，却担心新人不如旧人好。婚姻一旦建立在利益基础上，一方或者双方只考虑对自己有利无利，一味地权衡利弊得失，这本身是对爱情和婚姻的亵渎。

爱情具有专一性，其领域十分狭小，只能容下两个人生存，倘若同时爱上两个人，便不能称为爱情。值得庆幸的是，事发后，尘尘及时悔悟，迷途知返，立刻跟前男友分手，义无反顾地选择君越，并得到君越谅解，实乃可喜可贺。

尘尘应常怀感恩之心，深刻反思自己的过错，汲取经验教训，为走好今后的路扫除障碍。事实上，无论是"助人行窃"，还是"脚踏两只船"，均为世人所不齿的劣行，它能使一个人身败名裂，甚至葬送一生幸福。

古人云："人非圣贤，孰能无过？知错能改，善莫大焉。"既然尘尘开始痛改前非，君越也愿意委曲求全，继续做尘尘男友，甚至打算不久将携手尘尘步入婚姻殿堂，就没有必要对那件伤心的事一直耿耿于怀，已经宽恕了别人，何必还难为自己。

也许还需要一段时间，通过尘尘的现实表现，让君越慢慢地转过那道弯儿，越过心里那道坎儿。从此，如果尘尘真能一心一意地爱着君越，加倍地对他好以弥补自己过去的错误，我想终究有一天会感化君越，两个人的感情可能还会回到从前，甚至会日趋笃厚，我衷心期待这一天早日到来。

第十四章　矢志不渝

一个人的劫难　两个人的宿命

感情如一阵风，来去不由自主。明明你期盼她持久永恒，却自知无能为力；明明她已经阴阳两隔，你却依旧无法释怀。当韩哲意识到自己深爱的人正在驾鹤西去，满腔爱意和思念瞬间变成无法追回的记忆。

两个人苦爱一场，虽然不能天长地久，但彼此倾慕的心早已深深地交融在一起，永不分离。回首往事，韩哲悲喜交集，他知道命中注定的劫难逃不掉、躲不开、放不下，上苍赐予的快乐和幸福秒秒千金。既然她已到另一个世界定居，自己怎能还留恋红尘？

下面以韩哲为第一人称，揭示这个故事的始末。

师生相恋

十年前，我研究生毕业后留校任教，从此开始了我的教学生涯。由于职业原因，我经常在讲台前跟学生们交流，因此很多学生对我并不陌生。有一天，我在学校附近一家游泳馆游泳，突然有个陌生女孩跟我打招呼，当时我猜想她可能是我的学生，但我对她一点印象都没有。

在水里我俩交谈了几分钟，对她的情况我初步有所了解。她叫紫鹃，是大一新生，听过我讲课，并且比较喜欢我的讲课风格，所以她看到我以后，很快就把我认出来。她和我一样，都喜欢游泳。我是这家游泳馆的常客，春夏秋冬从不间断游泳，每次过来至少游两千米，在水里我往往乐不思归。后来紫鹃也常到这里游泳，我俩偶遇过很多次，因为我水性好，我常领她到深水池里游来游去，有时还纠正她不规范的姿势和动作，渐渐地我俩摆脱了师生关系的那种尴尬，成为无话不说的好朋友。

紫鹃长得不算特别出众，但很顺眼，也很洋气，凝脂点漆，亭亭玉立，时刻散发着迷人的气息。她特别善解人意，总爱为别人着想，替别人分忧，在这个世界上我觉得她是最善良的人。不知从何时起，她开始走进我的生活，走进我的心里。我越来越珍惜我俩并肩游泳的机会，每次在一同行进中我都会主动跟她约定下次游泳时间，我要和她一起在水里穿梭游弋。

时间过得真快，转眼间寒假来临，由于紫鹃回家度假，这段日子我只能伴随着她的影子独自在水里游荡，形单影孤的滋味真难受。正月十五刚过，我意外接到紫鹃电话，她说不能把我一个人扔到游泳池里不管，她特意赶回来陪我一起游泳。我欣喜异常，盼星星盼月亮，终于把她盼了回来。

当我俩一起下水后，我再也抑制不住激动的心情，向她表达了我的爱意。她目不转睛地看着我，随即欣然接受了我的爱，但提出一个条件，要求在她毕业前，不能公开我俩的爱情，尤其不能让学校其他老师和学生知道这件事。我知道她在替我着想，因为老师和自己的学生谈恋爱，往往老师脸上无光，并且背后会受到言辞攻击，而学生作为弱者很容易被人们理解。

就这样，我俩开始了甜蜜的地下恋情，直至她大学毕业。在此期间，为了不使恋情外泄，我俩告别了学校附近那家游泳馆，选择一家离学校较远的游泳馆，作为我俩活动场所，在那里我俩一起沐浴在爱河里，一同品味着快乐和幸福。尽管如此，我仍不知足，每天都要默默祈祷——紫鹃，快毕业吧！快嫁给我吧！

在我的祈祷中她毕业了，随即我俩在众多亲友的祝福声中走进了洞房，开始了全新生活。婚后我俩亲如一人，每时每刻都不愿意分离，我爱她恨不得把自己的心掏给她，她爱我恨不得为我付出自己的一切。我们拥有一个幸福美满的家，这是上苍赐予我俩的最大恩惠。

推己及人

不久，紫鹃就怀孕了，幸福再度笼罩在我俩身上。然而，命运之神不可能一直眷顾我俩，在紫鹃怀孕两个月时，我陪她到医院检查，检查结果显示她怀的是葡萄胎，需要手术治疗。她一度情绪低下，后来在我的劝说和安慰下，很快恢复平静。我俩还年轻，机会有的是，无须为一个小挫折而烦忧……手术很顺利，医生将宫内物送病理化验后，结果是良性，当时我喜极而泣，提到嗓子眼的心终于又回归原位。

半年后，紫鹃身体又出现异常情况，主要症状是阴道不规则流血，时停时流，有时淋漓不尽。我陪她到市内几家大医院做全面检查，最后将她的病情一致诊断为绒毛膜癌。据医生说，这种病继发于葡萄胎，一经确诊后必须及时治疗。我强忍伤感，心里不停地抱怨，为什么老天如此残忍，把这些不幸都降临在一个弱女子身上，让她遭受这么多磨难？我作为她男人一点用都没有，不能替她承担这些不幸？

经过一段时间治疗，紫鹃的病情基本治愈，但在两年内还要定期接受化疗。这段时间她变得十分憔悴，浑身一点力气都没有，却依旧关心我的饮食起居，对我问寒问暖，照顾有加。她知道我喜欢孩子，可是她的病情在两年内要严格避孕，为此，她经常默默地流泪。我只能竭尽全力地关照她，每天都陪在她身边，给她讲故事，逗她开心。

一晃两年过去了，我们逐渐恢复了正常生活。看着紫鹃的精神状态一天好似一天，我心里无比高兴。我知道她现在最在意的是尽早怀上孩子，想给我一个交代，让我高兴。其实，经历过这么多磨难后，我对孩子问题早已不再上心，最关心的当然是她的健康问题。我希望她的病情不再复发，从此成为世界上最健康的人。

紫鹃一直没有怀孕的迹象，她开始焦灼起来，急于弄清不孕原因，我多次劝阻她无效，只好陪她去医院检查。几家医院的检查结果几乎相同，因为她葡萄胎清宫后子宫内膜过薄，加上患过绒毛膜癌，凭她这种身体条件，怀孕的几率很小。她先后按照几个医生开的处方吃药治疗，西药和中药吃了大半年，但一点效果都没有。

有一天晚上，我俩刚躺下，她突然提出一个让我十分震惊的问题——她要跟我离婚。她说不想继续拖累我，不想因为她的原因让我绝后；还说这些年我一直陪伴在她身边，给她带来无穷的快乐，即使她不久于人世，也觉得自己是世界上最幸福的女人。她希望跟我离婚后，我能娶一位健康漂亮的好姑娘与我为伴，并让这位新人给我生个可爱的小宝宝，这是她此生最大的愿望和追求。

我拥抱着她，两个人哭成一团。我告诉她，在这个世界上无人能取代她在我心中的位置，我永远离不开她，否则我不知道如何生存。为了彻底打消她的离婚念头，我别无选择，只能背着她到医院做了扎结手术。术后我对她说，现在咱俩一样了，谁都不要自卑，我们要好好生活，要生死与共。

阴阳两隔

一天晚饭后，我陪紫鹃散步，突然她一阵眩晕，我急忙将她扶住，然后把她送往医院。经过医生全面检查，她的病情恶化，癌细胞转移到脑部，已至中晚期。紫鹃知道属于自己的时间不多了，她不想把剩余时间都留给医院，想回家跟我一起度过最后一段时光。我理解她的心情，可是她病得这么重，现在回家意味着什么？我劝她待病情好转后，再回家休养，说实话，我也不忍心把属于我俩的短暂时光在医院里与众人分享。

紫鹃睡眠不好，每晚都吃安眠药，否则很难入睡。入院以来，她把护士每天给她的安眠药都悄悄地积攒起来，共攒了三十多片。有一天她趁我回家给她取换洗衣物时，将这些药一口吞服……经过医生抢救，她的命保住了，但身体变得更加虚弱。她不想继续拖累我，想让我及早解脱，因此决定结束自己的生命。其实，从我俩相爱直到现在，在三千多个日日夜夜里，她始终在用生命爱着我，宁愿死也不容忍自己成为我不幸的根源。

紫鹃清醒后，看到伤心至极的我一直守在她身边，一时泪如雨下。我告诉她，不许她再做傻事，否则，我绝不在这个世界上独活。她含泪应诺，并保证今后不会再让我失望。一周后，她的病情有所好转，在我的搀扶下可以下床了。有时打完吊瓶后，我扶着她到室外散步，在夕阳下我们的身影被拉得老长，我仿佛有种错觉，我们已不再是一对年轻夫妻，因为我们拥有连老夫老妻之间都难以具有的那种默契。

一天清晨，紫鹃醒来后感觉精神特别好，她跟我商量，想出院回家休养，我把她的想法转告给她的主治医生，主治医生说再观察两天，如果没什么意外的话，可以回家休养。紫鹃获悉这个消息后十分高兴，午饭吃得明显多于往日，饭后还向我讲述她小时候的一些事，我怕累着她，让她先睡午觉，醒来后再继续给我讲。

大约 17 点左右，她睡醒后感觉全身特别难受，我急忙找医生查看她的病情，还未等医生赶到，她就昏死过去。医生们开始忙碌起来，迅速抢救，他们忙了近两个小时，当我看到记录她心脏生物电变化规律的心电仪图像渐渐显示为一条直线时，我知道她正在向我挥手告别，开始走向另一个世界……

紫鹃离开了这个世界，离开了我，我却表现得非常平静，甚至没掉一滴眼泪。她太累了，让她好好休息吧！既然我无力让她脱离苦海，何必还让她在苦海里煎熬。我们从偶然相遇到苦苦相守，虽然不足十年，但我们在一起的时光没有一分一秒的浪费，她给我带来快乐和幸福，给我留下美好回忆，让我成为一个真正的男子汉，为此，我感到十分欣慰。

剃度出家

处理完紫鹃的后事，我陷入沉思中，今后的路该怎么走？紫鹃在世时曾多次跟我说过，因为她的缘故，耽误了我的大好前程。她一直身体不好，我的确没精力钻研业务，更没时间撰写论文和论著，因此职称始终没有得到晋升，至今我仍是讲师。我读博时的学友，他们都很有作为，不是在大学担任教授，就是在机关、事业单位担任领导，唯有我最没出息，但我对自己的过去从不后悔。虽然在事业上我是失败者，在生活中我却是最幸运的人，因为我有幸跟紫鹃结为夫妻，她一直是我心中的女神，能得到女神爱慕，世上哪个男人能比我幸福？

现在我的时间非常充足，我想静下心来写几篇论文，题目早已想好，材料也收集齐全，可是一到落笔时就感到没思路，满脑子都是我和紫鹃在一起时的幸福时光。在一片树林里，我牵着她的手并肩前行，突然她从皮包里拿出两个洋娃娃，是一对金童玉女。她问我喜欢哪一个，我说两个都喜欢，让她将来至少给我生一对，当然越多越好。她亲吻着我的脸，笑称我太贪心，恨她不老；还说既然她爱上这么贪心的老公，就只能恭敬不如从命，到时保证完成任务……

紫鹃过世前，她最好的闺蜜倩雯到医院看她，两个人交谈了很长时间，当时我不知道她们谈些什么，后来才真相大白，原来是紫鹃委托她帮我介绍女友。倩雯是个信守承诺的人，一个月前，她先后两次给我介绍女友，结果均被我婉言拒绝。一天傍晚，我又接到她的电话，她说有一张紫鹃和她小时候在一起的合影照片，问我要不要？我从未见过紫鹃孩童时的照片，我能不要吗？她说周日18点在金门酒店麒麟厅跟我会面，把这张照片送给我，顺便请我吃饭。

我如约而至，她已等候在那里，旁边还坐着一位陌生的年轻女性——思君。通过短暂交流，我才知道她约我到这里的真正用意。她以送我照片为由，旨在为我和思君穿针引线……饭局结束时，天已经黑下来，我准备开车送她俩回家，倩雯说她家就在附近，不用管她，让我把思君送回家就算完成今天的任务。一路上，我边开车边和思君闲聊，满脑子却全是紫鹃的音容笑貌。把思君送到家后，我如释重负，深深地叹了几口气。

我已经对什么事都不感兴趣，只想找个清静地方，伴随着紫鹃的影子，在美好回忆中度过残生，也许遁入空门是最好的选择。不过在出家前，我要把我俩这段爱情公诸于世，因为几天后我将成为一名僧人，到那时我俩这段爱情绝不能再出自我口，只能永远埋藏在我心里。

丽红手札

在茫茫人海中，两个人相遇、相识、相知、相爱、相许、相守，直至生死不离，是一种缘分，是一种默契，更是一种幸运。人生几何，真爱难寻。有些人跟自己的另一半虽然天长地久，但他们同床异梦，貌合神离，只能虚度春秋。有些人跟自己的另一半虽然不能长相厮守，但他们心心相印，情深似海，良宵一刻胜千金。

真爱不能用时间衡量，幸福不能用数字计算。也许这句话对韩哲而言意味深长，其实他很幸运，也很幸福。因为在人生最美好的年华里，他有缘携手自己心中的女神——紫鹃，一同步入爱的世界，在漫无边际的爱河里，他们如鱼得水，爱得那么纯、那么深、那么真，凡人无可比及，值得世人羡慕。哪个男人能遇上如此好运？

当然，再完美的婚姻也有瑕疵，也会留下遗憾。紫鹃不幸谢世，对韩哲的心灵造成无法弥补的创伤。如今他不知所往，只能追随紫鹃的身影在无聊中度过每一天。缘分就是这样，谁都无法预料它何时到来，何时离去。有的事注定会发生，谁都挡不住；有的人注定要离开，谁都无法挽留。

等待并不可怕，可怕的是不知道何时才是尽头。紫鹃带着牵挂溘然离去，从此韩哲心如死灰，消极厌世。追忆过往固然可以寄托哀思，但那终究是一种辜负；只有面对未来、走向新生，才是对紫鹃最好的纪念。至死不渝的爱没有错，错的是他逃避现实，把对爱的追忆作为今后生活的全部内容，放弃对人生价值的追求；皈依佛门的选择也没有错，错的是他放不下又看不穿，本想不负如来不负卿，结局却与愿望背道而驰。

人生是一场旅程，每个人都在起点与终点之间徘徊，有的人走过的路途可能短暂，有的人走过的路途可能漫长。但无论是谁，旅程一旦结束，一切将回归尘土，包括我们自己和自己心爱的人，也包括世上其他所有人。缘起缘灭，缘浓缘淡，我们无法掌控，更强求不得。人生如过客，我们都是哭泣着来到这个世界，长大后应认真对待生活，对得起自己和身边爱你的人，当我们行将就木时，便可以微笑着离开。

无言的承诺重于千金

从相爱到以身相许，两个人之间没说过情意缠绵的爱语，没许下海誓山盟的诺言，没经历卿卿我我的场景，没发生惊天动地的故事，一切都那么清新自然又朴实无华。然而当一方落难后，另一方却主动承担起感情上的责任，一直不离不弃，倾其所有地付出。

萨萨永远不会忘记，高三时他顶风冒雪护送自己回家的一个个画面，大学时他四年如一日给予自己的关怀和体贴。细雨湿衣看不见，闲花落地听无声。在无法追回的幸福时光里，也许他不知道自己在萨萨心中的位置，更想不到在历经沧桑后他们终于走到一起。感谢上苍，感谢缘分！

下面以萨萨为第一人称，揭示这个故事的始末。

情窦初开

我和大宇是高中同学，他长得眉清目秀、高大威武。当时班里有很多女生都喜欢他，常跟他套近乎，而他似乎对其他女生都不在意，唯独关注我。起初，我对他印象平平，因为他学习不好，在班里还常以老大自居，仗着自己身体强壮，别的男生都不敢惹他，都得听他指挥，尽管他很有女生缘，我也没把他放在眼里。

我们学校所处位置比较偏僻，距离公交站也挺远。高一下学期中旬，我听说有个高三学姐放学后被歹徒劫持，遭受轮奸。这件事发生后，对我触动很大，每逢天黑放学时我都有负担，担心在赶往公交站的路上发生意外。有一天，我同桌悄悄地问我，有人发现每天晚上放学后，大宇都默默地跟在我后面，是不是他想追我？

我怎么知道？每天晚上从校门出来后，我匆匆忙忙地赶往公交站，一路上从来不敢回头，怎么知道有人跟在我后面？又怎么知道大宇想追我？当天晚上放学后，我假装不知道这件事，自己径直往前走，当快走到公交站时，我突然停住脚步，转身往后看，发现在不远处大宇正推着自行车往前走。当他走到我面前时，我问他为什么跟着我？他顽皮地一笑，然后骑上自行车就消失在黑夜里。

他主动承担起护花使者的任务后，全班同学陆续都知道了这件事，男生不敢跟他开玩笑，可是女生常拿他开涮，他脸皮厚，从来不在意别人说三道四。我过意不去，有一天晚上，在公交站等车时我对他说，我们只是普通同学，又没有什么特殊关系，以后不用他送我，否则对他不好，对我也不好。他却说送我到公交站别无所求，就是喜欢暗中保护我；还说他自知学习不好，配不上我，不敢奢求跟我处对象，但只要能看到我的身影，他就感到很幸福。

高三时，学校开设了晚自习课，因为放学太晚，那时公交车已经收车，所以，大多数女生都不参加晚自习，我原本也不想参加，后来在大宇的劝说下，才没有随波逐流。晚自习课上，每个人都在聚精会神地做习题，唯有大宇总是心不在焉地东瞧西望，显得十分轻松。其实他上晚自习的目的不是为了学习，而是为了等我，待我们放学后，他骑车送我回家。

时间一久，我渐渐地对他萌生出好感。一个标准的男子汉，在男生面前他如狼似虎，在我面前却是一只非常温顺的小羊羔，从来不敢跟我顶嘴，尤其是他一直以我为中心，时刻为我着想，对我百般呵护，并且不求所得，如果将来他成为我的男友，我会很幸福。

转瞬间冬季来临，他依旧风雪不误地骑车送我回家，有时他不带手套，手被冻得通红，每逢这时我都会一边埋怨他，一边用双手焐住他的手，直至把他的手焐热后，才让他骑车回家。每当两只雪白的小手与两只粗壮的大手接触到一起时，我不敢看他，他也不敢看我，彼此都感到很不好意思。

爱而不宣

高中毕业后，我考上本市一所大学，学习中文，大宇自知考学无望，便走上打工之路。虽然我们选择的人生道路不同，我俩依旧还是好朋友，经常电话联系，每周他都过来看我，给我买生活所需物品。在同学眼中，他就是我的男友。

为了避免误会，有一天我告诉他以后不要到学校找我，不用给我买东西，有事我们电话联系。从那以后，他每周还会去学校，把给我买的东西送到我们宿舍楼收发室，让收发室阿姨转交给我，只是不再见我。哎，我拿他真没办法！

大二下学期，我突发阑尾炎住院治疗，他听说这个消息后，第一时间赶到医院。术后我非常虚弱，行动不便，他始终陪在我身边，不分昼夜地精心照顾我，直至我出院。出院后，为了表达我的谢意，我请他到饭店吃饭，明明事先讲好给我一次机会，这次一定让我买单，结果又被他抢先把钱付了。

我俩交往这么多年，我很少在他身上花钱，而他在我身上却花了很多钱。有一次我跟他开玩笑，说自己欠他的太多了，如果有朝一日他以此为要挟逼我嫁给他，那可如何是好？他的回答很干脆，只要我过得好，我生活幸福，他就满足了；还说他从不奢求娶我为妻，因为他觉得自己配不上我。

有一次他到学校给我送东西，看见我跟一个男生有说有笑地走进图书馆，他以为我结交了男友，从此他到学校后有意回避我，把给我买的东西交给收发室阿姨后，立即离开学校。在将近一个月的时间里，我只见东西不见人。

自大三开始，我就跟他说过，以后给我送东西直接交给我，不用再通过收发室阿姨转交，他怎么把我的话当成了耳旁风？我给他打电话追问原因，他说经常找我怕被人误解，怕影响我在学校里找对象。此话从何说起，经过我再三追问，他才道出实情。我被他气得哭笑不得，只能在电话里骂他一通，待见面后再收拾他。

说实话，在我俩多年交往中，我早已暗自爱上了他，他除了没有大学文凭外，其他各方面条件并不比我差。我特别在意的是，他从高中一直到我上大学，始终铁下一条心爱我，对我关怀备至，并且不求所报，虽然我是他的挚爱，但他并不想占有我，不管我跟哪个男人结婚，只要我幸福，他就高兴，这种好男人到哪里找啊！

马上就要毕业了，每当同学们坐下来闲聊时，她们都笑称我是世界上最幸福的女人。因为大学四年，我从未在校园超市里买过日用生活品、服饰、小食品和水果，当然这些东西都由大宇按时给我送过来。同时，她们也说大宇是男人中的极品，知道一心一意疼老婆。其实她们哪里知道，我和大宇一直只是普通朋友关系，我对他的爱始终埋藏在心里。

违心出嫁

大学毕业后，我应聘到一家私企工作，担任总经理秘书。总经理叫刘磊，非常平易近人，当时三十岁出头，尚未成家。有一天，他带我陪同客户吃饭，席间我借着酒劲求他在公司里给大宇安排一个职位，他二话没说，当即应诺下来。

大宇很快成为我们公司的保安，但他刚去没几天就出事了。过去他得罪过一个人，这个人勾结两个黑社会上的人对他进行报复，在他们对打过程中，他用匕首将其中一人刺死，将另一人刺成重伤，结果他因犯故意杀人罪被法院判处无期徒刑，剥夺政治权利终身。

在服刑期间，我见过他几次，后来他不再见我，但我依旧会定期给他送东西。他让我忘记他，他说既然不能给我带来幸福，绝不能成为我的累赘，他希望我早日成家，不要因为他白白浪费大好青春。我知道自己这辈子不会爱上第二个男人，我要等他出来，跟他结为夫妻。

自从大宇服刑后，刘磊对我表现得异常热情，经常请我吃饭，经常到我家看望我父母，时间一长，我和父母都看出了他的心思。父母觉得他人品好、有能力，催我赶紧嫁给他。其实他确实不错，如果没有大宇的存在，我肯定会考虑我俩关系如何发展。如今大宇身陷囹圄，我怎么可能跟他结婚？

刘磊加快了追我的步伐，他发现我对他心如死灰，只好曲线救国，做我父母工作。有一次我妈因为我拒不接受他，气得心脏病发作，被迫住院治疗。这件事对我触动很大，感觉自己对不起母亲，对不起爱我的每个人。

在母亲住院期间，刘磊多次到医院看望她，她感到十分欣慰。母亲出院后，一天晚上刘磊约我出去吃饭，他想当面跟我谈谈我俩之间的事。我也正想跟他说清楚我和大宇的关系，让他彻底放弃娶我为妻的念头，这个机会终于来了。

他首先打破尴尬局面，他说他知道大宇是我的至爱，他想跟我结婚，并不是真正意义上跟我在一起，因为他是同性恋，他不喜欢异性，所以请我放心，即使跟我睡在一张床上，他也不会碰我一下，等到大宇出狱时，他会把我完璧归赵。他之所以选择我，主要原因是他父母经常催他结婚，他为了给父母一个交代，认为我最适合做他妻子，因为大宇被判重刑，一时半会儿出不来，所以他想跟我结秦晋之好。

既然如此，为了给我父母一个交代，也为了给刘磊及其父母一个交代，我只好委曲求全，满足他们心愿，同意跟刘磊结婚。我想若干年后当大宇恢复人身自由时，他肯定能理解我此时的难处和苦衷。几个月后，在亲友们的祝福声中，我们这一对异样夫妻风风光光地走进婚姻殿堂。

婚后生活果真如刘磊所言，他从不亲近我，我自然也不会主动接触他，在外人眼里我俩是一对恩爱夫妻，在家里却是井水不犯河水的异性朋友。我俩始终分室而居，因为我们的婚房是跃层式住宅，共有四个居室，楼下、楼上各两间，他一直住楼下，我一直住楼上，除了吃饭时我们在客厅能聚到一起外，其他时间很难见面。就这样，在日复一日、年复一年的岁月更替中，我们共同度过了十年光阴。

走向新生

有一天我到监狱给大宇送东西，听狱警说大宇在狱中表现好，过一段时间可能被提前释放，我听到这个消息后喜极而泣。他出狱那一天，我早早地等在监狱大门外。一个小时后，在狱警的陪同下，他走出监狱大门。我发疯似的跑过去，不顾一切地扑到他怀里，顿时泪如雨下。我想跟他说的话太多了，一时竟不知从何说起。

他目不转睛地看着我，接着轻轻地把我推开，然后大步流星地走向远处。我理解他此时此刻的心情，他不想拖累我，不想成为我的负担，但我怎能放弃他？随后我到他家找他，他妈说他不曾回家；我又给他的朋友打电话，他们说也未曾见到他。无奈之下，我只能扫兴而归。回到家后，我一身疲惫，当我换上睡衣准备洗澡时，突然听到敲门声，我有种预感，大宇来了，我急忙把门打开。

出乎我预料的是，敲门人不是大宇，而是刘磊，我迅速把门关上，让他稍等片刻，待我换好衣服后再请他进屋。我一边换衣服一边想，我俩在一起生活已有十个春秋，虽然没有身体接触，但已是再熟悉不过的好朋友，他从来不上楼打扰我，今天怎么一反常态？

换好衣服后，我把他请进我的房间。他坐在我旁边，眼睛不时地盯着我，一时间我感到很不舒服，不知道说什么好，随后他的一番肺腑之言更令我哑口无言。他说跟我在一起生活了这么多年，对我的印象渐渐发生转变。过去他对我一点不感兴趣，可是最近一段时间，他的恋爱观发生了变化，他对同性不再感兴趣，性取向已转移到异性身上，并且深深地爱上了我。他希望我认真考虑一下，是否可以接受他的爱，他想跟我成为真正夫妻。毕竟我们在一起生活了这么多年，我不好意思当场拒绝他，只能说过几天给他答复。

我一直没正面回答刘磊提出的问题，他自知希望渺茫，从此不再谈及这件事。这段时间，我一直为大宇担忧，他从监狱出来后，为了回避我，不知躲藏到哪里，我找不到他，心里十分焦急。一天晚上10点多，突然我接到大宇母亲打来的电话，她说大宇出车祸了，正在医院抢救。我急忙赶往医院，经过医生救治，他的命保住了，但失去了双腿。我请了长假，在医院精心照顾他，直至他病愈出院。

大宇住院期间，刘磊多次探望他，其中的原因除了刘磊本人清楚外，也许只有我知道。最后一次探望时，他还特意把我叫到外面，跟我协商离婚问题。他说既然大宇已经恢复自由，他不想继续横在我俩中间做挡路石，他自愿跟我解除婚姻，离婚后婚房给我，另外给我一百万作为经济补偿；还问我是否有其他要求，他会尽量满足我的所有需求。

虽然在法律上我和刘磊是夫妻关系，但事实上我俩只是普通的异性朋友，我凭什么要人家的房子和钱财？我拒不接受他的好意，他没办法，只好做出让步。他说先把房子和钱借给我用，等以后我有了自己的房子并且生活稳定后，再把房子和钱还给他。哎，多么宽容大度的男子汉，他的善良和仗义恐怕世上无人能及。

大宇出院后，我把他接到家里，告诉他从今往后，这里就是他的家，他就是我老公，我就是她媳妇，以后永不分离。他十分无奈，心里肯定不情愿让我伺候他，但他行动不便，只能听从我安排。我爱大宇胜过一切，虽然他残疾了，但丝毫不影响我俩的感情，事实上，我俩的爱才真正开始……

丽红手札

生活不是童话故事，不是虚幻梦境，不可能十全十美、一帆风顺，曾经发生的事回不去，将要发生的事难预知。人生最有意义的时光，不是过去和将来，而是现在。只有现在我们才能切实感到自己和亲人的存在，所以，把握当下快乐和幸福最重要。

经历了十八年的风风雨雨，一对有情人终于走到一起，这份来之不易的团聚——他们迟到的时刻，萨萨倍感珍惜。相思树底说相思，思郎恨郎郎不知。如今男友残疾的身躯和曾经不堪回首的往事，丝毫改变不了她的真情和爱意。爱是无言的承诺，无形的力量，无价的瑰宝。萨萨是快乐的，也是幸福的，因为有缘跟自己心爱的人朝夕相伴，是人间至高无上的境界，是最大的圆满。

也许在很多人眼里，萨萨的所作所为并不值得。男友既无文凭又无工作，既无钱财又无地位，还是个生活难于自理的残疾人。跟这样的男人在一起，别说奢求荣华富贵，就算过上普通人的正常生活，远离无尽的烦忧和痛苦，萨萨就得谢天谢地。其实，一个人生活是否如意，旁观者永远是局外人，唯有本人才有发言权。

每个人在恋爱和婚姻中都有权选择坚守或者放弃，不同的选择直接影响两个人的命运。有的人最初许下海誓山盟，却敌不过岁月磋磨，终有一日与对方结怨，两个人分道扬镳；有的人最初平平淡淡，却勇于和对方共同面对风雨，一路走来固然有坎坷和磨难，相知相守携手走到最后，两个人便少了许多寂寞。

有的事一去不复返，有的人一走任飘零。跟萨萨走到了一起，大宇既兴奋又无奈。一直以来，他都把萨萨当作自己的偶像、挚爱和精神寄托，走进萨萨的生活曾经是他梦寐以求的心愿，是他最大的人生追求。正因为他对萨萨爱得过于深厚，所以他期盼萨萨一切安好，不想基于自己的无能和不幸给萨萨带来一丝痛苦，影响她正常生活。

最后值得一提的是，深明大义的刘磊毅然放弃心上人，主动创造条件，让萨萨和大宇幸福地生活在一起，如同当年萨萨成全他的婚姻、成全他的面子一样，与人方便，与己方便。我以为好人终有好报，做一个无愧于天地、无愧于良心的好人，必将福乐无边，惠及后人。

第十五章　听谗惑乱

走出黑夜就是黎明

　　婚前，暮雨十分敬重未来的婆婆，曾发誓将来一定孝顺这位伟大的母亲；婚后，暮雨对她的印象却急转直下，将其视为挑事的婆婆。当婆婆零距离走进她的生活后，她与丈夫的关系开始发生微妙变化。在丈夫面前，婆婆无比慈爱；而在自己面前，婆婆故意制造事端。在暮雨看来，婆婆对丈夫的特殊感情以及丈夫对婆婆的愚孝，无形中把她逼出家门，使她对自己的婚姻丧失信心。当错综复杂的矛盾一起袭来时，暮雨该何去何从？

　　下面以暮雨为第一人称，揭示这个故事的始末。

伟大的母亲

　　我和守文曾经是一对恩爱夫妻，但最近一年来感情出现波折，尤其是上个月，我俩大吵了一架，至今没和好，我离家出走这么多天，他一个电话没给我打，心灰意冷之下，我恍然觉得离婚未必不是一种解脱。

　　我俩走到今天这一步，直接原因在我婆婆身上，在她一步步精心设计下，守文对我逐渐冷漠，我对守文也渐失信心。虽然我对婆婆万般不喜，但公正地说，对守文而言，她的确是一位伟大的母亲。

我婆婆并非守文生母，而是听起来令人生畏的后妈。守文十岁那年，其生母不幸病逝，半年后，我公公另娶新人——即我现在的婆婆。婆婆对守文一直很好，疼爱守文绝不亚于其生母。为了守文，她背着我公公到医院做了输卵管结扎手术，主动放弃自己生养孩子的机会。

用婆婆的话说，家里本来就穷，多一个孩子不仅会增加家庭负担，还会跟守文抢嘴，这样一来，就亏待了守文。其实她最担心的是，如果自己有了亲生孩子，从此对守文就不再上心，怕怠慢守文，所以，她痛下决心不要孩子。在一般人眼里，继母不虐待原配的孩子就算非常仁慈了，她却始终将守文视如己出，这件事在守文老家被传为佳话。

守文对继母也很好，一直将其视为亲生母亲，因此她们母子关系十分融洽。守文十六岁那年，我公公突发脑溢血，经医治无效死亡。公公去世后，婆婆独自支撑起这个破碎的家。那时守文刚上高中，为了减轻生活压力，他想弃学出去打工，结果遭到婆婆严厉拒绝。

婆婆主要靠种地维持家里生计，冬季时她还要到城里打工，为守文积攒将来上大学的费用。一个弱女子愣是凭着一股拼劲，最终把守文送进了大学。在守文读大二那年，老家遭遇自然灾害，地里庄稼颗粒无收，她为了给守文凑足当年学费，不顾自己身体状况，竟靠卖血挣钱。有一次卖血后，她当天就下地干活，结果晕倒在田间，幸亏被村民发现，把她及时送回家里休息。

婆婆对守文的爱胜似亲生母亲，守文和我谈恋爱时，他曾经把这些事一一地讲给我听，听后我特别震撼，觉得婆婆是一位伟大的母亲。那时我在心里暗暗发誓，等我和守文结婚后，我一定要孝敬这位可亲可敬的婆婆。

挑事的婆婆

我和守文都是外地人，大学毕业后先后来到这座城市，通过朋友介绍我俩相识，接触一段时间后，彼此都有好感，渐渐地成为一对难舍难分的恋人，最后走到一起。结婚时，我们买不起现房，只能分别拿出各自的积蓄，并得到我父母的资助，购买了一套二室一厅的期房，预交十万元首付款。新房在两年后才能交付使用，所以，我们只好先临时租一套一室一厅的房子作为婚房，在一起居住和生活。

当时守文本想租一套两室一厅的房子，打算把继母接进城里跟我们一起过日子，但我没同意。那时我对婆婆没有任何偏见，只是考虑经济问题。因为我们每月都要还一笔数额不小的房贷，加上我们刚结婚，手头特别紧，城市生活费用高，在这种困难时期把婆婆接过来，让她跟我们一起过苦日子，我怕对不住她老人家。所以，我和守文商量等新房下来后，我们经济条件也会相对好转，到那时再把她接过来，反正也不差这两年。

守文觉得我说得有理，便接受了我的意见，后来这件事不知怎么传到婆婆耳朵里——我猜想肯定是守文说话不小心走了嘴，因此婆婆对我意见很大。有时她给我打电话，说一些很难听的话，甚至说自从守文和我结婚后，他的魂儿就像被我吸走了似的，只听我的话，早已把她这个老娘忘到了脑后……

虽然婆婆不在我们身边，她对守文的影响却不容小觑。她除了不定期地给我打电话外，还三天两头地给守文打电话，有时我接起电话后，她直接让守文跟她说话，而且对守文说的第一句话通常是："让你媳妇到一边去，别让她在旁边听咱娘俩说话。"她一直把我当外人，在守文面前她一定说过我很多坏话。

其实，我哪有闲心听他们闲聊，别说不让我听，就是请我听都觉得烦。但有一天我突发好奇心，听到婆婆打来的电话后，我居然想知道他们到底聊些什么，于是我不顾守文略带尴尬的表情，站在他旁边听了起来。电话里，婆婆语重心长地对他说，在老家她不缺钱，让守文以后别给她汇钱……接着她话锋一转提到我，她说我心眼多，有心计，让守文对我保持提防心；还说"害人之心不可有，防人之心不可无"，这是生存之道，否则一个男人很难做成大事……

这是什么屁话！眼下我们经济这么紧张，每月我俩都勒紧腰带，把节省下来的钱给她汇去，她不但不领我的情，反倒让守文提防我，这不是公开挑拨我们夫妻关系吗？她还没跟我们住在一起，对我就有这么深的成见，有朝一日她来到我们身边，还不知道怎么折腾呢？

愚孝的老公

去年五月，期房交付使用，我们经过简单装修后便搬进新居。没住几天，守文就迫不及待地要把婆婆接过来，我心里虽然是一百个不愿意，但毕竟当初我答应过他，如今不好再说什么，只能默许。于我而言，婆婆是个喜欢搬弄是非的人，自从我和守文结婚后，她在我心中的形象每况愈下。

婆婆住进我家后，我有个惊奇地发现，她对守文异常关心，似乎对守文有某种不正常的情感，确切地说，她对守文的占有欲和控制欲特别强。在生活中，涉及守文的私事本应由我这个做媳妇的经手和过问，可是她总爱抢着做这方面的事。她对我有一种非同寻常的敌意，好像我俩并非婆媳，而是情敌。

守文在一家大型国贸商厦当业务经理，琐事繁多，工作辛苦，对此我都看在眼里，疼在心上。为减轻他工作压力，我从不让他插手家务事，洗衣做饭等日常家务活都由我一人承担。婆婆过来后，她很少帮我做家务活，唯独我每次洗衣服时，她都要把守文的内衣、内裤挑出来，她说怕我洗不干净，要亲自洗这些衣服，此时我无言以对，只能依她。

有一个星期天，正赶上我和守文都休息，我俩想睡个懒觉，结果婆婆不乐意了。还不到 7 点，她就敲开了我俩的房门，手里拿着一把拖把，以拖地为名堂而皇之地走进我俩私人空间。她一边拖地，一边对我俩进行"教育"。大意是年轻人要节制，千万不能贪欢，媳妇不能总缠着丈夫等等。她的所言所行令我十分尴尬和愤怒，她居然把自己当成了"玉帝"，未免管得太宽了，手伸得也太长了，连我们夫妻生活也插手！

我忍无可忍，告诉她以后不用她打扫家里卫生，更不用她过问我和守文的私生活。因为我没顺着她说话，又出言冒犯她几句，她觉得自己很没面子，于是扔下拖把立马回到自己房间，并嚷着要回老家。守文怕我俩闹僵，赶紧起床，跑到她房间给她赔礼道歉，一再挽留她……

我知道她最喜欢跟守文独处，即使两个人默默无语地坐在一起，她也会心满意足。她最讨厌我和守文厮守在我们自己的房间里，哪怕我俩晚起一点或者早睡一点，她都会感到很难受。她就是这种变态人，其怪异的言行有时令我哭笑不得。

最让我痛苦的是，守文不理解我的苦衷，一味地愚孝，许多事明明是婆婆不对，并且做得很出格，但守文总是毫无原则地偏袒婆婆，肆意指责我，说我不孝顺老人，不给他面子。他不会用一分为二的观点分析和对待我和婆婆之间的矛盾，在他心里婆婆永远是对的，我永远是错的，为此我伤心至极。

迷茫的自己

一个月前，我在家里休假。有一天吃完早饭，我用洗衣机洗衣服，同时打扫室内卫生，把家里收拾得干干净净，这时已近 10 点，我觉得有点累，就回到房间躺在床上欣赏音乐，听了一会儿，就迷迷糊糊睡着了。在我睡觉时，婆婆来到厨房亲手给守文洗内衣、内裤，不知道什么时候，她倒在厨房地上。因为当时她没喊我，我并不知情，直至她打电话把守文叫回来，她依然躺在那里。

守文看到继母倒在地上，急得眼泪都流了下来，他急忙要扶继母起来，可是继母说一个人扶不行，让他把我叫醒，最好两个人一起用力把她慢慢地扶起来。一边是倒在地上的继母，一边是正在酣睡的我，此时此刻，守文心里极不平衡，到底是什么滋味，恐怕无法用语言形容。

守文气势汹汹地把我喊醒，我不知道发生了什么事，对他这种突如其来的举动感到十分震惊，他把我拽到厨房，当我看到躺在地上的婆婆时，顿时恍然大悟。于是我和守文小心翼翼地将婆婆扶起来，扶她走进房间，把她轻轻地扶上床，然后我让守文拨打120急救电话，准备将婆婆送到医院进行全面检查，守文也非常赞同我的想法，可是我的提议却被婆婆断然拒绝。她说给守文洗衣服时不小心被滑倒，没什么大碍，休息一段时间就没事了。

正如婆婆所言，当天傍晚她就行动自如了。她摔得那么重，躺在地上那么长时间都起不来，怎么好得这么快？突然我有种被欺骗的感觉，觉得这件事疑点太多：其一，她在洗衣服时不慎滑倒，怎么一点声音都没有？因为我睡觉特别轻，还敞着房间门，有一点声音我都能听到；其二，即使她不小心滑倒了，为什么不喊我，非得让守文回来？其三，我的手机放在客厅的书柜里，距离地面至少有一米六高，她是在厨房里滑倒的，如果她滑倒后站不起来，怎么能拿到我的手机，并且用我的手机给守文打电话？这一连串的疑问只能说明一个问题，即她趁我熟睡之机，假装在干活时滑倒，让守文回家看看我俩之间存在的巨大反差，以此显示她很能干、很可怜，而我不仅不干活，还很安闲，通过这种虚假事实刻意挑拨我和守文的关系。

因为这件事，守文对我意见很大，晚上临睡前我俩又争吵起来。我告诉他白天的事是婆婆自编自演的苦肉计，不要被她的假象所蒙蔽。守文哪里听得进去，他一口断言我无理取闹，并且放出狠话，高声对我说，如果想跟他好好过日子，就必须孝顺婆婆；否则，我们就离婚。这时婆婆悄悄地走过来，假情假意地说，都是她不好，惹得我们夫妻吵架，她声称明天就回老家，以免影响我们正常生活。

那一刻我终于明白了，婆婆的用意就是想拆散我和守文，把我赶出这个家。守文对我一直很好，可是他有这样一位继母，我俩还能过下去吗？我不知道如何选择未来的路，更不知道如何面对未来生活。

丽红手札

在丈夫心中，妻子和母亲都是他至亲至爱的人，虽然爱的形式不同，但本质没有区别。丈夫爱妻子理所当然，儿子爱母亲天经地义，但有时妻子和母亲为了更多地分享同一个男人的爱，彼此产生矛盾，引发婆媳争执。

婆媳纠纷一经发生，不仅影响夫妻感情，也会引起家庭动荡。在这个故事中，暮雨离家出走，以此抗议丈夫的愤然指责，并对丈夫的愚孝表示极度不满。丈夫偏信婆婆一面之词，无原则地偏袒婆婆，而对暮雨的倾诉置若罔闻，暮雨感到委屈和无奈，被迫离开丈夫。现在她不知道如何面对丈夫，是继续在一起生活，还是选择离婚？

其实，导致暮雨和丈夫失和的主要原因是婆媳矛盾，把这个问题处理好，夫妻二人自然会重归于好。不难看出，引发夫妻冲突的导火线——婆婆摔倒的真实原因，是解决夫妻争执和婆媳矛盾的突破口。冲动过后，暮雨应当运用证据，把婆婆故意制造事端的详细情况告诉丈夫，当然在讲述时不要掺杂个人感情，要保持平和心态，要以理服人。

如果丈夫对这种客观事实仍然漠然置之，始终站在继母那边，一味地偏听偏信，继续坚持错误观点，那么，暮雨跟他离婚未尝不是一种正确选择。信任是婚姻的基础，诚信是做人的准则，倘若丈夫对妻子连起码的信任都没有，肆意用感情代替事实和真理，勉强维持这种婚姻没有意义。

暮雨的丈夫是受过高等教育的人，过去他和妻子的感情一直很好，我相信他不会顽固不化，一错到底。只要他正视客观事实，承认错误，即使他依旧对继母有偏爱之心，暮雨也应当给他改错的机会，珍惜夫妻感情。

夫妻关系缓和后，重点应解决婆媳矛盾，对此暮雨和丈夫必须共同努力。丈夫和婆婆感情深厚，婆媳之间的矛盾和纠纷通过他来解决，往往会收到事半功倍的效果。当今社会不提倡愚孝，但每个儿女都由父母生养，父母做错了事，子女以及儿媳不应过分指责，而应以一颗包容的心通过实际行动感化他们，使其真心改过。

不可否认，婆婆的诸多做法固然不对，但暮雨自身也存在不足，如她说婆婆是变态人，婆婆对继子有不正常的情感等，纯属无稽之谈。她本着这种偏见与婆婆相处，如何能得到婆婆认可？做媳妇难，做继母难，其实做婆婆更难。婆婆含辛茹苦把继子养大，在漫长的岁月中苦苦挣扎，她宁愿牺牲自己的健康也要把继子送进大学校门，这种母子深情将与天地共存。退一步讲，如果婆婆不把昔日那个可怜的小男孩视如亲生骨肉，如今的他很难在这座城市里有一份体面的工作，也不会和暮雨走到一起。夫妻本为一体，因此在日后生活中，暮雨和丈夫应当共同孝顺这位伟大的母亲。

眼下暮雨还徘徊在两难抉择的人生路口上，伴随着漫长的黑夜她不知道黎明将何时来临。事实上，走出黑夜黎明就会到来。

第十六章　同床异梦

歧路上的爱情 彷徨中的婚姻

有的人或者有的事可能对你很重要，一旦错过机缘，当你想要珍惜时，却惊觉一切已经过去，追悔往昔只能徒留烦恼和遗憾，无力改变事实，昨日的历史依旧。谁的人生都不能重来，过去如此，现在依然。

有的人或者有的事可能不像你想的那么重要，曾经你以为财富地位是人生主要追求，是身份象征，是幸福基石。其实很多时候，财富换不来好日子，地位带不来好心情。有多少富翁与痛苦长相伴，甚至暴殒轻生；有多少高官与囹圄喜结缘，苟延残喘地度过每一天。

一个天寒露重的秋夜，当你拖着疲惫的身躯往家走，看见他早已等候在路边，或许他接你回家的"座驾"只是一台老旧的自行车，你的脸上也会露出幸福的笑容。这时你会蓦然惊觉，爱情路上千回百转，你期盼的不是宝马、奔驰，而是一颗真挚的心、一句关切的话语、一个寻常的举动……夜蓂所期盼的又是什么？

下面以夜蓂为第一人称，揭示这个故事的始末。

义无反顾：舍弃初恋 爱上"大叔"

我出轨了，确切地说是精神出轨，我爱上一个小我十岁的男人——蔡喆。我知道这种爱很不道德，也很危险，但我不后悔这样做。我的故事，应从自己二十六岁那年讲起。

十年前，我研究生毕业后到一所高中任教，正当我为自己找到一份稳定工作欣喜时，我和男友于文之间却出现矛盾。他是我大学同学，大三时我俩开始确立恋爱关系，相处了四年，感情一直不错。大学毕业后，他到一家私企工作，这家企业规模不算太大，福利待遇一般。

他家境不太好，父母都是下岗职工，一家三口人住的平房不到五十平方米，室内连卫生间和下水道都没有。我看得出来，我父母不赞同我俩交往，但那时我还没走上社会，没意识到金钱的力量，所以一直没当回事。等我工作后，才真正理解父母的一片苦心。

学校里，大多数女教师都很有钱，每当谈起家庭时，人家的老公不是机关、部队、事业单位的，就是银行、证券、保险等大型国有企业的，或是私企、外企老总，每逢这时我都很尴尬，在同事面前我羞于提起他的工作。

当然，他心里也清楚，自己各方面条件都不如我，所以自从我毕业后，他经常主动跟我商谈结婚的事。我想我们已相处多年，感情也挺好，只要他家给我们买一套一室一厅的小房子，我就同意结婚。毕竟每个人情况不同，一个人不能盲目地跟别人攀比，否则不仅自己痛苦，还会伤害相关的人。

令人遗憾的是，他家根本拿不出来买房子的钱，即使我提出只让他家先交个首付，他家也支付不起。后来，他跟我商量租房子结婚，并承诺会永远对我好，以后肯定能让我过上好日子。在我看来，没有物质保障的承诺就是善意的谎言，我绝不会信以为真。

看到很多同事都住在宽敞明亮的大房子里，而我和他准备结婚连小房子都买不起，一想起这件事，我就觉得揪心，心里不平衡。再想想，很多同事的老公不是有钱，就是有权，而他什么都没有，一个月挣一千多元，去掉日常消费，恐怕把一辈子挣的钱都攒起来也买不起一套房子。跟他在一起，我看不到一点希望。

我相信他很爱我，但也知道，他不会把爱当饭吃。其实我并非不爱他，只不过爱情不是海市蜃楼，不能脱离物质条件独立存在。我无法接受他为我安排的婚后生活，感到长痛不如短痛，于是我不顾他的哀求和挽留，毅然决定跟他分手。

分手后，我的情绪虽然有点低落，但并不难过，因为谈恋爱就是这样，最初往往都是情深似海、轰轰烈烈的，但到最后一切都将归于平淡，有时两个人分手是在所难免的。这次失败的恋爱令我刻骨铭心，让我真正领略到金钱在现实生活中的威力和作用。

从此我步入了金钱至上的误区，本来心里只想追求有品位的生活，但在不知不觉中价值观出现偏差。恰好就在这个时候，一个偶然机会，我认识了桐翔。桐翔是我一个同事的老公要好的朋友，在一次酒会上他十分关注我，后来他也引起我的注意。

那年他四十三岁，保养得很好，从外表上看也就三十五岁左右，长得相貌堂堂，气质非凡。经同事介绍，他经历过一次失败的婚姻，有个十二岁女儿在其身边，与众不同的是，他是一个成功的商人，拥有旁人梦寐以求的财富。

在酒会即将结束时，他主动跟我交换了联系方式。几天后，他约我出去喝茶，后来又约我出去唱歌、吃饭……他很浪漫，也很了解女人心理，并且言行举止把握得都很到位，我渐渐地被他吸引。经过一段时间接触，我们之间感情不断升温，几个月后，当他向我求婚时，我毫不犹豫地答应嫁给这位大我十六岁的"大叔"。

爱慕虚荣：嫁入豪门　冷暖自知

嫁给桐翔后，我住进豪宅，衣食起居无忧，生活有人照顾，在物质上我得到极大满足。表面上看，我应该很幸福，值得很多人羡慕，但事实上，我心中的苦闷一直无法言表，无法向亲友倾诉，烦恼和压力与日俱增。

婚前，父母一致反对我嫁给桐翔，态度之坚定，措辞之激烈，表情之严厉，出乎我的意料。当初我和于文在一起时，他们虽然不赞成，但没有直接表态，只是从他们的言行中我感到其内心对于文不认可。为什么父母对桐翔有如此大的偏见呢？

桐翔大我十六岁，比我爸小十岁，比我妈小五岁，按年龄计算，他跟我父母应属于一个辈分的人。在他们眼里，这种大龄男人即使再有钱也一文不值，他们觉得我俩年龄不般配，我嫁给他如同一朵鲜花插在牛粪上，他们会感到很丢人。

我知道父母这样做都是为我好，也理解他们疼爱女儿的一片苦心，但在物质利益诱惑下，攀比心驱使我不能顺从他们的意愿，最后我还是决定嫁给桐翔。父母发现我铁下心来跟他在一起，只好妥协，无奈地接受这个事实。

我想如果婚后我能过上好日子，他们会祝福我的，但事实上，我婚后生活并不如意。因为桐翔很有钱，所以很有女人缘，他跟很多女人都经常打交道，其实这一点我早在结婚前就知道，但那时我没把这个问题想得这么严重，甚至误认为我到他身边后，他朝夕面对年轻他许多的老婆，肯定会把心收起来，事实却恰恰相反。

他依旧跟这些女人保持亲密关系，而且经常整夜不归，让我这个新媳妇独守空房。我心中的苦闷和委屈无法倾诉，只能在夜深人静时通过眼泪表达。当然，他也时常开导我，说生意场上离不开女人，穿针引线也好，逢场作戏也罢，女人的亲和力与粘合力会使每个成功商人的口袋不断变大……我无法反驳他的观点，只希望他在外面时多多考虑我的感受。

就在这个时候，我怀上了他的孩子。在得知我有身孕后，他显得十分高兴。他希望我给他生个儿子，这样他就儿女双全了。此后，他定期带我到医院做B超检查，有一次医生告诉他胎儿是男孩时，他激动得眼泪都流了下来。

怀孕后我一直睡不好觉，稍微有点动静就会被惊醒。桐翔以让我好好休息为名，主动搬出我的卧室，搬回隔壁自己的房间。其实我心里清楚，在我怀孕期间，他根本没在自己的居室里住过几天，他是个耐不住寂寞的人，几乎每天晚上都在外面过夜。

儿子出生后，我欣喜异常，照顾可爱的儿子便成为我生活的全部。桐翔依旧忙着外面的事，做着必须有女人参与才能使其钱袋不断变大的生意。在外面，我们还是恩爱夫妻；在家里，我还是家庭主妇，手里握着一张巨额银行卡，决定家里日常生活所需要的每一笔支出。

在外人眼里，我要啥有啥，生活无比幸福，可是于我而言，除了儿子能给我带来欢乐外，其他的事很难令我感兴趣。如今桐翔在电话里跟其他女人公然打情骂俏，我表现得很平静，不知从何时起，我对他的态度开始改变，我的眼泪早已流尽，不会再为此烦恼。当初我明明很爱他，也许是曾经的自己太贪心，面包也要，爱情也要，毕竟我不是上帝的私生子，两全其美的好事岂能落到自己头上，以至于面包有了，却丢掉爱情。

情难自禁：悬崖边上何去何从

没有爱情的日子过惯了，我就习以为常了，每天看着儿子都在长大，心里充满希望。一晃儿子就三岁了，我不能老待在家里，过与世隔绝的日子，我决定把儿子交给家里的保姆照顾，自己重返工作岗位，重新走进课堂，体验劳动和成功的快乐。

我是英语老师，在课堂上喜欢用英语跟学生们交流，喜欢运用启发式教学方式授课，教学气氛轻松愉快、风趣幽默，因此深受学生们喜爱，课下他们都叫我"洋老师"。我知道这里说的"洋"字有两层意思：首先，我是教英语的，英语是洋人的语言；其次，我长得洋气，衣装时髦，因而获此美名。

我的学生都很争气，无论大考小考，在同年级考试排名中，英语成绩都远远高于其他老师教的学生，因此我获益匪浅，荣誉和奖励随之而来，学校领导认可我，其他老师尊重我，当然我不能骄傲，还要继续努力，再创佳绩。

去年3月初的一个傍晚，我正给学生们上课，突然教室里一片漆黑，我让学生们在室内静心等待，自己下楼查询断电原因，结果下楼时不慎一脚踩空摔倒，滚下楼梯。当时我觉得浑身疼痛，尤其是左脚踝骨处疼得最厉害，一动都不敢动。我无法行走，后来蔡老师把我抱出教学楼，小心翼翼地把我放进他的车里，然后把我送往医院。经医生诊断，我左脚踝骨骨折，需要住院治疗……

病休期间，蔡老师的身影时常浮现在我眼前——一个十分阳光、年轻英俊、威武强壮的男子汉。蔡老师的名字叫蔡喆，小我十岁，是一名体育老师，擅长打篮球。他的外在气质令我欣赏，他身上所有的一切，如今我在桐翔身上根本找不到。

当年我嫁给桐翔，除了追求物质利益外，主要是被他的成熟所吸引，可是十年后，面对他松弛的皮肤、高高隆起的啤酒肚和已显老迈的身影，我由衷地产生一种厌恶感。他不服老，年纪越大越喜欢找年轻女孩，好像跟她们在一起，青春能重新回到他身上。

以前我对他这种心理嗤之以鼻，可是现在我有所醒悟，也不怕大家笑话，每当我想起充满青春气息和阳刚之美的蔡喆，心里就有痒痒的感觉。大病痊愈后，我以报恩为名，请他到一家五星级酒店吃饭，并送给他一个我精心挑选的市场价格最贵的篮球。

酒桌上，一瓶茅台已快见底，我本来不胜酒力，但由于我俩单独在一起，我极度兴奋，喝了有生以来最多的一次酒，至少三两，然后借着酒劲双手握住他的一只手，一手把住，一手在他手背上轻轻地抚摸，再一次感谢他的热情相助。

此后我越发迷恋他了，竟然达到匪夷所思的地步。每当看到他，我心跳骤然加快；每当他从我身边走过，顿时我呼吸变得急促。我苦苦忍耐，担心被他和同事看出端倪。有时他的身影还会在我梦里出现，醒来后我总会担心在梦中喊出他的名字。

我本想摆脱这种不切实际的想法，甚至为此几度独身光顾酒吧，希望寻觅一个年轻、英俊的男士做情人。在酒吧里，曾有符合我标准的男士跟我搭讪，可是事到临头，我又迟疑不决。网上经常报道一些豪门贵妇与酒吧男玩一夜情，被酒吧男偷拍视频进行威胁敲诈的信息，结果人财两失……想到这里，我被惊出一身冷汗，立马离开这个可怕的地方。

桐翔那么花心，不知跟多少个女人有染，凭啥我为他守身如玉呀？如果我跟蔡喆能发展成情人关系，那该有多好啊！可是我俩年龄差距太大，他能喜欢我吗？现在我满脑子都想找个情人，我知道这种想法很疯狂，会受到世人抨击，但那又如何？曾经的我也是贤妻良母，是我的丈夫让我变成了如今的模样。

丽红手札

夜蕖不愿意跟众多美女共享自己的丈夫，也不愿意急流勇退置身事外，她想独自拥有他，可是委屈的泪水却流不进他那颗花心里。她痛苦过，也无奈过，最后只好见怪不怪。因为她离不开他，她需要他的财富来满足自己的虚荣心和攀比心，即使对他早已心如死灰，也得委身于他，为的是在外人面前保住自己的面子。

丈夫跟一个个美女在外面寻欢作乐，夜蕖心里极不平衡，夫妻地位本应平等，凭啥他能夜夜做新郎，自己却独守空房。为报复花心丈夫，寻找心理平衡，她把年轻、阳光和英俊的男士作为追寻目标，在精神世界里希望无条件地为其奉献一切，以回敬背叛自己的男人。

当然，她也期盼把这种愿望付诸实践，倘若如此，在整个过程中她不仅很难获得报复后的快感，而且在伤害丈夫的同时很可能也伤害自己，使其陷入惊恐、被动状态。一旦东窗事发，事情会朝哪个方向发展，在物质上处于依赖状态和弱势地位的她，如何面对丈夫，丈夫会让她何去何从，结果不言自明。

作为女人应该知道，性与爱密不可分，否则会误入歧途。婚前，夜蘽怀揣美梦，真心喜爱这个大她十六岁的男人，跟他在一起不仅是一种享受，更是一种圆满。婚后，她逐渐识破花心丈夫的本性，爱已成殇，往日的愉悦再也无法找回。她希望在蔡喆或者某个酒吧男身上重新找回曾经的感觉，遗憾的是，这条路行不通，即使行得通也难遂其愿。因为这种风险系数极高而回报率极低的感情投资，寻求的不是爱，而是生理反应和精神刺激，很容易跌进泥潭，最终不可自拔。

别人的错误不能成为自己走向歧路的借口。当初，夜蘽饱尝了没钱的滋味，有了钱后，才真正领悟到钱的魔力，既能给自己带来荣耀，也能带来烦恼和怨恨。在未来生活中，不管她跟丈夫的关系如何发展，或是依旧同床异梦，或是重修于好，或是分道扬镳，她欲用错误方法报复丈夫的错误行为，显然是荒唐之举，而荒唐举动与错误行为都应受到谴责。

行
走
红
尘

后 记

现在，人的生活节奏变得越来越快，快餐、快报、快车、快照、快递等快文化正成为当下社会生活的主旋律。走了太阳，来了月亮，又是深夜。这样日复一日、年复一年，时光飞逝，岁月更迭。许多人数年如一日地发奋学习抑或辛劳打拼，属于自己的闲暇时间越来越少。许多人喜欢休闲阅读，但面对墨香飘逸的鸿篇巨制，大都会望洋兴叹，却常被短小精悍的电子读物所吸引，将阅读兴趣渐渐地转向网媒。在网络时代，故事书也好，小说也罢，如何顺应社会发展趋势，有效地激发广大读者的阅读情趣？如何使纸媒持续活跃在文学舞台，确保书香依旧？是值得每个作者深入思考和积极探索的课题。

为了适应快节奏生活，满足快文化需求，《行走红尘》一书应运而生。该书由三十三篇情感故事及其札记组成，每篇字数限定在五千字左右。故事均以纪实形式入手，通过主人公讲述自己的情感经历和生活历程，全方位展现恋爱、婚姻和生活中的酸甜苦辣，其中的温馨、甜蜜、安逸、快乐和幸福令人销魂夺魄，冷酷、苦涩、艰辛、痛苦和悲伤使人哀思如潮。札记立足于情理和法理角度，对故事中人物之间的是非对错和恩怨情仇进行理性剖析，希望给徘徊在情感路口上的读者朋友提供些许启示。需要特别指出的是，本书所有故事皆为虚构，现实中如有雷同，纯属巧合，切勿对号入座。

大千世界，红尘万丈，人有千面，情分万种。有的人为爱情所困、亲情所累、友情所惑，心生迷茫，在人生路上驻足不前；有的人却在追寻爱情、经营婚姻、守护幸福的路上勇往直前。愿本书点亮读者们心中的那盏灯，以生命为盏、情感为芯，照出人世的真实与虚伪、人性的简单与复杂。我坚信，深夜漂泊在海洋中的迷途者，只要看到远方灯塔的微光，就不会放弃希望。

孙丽红

2015 年 3 月 16 日于长春